SCHMUTZIGE SCHWÜRE

GEHEIMNISSE EINER UNTERWÜRFIGEN BUCH 4

MICHELLE L.

INHALT

1. Jett	1
2. Asia	7
3. Jett	13
4. Asia	19
5. Jett	25
6. Asia	30
7. Jett	36
8. Asia	42
9. Jett	48
10. Asia	54
11. Jett	60
12. Asia	67
13. Jett	73
14. Asia	80
15. Jett	86
16. Asia	91
17. Jett	97
18. Asia	103
19. Jett	109
20. Asia	115
21. Jett	121
22. Asia	126
23. Jett	131
24. Asia	137
25. Jett	142
26. Asia	148
27. Jett	156
28. Asia	162
29. Jett	168
30. Asia	174
31. Asia	185
32. Jett	193

33. Asia	198
34. Asia	209
35. Jett	214
36. Asia	220
37. Jett	226
38. Asia	231
39. Jett	233
40. Asia	239
41. Jett	245
42. Asia	250
43. Jett	256
44. Asia	258
45. Jett	265
46. Asia	269

Veröffentlicht in Deutschland:

Von: Michelle L

© Copyright 2020 – Michelle L

ISBN: 978-1-64808-198-9

ALLE RECHTE VORBEHALTEN. Kein Teil dieser Publikation darf ohne der ausdrücklichen schriftlichen, datierten und unterzeichneten Genehmigung des Autors in irgendeiner Form, elektronisch oder mechanisch, einschließlich Fotokopien, Aufzeichnungen oder durch Informationsspeicherungen oder Wiederherstellungssysteme reproduziert oder übertragen werden. storage or retrieval system without express written, dated and signed permission from the author

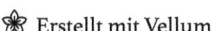 Erstellt mit Vellum

BLURBS

Das Letzte, was ich wollte, war eine feste Beziehung, also brauchte ich eine Sub, die ich auch als meine Ehefrau ausgeben konnte.
Von dem Moment an, als ich sie sah, war die Anziehungskraft überwältigend. Ich hätte wissen müssen, dass das nur Ärger bedeuten konnte.

Ihr Körper gab sich mir so leicht hin. Die Begeisterung darüber, ihr Vergnügen zu bereiten, das sie nie gekannt hatte, war berauschend.
Konnte echte Liebe aus einer Schein-Beziehung entstehen?

Lügen erzeugen mehr Lügen. Schuld, Schmerz und Reue gehen Hand in Hand mit Lügen. Sie würden sicherlich der Tod der Liebe sein, die wir überraschend fanden.
Am Ende mussten Entscheidungen getroffen werden. Keine davon würde ohne Konsequenzen sein. Und keine davon schmerzlos.

1
JETT

„Ich brauche deine Hilfe nicht, um eine Ehefrau zu finden, Mom!" Ich stand von meinem bequemen Bürostuhl auf und trat an die Fenster, die vom Boden bis zur Decke reichten. Die Sonne ging über dem Pazifik unter und erzeugte Farben auf dem Wasser, wie nur sie es vermochte. „Ich suche nicht einmal nach einer Ehefrau. Ich bin erst 28."

„Als ich in deinem Alter war, war ich verheiratet, hatte dich bekommen und habe das Rezept für die Zimtschnecken entwickelt, die uns alle dahin gebracht haben, wo wir heute sind." Ihre Stimme hatte einen nasalen Ton angenommen, als sie mir wieder einmal eine Moralpredigt hielt. „Dein Vater möchte sich irgendwann zurückziehen. Das kann er aber erst tun, wenn du bereit bist, die CEO-Position zu übernehmen. Wir sind ein Familienunternehmen, Jett. Du bist unser einziger Erbe. Und du wirst in Zukunft einen eigenen Erben brauchen. Lass nicht alles, wofür dein Vater und ich so hart gearbeitet haben, zugrunde gehen."

Verdammte Schuldgefühle!

Meine Mutter war eine Meisterin darin, sie wie ein zweischneidiges Schwert zu benutzen, um das zu erreichen, was sie wollte. Sie hatte es von ihrer eigenen Mutter geerbt, die Schuldgefühle ebenfalls wie eine Waffe einzusetzen verstand.

„Mom, kannst du mir sagen, warum du angerufen hast? Es ist schon nach fünf, alle anderen haben Feierabend gemacht und ich würde auch gern von hier verschwinden." Ich lehnte meine Schulter an die Wand, seufzte und wünschte, ich könnte einfach auflegen. Aber es war meine Mutter am anderen Ende der Leitung. Das konnte ich ihr nicht antun!

„Oh ja, Junge. Das hatte ich ganz vergessen. Wie läuft es in L.A.? Läuft das Geschäft gut? Ich hoffe, du hast die Zahlen verbessern können. Nachdem wir letztes Jahr global expandiert haben, müssen wir die Verkaufszahlen beibehalten. Wir haben dir aus gutem Grund die Verantwortung für unser größtes Vertriebsbüro übertragen. Damit du nach dem College im Management Erfahrung sammeln kannst. Dein Abschluss ist schon sechs Jahre her. Ich dachte, du wärst jetzt an der Spitze und könntest deinem alten Vater eine dringend benötigte Pause geben. Er ist drei Jahre lang überall in den Vereinigten Staaten von Haustür zu Haustür gegangen, um meine Backwaren zu verkaufen, bevor wir uns einen Namen machen konnten."

„Mom!" Ich runzelte die Stirn, als mein Kopf anfing zu schmerzen. „Ich weiß. Und unsere Verkaufszahlen sind großartig. Kannst du jetzt bitte dazu kommen, warum du angerufen hast? Sicher nicht nur, um mir zu erzählen, wie hart du und Dad gearbeitet habt, um aus Sin-a-buns Sweetshop das erfolgreiche Unternehmen zu machen, das es heute ist."

„Oh ja! Der Urlaub! Die ganze Familie, deine Großeltern beiderseits, Onkel Pete und Tante Sally, ihre Zwillinge und alle anderen werden in der zweiten Juniwoche in unserem Sommerhaus in den Hamptons sein. Es ist eine Art Familientreffen, nur deutlich länger als sonst. Ich habe auch ein paar Nachbarn eingeladen, die zum Abendessen bei uns vorbeikommen.

Hoffentlich werden dir einige der jungen Frauen gefallen, die zu den extravaganten Mahlzeiten kommen, die ich für jeden Abend dieser Woche geplant habe. Vielleicht findest du jemanden, der zu dir passt, heiratest und schenkst mir ein paar Enkelkinder."

„Findest du das nicht etwas übertrieben, Mom?"

„Ganz und gar nicht. Du musst eine Frau finden, Jett. Ich meine es ernst. Du weißt, dass du heiraten musst, bevor dein Vater das Unternehmen vollständig deiner Führung überlässt. Wie ein Rockstar zu leben, so wie du es getan hast, wird nicht reichen."

Ich steckte meine Faust in die Tasche und machte mich auf den Weg zurück zu meinem Stuhl. Ich war nicht glücklich über ein Familientreffen, das eine ganze Woche dauern würde. Und dann hatte meine Mutter auch noch vor, mich mit all den hochnäsigen, reichen Töchtern aus den Hamptons zu verkuppeln. „Ich lebe wohl kaum wie ein Rockstar, Mom."

„Wie würdest du es nennen, Jett? Du hast seit der High-School keine feste Freundin mehr gehabt. Du hast der kleinen Sandy Smith das Herz gebrochen, als du sie fallengelassen hast und zum College gegangen bist. Ich habe ihre Mutter letzte Woche gesehen, als ich zu deiner Großmutter nach New Jersey gefahren bin. Sie sagte, Sandy und ihr Mann Dave seien in die Straße gezogen, in der wir gewohnt haben. Nur drei Häuser von unserem alten Grundstück entfernt, wo ihr beide auf der Veranda gesessen und Händchen gehalten habt. Sie war so ein süßes Mädchen, Jett. Was ist nur passiert?"

Dieses süße Mädchen war nicht das, was es zu sein schien. Sandy Smith war die größte Manipulatorin, die ich je getroffen hatte. Sie war noch nicht einmal 18 gewesen und wollte schon heiraten. Sie wollte es so sehr, dass sie versuchte schwanger zu werden, um mich an sich zu binden. Zum Glück bemerkte ich, dass mit der Schachtel Kondome etwas nicht stimmte, und fand die Nadellöcher, die sie in die Folienbeutel gestochen hatte. Sie war eine richtige Schlampe.

„Wir waren einfach nicht so kompatibel, wie es schien, Mom. Wie auch immer, wie geht es Grandma?"

„Es geht ihr gut. Ihre Gicht ist wiedergekommen, also habe ich ihr hausgemachte Suppe gebracht. Die Fahrt von Manhattan nach Jersey war für mich allerdings etwas anstrengend."

„Wie das? Hast du dich nicht von Stan fahren lassen? Dafür wird er schließlich bezahlt." Ich wirbelte auf meinem Stuhl herum, warf einen Blick auf die jetzt dunklen Fenster und wünschte, ich könnte den Hörer auflegen. „Mom, kann ich dich von meinem Handy aus anrufen?"

„Nein, ich hasse diese Dinger. Ich bevorzuge Festnetz. Das weißt du auch, Jett. Wie auch immer, Stan hatte einen Arzttermin und ich habe das Auto genommen. Es ist schon so lange her, dass ich selbst gefahren bin, dass es mir schwerfiel, dorthin zurückzufinden, wo wir 20 Jahre lang gelebt haben. Und ich empfand Melancholie über unser einfaches Leben in Jersey. Ich meine, ich liebe unser Penthouse in Manhattan. Ich liebe das Geld, das uns all unsere harte Arbeit eingebracht hat. Aber es ist ein gewaltiger Unterschied und ich scheine ihn nur zu bemerken, wenn ich dorthin zurückkehre."

„Dann kehre nicht dorthin zurück." Ich lehnte mich auf dem Stuhl zurück und war sicher, dass ich die ganze Nacht im Büro festsitzen würde, weil sie mit mir reden wollte.

„Meine Eltern leben dort, Jett. Und die Eltern deines Vaters auch. Ich kann nicht aufhören, sie zu besuchen."

„Ich gehe nie dorthin. Schick das Auto, um sie abzuholen und zu dir zu bringen. Siehst du, schon habe ich dein Problem behoben. Und, Mom, versuche nicht, selbst zu fahren. Lass Stan das tun. Ich wette, Dad wusste nicht, dass du einfach so abgehauen bist, oder?"

„Nun, nein. Und er war wütend auf mich, als ich nach Hause

kam und er sah, wie ich aus dem Auto stieg. Er hat mir deutlich gesagt, was er davon hält, vor allem als ich ihm erzählte, wie ich mich zweimal verfahren habe."

Ich rieb mir den Nacken und spürte den Schmerz meines Vaters. Die Frau war ein Genie in der Küche. In anderen Bereichen eher nicht. „Ich liebe dich, Mom. Deswegen werde ich es noch einmal sagen: Lass dich von Stan fahren. Wenn er einen Termin hat, kannst du warten. Grandmas Gicht wird nicht besser oder schlechter, wenn sie ein paar Stunden später ihre Suppe bekommt."

„Vielleicht hast du recht. Jedenfalls habe ich neulich mit Gertrude darüber gesprochen, eine Frau für dich zu finden. Wir haben uns über Dinge unterhalten, die wir während des Familienurlaubs machen könnten. Nun, sie hat mir erzählt, dass die Enkelin von Mrs. Finkerstein den Sommer bei ihr verbringen wird. Diese Familie ist so etwas wie der Hochadel der Hamptons, wie du weißt. Ich denke, dieses Mädchen könnte perfekt für dich sein."

Und schon waren wir wieder bei ihren Verkupplungsversuchen. „Mom, du kennst sie nicht einmal. Wie kannst du denken, dass sie perfekt für mich wäre? Ich denke, du willst mich nur in eine dieser arroganten Familien einheiraten lassen, damit du behaupten kannst, ein Teil davon zu sein. Das ist nicht cool, Mom."

„Was ist falsch daran, einer angesehenen Gruppe anzugehören? Und was ist falsch an dem Wunsch, mein einziges Kind glücklich verheiratet sehen zu wollen? Ich bin hartnäckig in dieser Angelegenheit, Jett!"

Ich konnte sehen, dass sie es war. Ich dachte scharf nach. Wie konnte ich sie loswerden?

„Mom, ich date jemanden."

„Nein!"

„Doch. Sie hat mich wirklich völlig überrascht und ich wage

es kaum zu sagen, aber ich habe mich Hals über Kopf verliebt, Mom!" Die Last der Lüge war nicht so schwer wie gedacht.

„Jett, warum hast du mir das nicht von Anfang an gesagt? Dann hätte ich nicht so lange nach einer passenden Frau gesucht. Erzähl mir alles über sie. Ist sie hübsch?"

„Sehr hübsch."

„Ist sie nett?"

„Sie ist das süßeste Mädchen, das ich je getroffen habe."

„Wie heißt sie? Kannst du mir ein Foto von euch beiden schicken? Wann werden wir sie kennenlernen? Wirst du sie zu unserem Urlaub mitbringen?"

„Ich sage nichts mehr über sie. Du musst dich überraschen lassen. Wer weiß, vielleicht bringe ich sie bereits als meine Ehefrau mit."

„Oh, Jett! Ich bin so glücklich!"

Ich hatte mein Ziel erreicht. Mom war zufrieden und ließ mich in Ruhe. Aber wer sollte die Rolle meiner schönen, süßen Frau spielen?

2
ASIA

Die dicke, fette Sechs starrte mich an, als meine Augen sie streiften. Das war der dritte Test, den ich in meinem Datenextraktionskurs nicht bestanden hatte. Ein weiterer fehlgeschlagener Test und ich würde den Kurs wiederholen müssen. Und das würde mich teuer zu stehen kommen.

Ich hatte noch einen anderen Kurs, der mich in den Wahnsinn trieb. Ich wusste, dass ich auch daran scheitern würde, wenn ich nicht endlich das Konzept statistischer Modelle begriff. Ich hatte keine Ahnung gehabt, dass es so verdammt schwierig sein würde, Statistikerin zu werden!

Die High-School war für mich ein Kinderspiel gewesen. Ich hatte Bestnoten gehabt und ein Vollstipendium an der Rutgers University in New Brunswick, New Jersey erhalten. Sie war nicht allzu weit von meinem Zuhause in Queens, New York, entfernt, aber weit genug weg, um erwachsen zu werden.

Es gab jedoch harte Vorgaben für das Stipendium. Wenn ich einen Kurs nicht bestand, würde ich es verlieren. Das ganze Stipendium. Es finanzierte meine Kurse, meine Bücher, mein Zimmer im Wohnheim und all meine Mahlzeiten auf dem

Campus. Wenn ich dieses Stipendium verlor, würde ich alles verlieren. Dabei hatte ich nur noch ein Studienjahr vor mir. Alles würde umsonst gewesen sein.

Da ich das Stipendium hatte, hatte ich keinen Job, nicht einmal einen Teilzeitjob, bei dem ich im Sommer mehr Stunden arbeiten konnte, um genug Geld dafür zu verdienen, die Kurse, die für meinen Abschluss noch fehlten, zu absolvieren beziehungsweise zu wiederholen.

Meine Eltern hatten nicht viel, aber vielleicht konnten sie mir irgendwie helfen. Ich war zu weit gekommen, um einfach aufzuhören. Ich rief meine Mutter an, um sie um finanzielle Hilfe zu bitten. „Hi, Mom. Wie geht es dir?"

Sie stieß einen langen Seufzer aus, der mir bereits sagte, dass es nicht gut lief. „Dein Vater wurde gestern entlassen. Nach 15 Jahren als Lieferant haben sie ihn in der ersten Entlassungsrunde gefeuert. Kannst du das glauben, Asia? Jetzt müssen er und ich von dem leben, was ich als Sekretärin in der Anwaltskanzlei verdiene."

Soviel zu meinem Plan!

„Das sind schreckliche Neuigkeiten. Wie geht es Dad?" Ich packte den fehlgeschlagenen Test und warf ihn in den Papierkorb. Dann sank ich auf mein Bett in dem Zimmer, das ich mit meiner Mitbewohnerin Stacy teilte.

„Du kennst deinen Vater. Es ist hart für ihn. Er nimmt es persönlich, obwohl ich ihm gesagt habe, dass es das nicht ist. Er war einer der am besten bezahlten Arbeiter. Natürlich muss das Unternehmen Angestellte wie ihn zuerst loswerden. Es geht nur ums Geld."

„Armer Dad. Und wie geht es meinen Schwestern? Ich hatte wegen der vielen Prüfungen am Ende des Semesters keine Zeit, sie anzurufen."

„Spring bekommt bald ihr Baby. Sie und Max sind schon sehr aufgeregt. Du musst sie besuchen, wenn das Baby auf der

Welt ist, Asia. Ich weiß, dass South Dakota weit weg ist, aber sie ist deine Schwester. Und sie ist es wert."

„Ich werde mein Bestes geben." Ich hatte keine Ahnung, wie ich ohne Geld nach South Dakota kommen konnte, aber ich wollte meine Mutter damit nicht belasten.

„Rainbow und Stewart sind mit ihren drei Kindern nach Alaska gezogen. Wie verrückt ist das?"

Ich schnaubte und rollte mich herum. Meine Schwestern lebten ihre Träume, während ich bei meinen versagte. „Das ist ziemlich verrückt. Was hat sie dazu gebracht, Washington zu verlassen, um so weit nach Norden zu gehen?"

„Stewart hat einen Job als Park Ranger in einem Park in Alaska bekommen, also sind sie umgezogen. Bow sagt, dass die Kinder glücklich sind. Sie wird sie zu Hause unterrichten, weil sie mitten im Nirgendwo leben."

„Verdammt, sie ist mutig."

„Ich weiß! Und was ist mit dir, Kleine?"

Ich wollte ihr nicht alles erzählen. Egal wie schlecht ich mich fühlte, ich konnte ihr das nicht antun. „Mit mir? Oh, mir geht es gut. Ich habe diesen Sommer einen Job."

„Oh, was für einen?"

Ich trommelte mit meinen Fingern auf die gelbe Kissenhülle, während ich mir einen Job ausdachte. „Ähm, im Einzelhandel. Ich meine, ich habe ihn noch nicht wirklich. Ich muss erst meine Kurse beenden, aber sobald ich freihabe, sollte ich den Job bekommen."

„Nur noch ein Jahr. Ich wette, du bist aufgeregt deswegen. Nächstes Jahr wird dein letztes sein!"

Dieses Jahr würde mein letztes sein, wenn ich keinen Weg finden konnte, etwa 10.000 Dollar zu verdienen. Aber Mom sollte sich damit nicht herumschlagen müssen. „Ja. Ich bin total aufgeregt."

„Also, was sind deine Pläne, Asia? Wo wirst du hingehen, wenn du deinen Master-Abschluss in der Tasche hast?"

„Ich denke, ich werde mir einen Job in New York suchen. Das hatte ich schon immer vor. Ich muss nächstes Jahr ein Praktikum machen. Vielleicht behält mich die Firma, die mich einstellt."

Ich hatte keine Ahnung, wie ich ein einjähriges Praktikum schaffen sollte. Man bekam dafür so gut wie keinen Lohn. Ich musste neben meinen Kursen irgendwo einen Teilzeitjob annehmen, um Geld anzusparen.

Wie sollte ich das alles hinkriegen?

Es war hoffnungslos. Ich würde es niemals schaffen können. Und selbst wenn ich es könnte, bezweifelte ich, dass es genug Geld für Kurse, Bücher und das Wohnheim einbringen würde. Ich hatte ein ernstes Problem!

Zum ersten Mal dachte ich daran, dass ich genau wie meine Eltern enden würde. Ungebildet und von der Hand in den Mund lebend. Ein Schauder lief durch mich hindurch.

Ich musste einen Weg finden, das College zu bezahlen. Meine Eltern waren Mitte 50. Dad hatte seinen Job verloren und die Chancen standen schlecht, dass er in seinem Alter noch einen anderen finden würde. Und wenn er es tat, würde er nicht annähernd so viel verdienen wie bei der Arbeit, die er jahrelang gehabt hatte.

„New York ist so teuer, Asia. Du solltest darüber nachdenken, nach Queens zurückzukehren. Ich bin sicher, du könntest pendeln. Vielleicht wohnst du hier eine Weile bei deinem Vater und mir. Du könntest uns mit den Rechnungen helfen. Ich glaube nicht, dass dein Vater so schnell einen guten neuen Job findet."

Und da war es. Sie brauchten mich. Tonnenschwere Schuldgefühle lasteten auf mir.

„Ja, das könnte ich machen, Mom. Du kannst auf mich

zählen. Ich finde eine Lösung. Du und Dad habt euch immer gut um uns gekümmert. Ich kann euch helfen, wenn ich nach meinem Abschluss einen guten Job habe. Ihr müsst bis dahin durchhalten, aber ich werde für euch da sein. Ich verspreche es."

Der Seufzer der Erleichterung, den sie ausstieß, tat mir im Herzen weh. Meine Eltern waren in einer Notlage. Alle Ersparnisse, die sie hatten, würden bald aufgebraucht sein. Ich musste alles in Ordnung bringen. Es gab keine andere Wahl. Ich würde alles tun, was ich tun musste.

„Du hast keine Ahnung, wie froh ich bin, das zu hören, Asia. Ich würde dich nie darum bitten, wenn ich eine andere Wahl hätte. Ich werde meinem Chef sagen, dass ich eine Gehaltserhöhung brauche, und wir werden so viele Rechnungen wie möglich damit bezahlen. Ich will nicht, dass du für immer bei uns leben musst. Das Haus ist in fünf Jahren abbezahlt. Wenn du bei uns wohnen und uns helfen kannst, bis die Hypothek beglichen ist, dann kommen wir danach allein klar."

Fünf Jahre!

Ich konnte sie nicht wissen lassen, wie sehr mich das traf. „Das kann ich machen, Mom."

„Du bist so ein gutes Mädchen, Asia. Ich weiß, ich habe dir das schon oft gesagt, aber ich muss es noch einmal sagen. Du bist Gold wert. Immer hilfst du uns. Ich weiß nicht, was wir ohne dich machen würden. Deine Schwestern haben ihr eigenes Leben und ihre Familien. Ich könnte sie niemals um etwas bitten. Aber du bist allein und wirst in etwas mehr als einem Jahr einen guten Job haben. Wir können es bis dahin schaffen. Wir haben genug Ersparnisse dafür."

„Ich bin froh, dass ich helfen kann. Also, lass uns jetzt auflegen, damit ich mir im Internet einen Sommerjob suchen kann."

„Warte. Warum brauchst du plötzlich einen Job? Ich meine, dein Stipendium finanziert alles."

Sie wurde misstrauisch. Das war gar nicht gut. „Ich muss vielleicht etwas davon selbst bezahlen, das ist alles. Mach dir keine Sorgen."

„Warum musst du plötzlich etwas selbst bezahlen?"

Ich suchte fieberhaft nach einer Antwort. „Zusätzliche Kurse, die das Stipendium nicht abdeckt. Ich möchte ein paar zusätzliche Kurse belegen."

„Oh", sie klang erleichtert. „Einen Moment lang dachte ich, du hättest auch Probleme. Du würdest es mir sagen, wenn es so wäre, oder?"

Warum sollte ich so etwas tun, wenn es ihr selbst nicht gutging?

„Sicher, Mom. Ich muss los. Ich liebe dich."

„Ich liebe dich auch. Bis bald."

Ich beendete den Anruf und vergrub mein Gesicht im Kissen. Ich steckte knietief in der Scheiße, wie mein Grandpa zu sagen pflegte. Ohne zu wissen, was ich tun sollte, reagierte ich so, wie jedes Mädchen reagieren würde. Ich fing an zu weinen.

3
JETT

Während ich ein kaltes Bier trank und auf dem Deck meines Strandhauses in Malibu saß, bekam ich eine SMS von einem Typen, mit dem ich in Maplewood, New Jersey, zur High-School gegangen war. Kurz nach der Nachricht meiner Mutter von einem großen Familienurlaub kam die Nachricht, dass unsere High-School-Abschlussklasse am 25. Juli in der Turnhalle ihr zehnjähriges Klassentreffen veranstalten würde.

Josh war einst einer meiner besten Freunde gewesen. Er hatte bereits zwei Kinder und war verheiratet, und jedes Mal, wenn ich mit ihm telefonierte, rief seine Frau im Hintergrund weibliche Vornamen. Sie wollte mich mit einer ihrer Single-Freundinnen zusammenbringen, damit wir alle zusammen ausgehen konnten. Ich war natürlich nicht davon begeistert.

Im College war ich mit ein paar Frauen zusammen gewesen. Ich war allerdings nicht der Playboy, für den meine Familie mich hielt. Als ich 25 wurde, brachte mich ein Freund in einen exklusiven Club in Portland, Oregon. Er sagte mir, ich würde dort Frauen finden, die mehr nach meinem Geschmack waren.

Ron und ich gingen mit zwei Frauen aus, die wir eines

Abends in einer Bar trafen. Er bemerkte, wie ich die Frau behandelte, mit der ich zusammen war. Ich hatte gewisse Erwartungen, die sie nicht erfüllen konnte.

Laute Frauen waren nichts für mich. Ich mochte ruhige Frauen, die nur dann sprachen, wenn sie etwas Interessantes zu sagen hatten. Smalltalk langweilte mich. Ich mochte intelligente Frauen, denen es nichts ausmachte, mir die Führung zu überlassen. Diese Kombination war nicht leicht zu finden.

Ich betrachtete mich nicht als herrisch oder kontrollierend. Ich betrachtete mich als einen selbstbewussten Mann, der wusste, was er wollte und wie er es wollte. Nicht, dass sich die Welt um mich drehen sollte oder so etwas. Es war nur so, dass ich nicht jede Kleinigkeit erklären wollte, die ich mir von einer Frau wünschte oder die ich mit ihr tun wollte. Deshalb war ich Single. Nicht viele Frauen suchten so einen Mann. Aber in diesem Club wollten die Frauen genau das.

Der Dungeon of Decorum war ein wahr gewordener Traum für mich. Ich hatte mir zu verschiedenen Zeiten drei verschiedene Subs genommen. Ich hatte mich auch mit einigen der Frauen im Club beschäftigt, ohne sie zu besitzen. Es war einfach, sie wieder gehen zu lassen. Nichts war übermäßig emotional, was mir an dem Club besonders gut gefiel.

Mit meinen Subs gab es Verträge, die meine Regeln darlegten. Die Frauen verstanden, was ich wollte, und hielten sich daran. Ich hatte zu jener Zeit keine Fetische. Normaler Sex war alles, was ich wollte. Meist wollte ich Kontrolle ausüben. Ich wollte eine Frau, die das tat, was ich ihr gesagt hatte. Sie sollte still sein, alles tun, was ich von ihr verlangte, ohne auch nur die Augen zu verdrehen, und für mich zur Verfügung stehen, wenn ich es wollte. Ganz einfach.

Nach einer Weile fügte ich ein paar Dinge hinzu. Ich fand Gefallen daran, ihre Hände hinter ihrem Rücken oder über ihrem Kopf zu fesseln. Ich fesselte sie gern ans Bett. Und gelegentlich gab ich ihr mit meiner Hand oder einem Paddel ein paar Klapse. Nichts übermäßig Schmerzhaftes. Ich musste in ihre Gedanken eindringen, um zu wissen, was sie wollte oder brauchte. Ich war kein typischer Dom. Die Rolle war mir nicht so angeboren wie vielen anderen Männern, die ich im Club kennenlernte.

Ein Teil des Vergnügens bestand für sie darin, über ihre Subs und alles, was sie für sie tun konnten, nachzudenken. Ich war einfach nicht so. Ich wollte diesen Lebensstil für mich, nicht für irgendjemand anderen. Machte mich das egoistisch? Verdammt, ja. Es war mir egal. Ich tat es nicht, um Freunde fürs Leben zu finden. Ich hatte schon viele davon.

Als Joshs Frau begann, Frauen zu nennen, die ich zu dem Klassentreffen mitnehmen sollte, erweiterte ich meine Lüge. Ich erzählte Josh, dass ich geheiratet hatte, seit wir das letzte Mal miteinander gesprochen hatten, und dass ich meine Frau zu dem Klassentreffen mitnehmen würde. Er konnte also seiner Frau sagen, dass sie nicht länger versuchen sollte, mich mit ihren Freundinnen zusammenzubringen.

Jetzt hatte ich zwei Veranstaltungen, für die ich in diesem Sommer eine Frau brauchte. Ein paar Tage später erhielt ich eine Einladung von meinem ehemaligen College-Mitbewohner. Er heiratete am dritten Samstag im Juni. Ich hasste es, allein zu Hochzeiten zu gehen. Es war einfach zu deprimierend und alle Brautjungfern waren hinter mir her.

Ich genoss es nicht. Ich war der Jäger, nicht die Beute.

Als ich auf dem Deck saß und mein Bier beendete, bekam ich eine SMS von meiner Cousine in New York. Sie hatte vor, Ende August zu heiraten, und wollte, dass ich dabei war.

Zwei Hochzeiten, ein Klassentreffen und ein einwöchiger Urlaub mit meiner Familie und dem Hochadel der Hamptons. Was sollte ich tun?

Keine der Subs, die ich bislang gehabt hatte, war dazu geeignet, meine Ehefrau zu spielen. Sie waren alle ein bisschen finster und unheimlich. Ich brauchte ein braves, normales Mädchen. Aber wir würden drei Monate lang miteinander zurechtkommen und zusammenleben müssen, um alles echt aussehen zu lassen.

Ich musste Ringe kaufen. Ein Haus in New York wäre auch großartig. Ich konnte das alles im Handumdrehen beschaffen. Das Einzige, was ich nicht wusste, war, wie ich ein braves Mädchen dazu bringen könnte, meine angebliche Ehefrau zu werden.

Es klingelte und ich ging durch das Haus und öffnete die Tür. Meine Nachbarin stand mit einem Schokoladenkuchen in der Hand vor mir. „Hey, Süßer."

„Maggie. Was ist mit dem Kuchen?" Ich trat zurück, um sie hereinzulassen, und ging in die Küche, wo ich mir noch ein Bier holte. Ich machte mir nicht die Mühe, ihr auch eins zu holen. Sie würde nicht bleiben.

„Ich habe ihn für dich gebacken. Ist heute nicht dein Geburtstag, Jett?"

„Nein." Ich öffnete das Bier und trank einen langen Schluck. Maggie hatte immer eine Ausrede dafür, dass sie zu mir nach Hause kam. Ich war nicht überrascht, dass sie sich das ausgedacht hatte.

Sie stellte den Kuchen, der auf der einen Seite eingestürzt war, auf den Esstisch und legte ihre Hand auf ihre runde Hüfte, während sie ihr strähniges, schwarzes Haar über ihre Schulter warf. „Oh, tut mir leid." Ihr Finger berührte ihre Unterlippe, als sie einen vergeblichen Versuch machte, sexy auszusehen. „Nun, du kannst den Kuchen trotzdem haben. Hast du noch ein Bier für mich, Jett?"

„Nein." Ich warf den Flaschenverschluss in den Müll und ging hinaus aufs Deck. „Danke für den Kuchen. Du kennst den Weg nach draußen."

Sie folgte mir trotzdem. „Ich habe keine Schachteln vom Lieferservice in deinem Abfalleimer gesehen. Hast du schon zu Abend gegessen?"

„Nein. Vielleicht bestelle ich mir später etwas." Ich nahm meine Sonnenbrille vom Kopf, setzte sie auf und sah hinaus auf den Ozean, anstatt sie anzusehen.

Maggie ging mir auf die Nerven. Das hatte sie immer getan. Es war einfach so, dass sie so verdammt offensichtlich war. Sie wollte mich. Und das allein schreckte mich an ihr ab.

Ich wusste, zu welchen Mitteln Frauen griffen, die mich wollten. Ich würde mich nicht von einer dieser hinterhältigen Schlampen einfangen lassen.

Deshalb mochte ich Dom/Sub-Beziehungen. Wenn ich ihnen sagte, dass sie die Pille nehmen sollten, taten sie es. Wenn ich ihnen sagte, dass sie nicht schwanger werden sollten, gehorchten sie mir. Maggie und anderen Frauen wie ihr konnte man nicht trauen.

Als Maggie auf das Geländer des Decks zulief, beugte sie sich vor, als wollte sie herausfinden, wie hoch oben sie war. Sie zeigte mir dabei ihren Hintern. Ihren großen Hintern, der in kurze Shorts gekleidet war. Es war seltsam, dass es mich überhaupt nicht reizte. Kein bisschen.

„Ich könnte Abendessen für dich kochen. Ich mache fantastische Spaghetti." Sie drehte sich langsam um und streckte ihre prallen Brüste heraus. Wieder empfand ich dabei nichts. Sie war einfach nicht das Gesamtpaket, das ich wollte.

„Wenn ich dir sagen würde, dass du deine Zeit mit mir verschwendest, würde es diese Folter beenden?" Ich trank noch einen Schluck und schaute an ihr vorbei, anstatt sie anzusehen.

„Folter? Du denkst, eine Frau, die dir Kuchen und ein Abendessen anbietet, ist Folter?"

„Du bietest mir mehr als das an." Ich zog meine Sonnenbrille herunter, um sie darüber hinweg zu betrachten. „Wenn ich dir sagen würde, dass du in mein Schlafzimmer gehen, die Augenbinde in der linken Nachttischschublade umlegen, dich hinknien und auf mich warten sollst ... was wäre deine Antwort?"

„Welche Tür führt in dein Schlafzimmer?" Sie lächelte mich verschlagen an.

„Und deshalb will ich dich nicht. Du bist zu leicht zu haben, Maggie."

„Ich stehe nicht auf Spielchen." Sie machte ein paar Schritte und wackelte mit dem Hintern.

„Doch, du stehst auf Spielchen. Ich aber nicht. Ich stehe auf unkomplizierten, unverbindlichen Sex."

„Ich kann das." Sie warf mir einen Kuss zu.

Ich trank noch einen Schluck. Sie langweilte mich schon. „Du bist nicht die Richtige, Maggie. Du hast nicht das, was ich brauche. Ich brauche ein braves Mädchen."

„Ich kann dein braves Mädchen sein, Jett. Teste mich."

Ich stand auf, nahm sie an der Hand und führte sie hinein. Sie atmete bereits schwer, als ich mit ihr durch das Haus ging. Dann öffnete ich die Haustür. „Bye, Maggie."

Sie stoppte das schwere Atmen mit einem lauten Schnaufen. „Jett Simmons, du bist ein verdammtes Arschloch!"

„Ich weiß." Ich machte die Tür vor ihrem Gesicht zu und schloss sie ab. Dann ging ich zurück auf mein Deck, um darüber nachzudenken, was ich tun könnte, um mir eine angebliche Ehefrau zu beschaffen.

4

ASIA

„Miss Jones, es scheint so, als würde ich Sie nächstes Semester wiedersehen." Professor Laughton legte das Blatt Papier mit der Vorderseite nach unten auf meinen Tisch.

Ich musste es nicht einmal ansehen. Aber der Mann konnte darauf wetten, dass ich seinen Kurs nicht noch einmal belegen würde. Ich würde einen anderen Lehrer für die Wiederholung meines Datenextraktionskurses finden.

Das war also das Ende meines kostenlosen College-Studiums. Mein Stipendium war Geschichte und ich hatte keine Ahnung, woher ich das Geld bekommen sollte, um die Studiengebühren im nächsten Jahr zu bezahlen.

Ich ließ den Kopf hängen, als ich zurück zum Wohnheim ging. Zumindest würde ich ein Dach über dem Kopf und Essen haben, bis das Semester in zwei Wochen endete. Noch nie war ich so niedergeschlagen gewesen.

Jemand stieß gegen meine Schulter und lenkte meine Aufmerksamkeit von dem grünen Gras ab, das ich bei jedem Schritt zertrat. „Ich habe schon fröhlichere Gesichter auf Beerdigungen gesehen." Es war Joy, eine Freundin von mir. Sie war eines dieser schönen, reichen Mädchen, die keine Probleme hatten. Sie würde meine Sorgen nie verstehen. „Also, was ist los?"

„Nichts." Ich trottete weiter und versuchte in mein Zimmer zu gelangen, bevor ich in Tränen ausbrach.

Sie stellte sich vor mich hin, hielt mich an und nahm mein Kinn in die Hand. Ihre perfekten Nägel waren glänzend rosa lackiert. Ihre Haare waren perfekt frisiert. Sie war einfach zu perfekt. „Etwas stimmt nicht mit dir. Komm schon, sag es mir, Asia."

Tränen brannten in meinen Augen. „Ich werde gleich weinen, Joy. Lass mich einfach gehen."

Sie legte den Arm um mich und ich bemerkte den zarten Duft ihres Parfüms. Es roch teuer. „Du kommst mit mir. Ich werde dich nicht alleine weinen lassen." Sie führte mich weg, bevor ich protestieren konnte.

Kurz darauf saßen wir in ihrer Wohnung. Sie machte Margaritas und bereitete Chips und Salsa zu. Ich ertränkte meine Sorgen, während ich scharfe Snacks aß. Aber ich fühlte mich immer noch nicht besser.

Joy setzte sich gegenüber von mir an den Tisch und war bereit, sich meine klägliche Geschichte anzuhören. „Erzähl es mir, Asia. Alles."

Die Worte strömten aus meinem Mund und Tränen aus meinen Augen. „Ich kann das College nicht beenden! Ich habe einen Kurs nicht bestanden und verliere mein Stipendium! Ich muss eine Menge Geld verdienen, um alles bezahlen zu können, und ich weiß nicht, wie ich das schaffen soll!", rief ich schluchzend und legte kraftlos meinen Kopf auf den Tisch.

„Oh, dafür gibt es eine einfache Lösung. Du kannst tun, was ich getan habe. Ich hatte auch kein Geld fürs College und habe einen Weg gefunden, es zu bezahlen." Ihre Worte waren verrückt. Sie ergaben keinen Sinn für mich.

Sie hatte kein Geld fürs College gehabt?

Das Mädchen hatte ständig neue Kleider, ein tolles Auto und eine fantastische Wohnung. Sie hatte das alles und studierte.

„Wie?" Mehr konnte ich nicht sagen, als ich mir die Augen abwischte und ungläubig den Kopf schüttelte.

Kannte sie wirklich einen Weg, all das Geld zu verdienen, das ich brauchte?

„Es gibt diesen Ort in Oregon ..."

Ich schnitt ihr das Wort ab. „Ich kann nicht dorthin. Ich habe kein Geld dafür." Es war hoffnungslos. Ich würde nie mein Studium abschließen können.

„Hör mir zu, Asia. Ich habe mich für eine Auktion angemeldet. Ich habe mich zur submissiven Partnerin eines Mannes gemacht. Mein Vertrag war zwei Monate gültig. Der Club bezahlt dein Flugticket dorthin. Du wirst eingekleidet und wenn ein Mann dich kauft, übernimmt er alles andere. Er versorgt dich mit Kleidung, Essen, Trinken und einer Unterkunft. Er kümmert sich während der gesamten Vertragslaufzeit um dich."

„Das hört sich ein bisschen zu gut an, um wahr zu sein, Joy." Ich glaubte ihr einfach nicht. Es konnte nicht real sein.

„Nun, es gibt natürlich Dinge, die du tun musst."

Ich nahm eine Serviette und putzte mir die Nase. „Natürlich." *Ich wusste, dass es zu gut war, um wahr zu sein!*

„Du musst tun, was er will. Aber du hast die Kontrolle über alles."

„Das ist ein Oxymoron, wenn ich jemals eines gehört habe. Tun, was er will, aber die Kontrolle haben." Ich kaufte es ihr nicht ab.

„Du füllst eine Liste mit Dingen aus, die du tust und nicht tust. Zum Beispiel werde ich niemals Spiele mit Messern oder Waffen zulassen."

„Verdammt! Was für Scheiße wollen diese Männer?" Ich war schockiert.

„Es ist BDSM, Asia. Ich weiß, dass du schon davon gehört hast. Wer hat das nicht?" Sie trank einen kleinen Schluck Margarita und blickte auf, als wäre ich eine Närrin.

„BDSM? Sex mit Fesseln und Schlägen? Männer, die Frauen dominieren?" Ich schüttelte die ganze Zeit den Kopf und fragte mich, was für Frauen das mit sich machen ließen.

Ein schiefes Grinsen verzog ihre Lippen. „Oh, du wärst schockiert, wie großartig sich das alles anfühlt. Du gelangst an einen anderen Ort und in eine andere Zeit, wenn du es tust. Und der Club sorgt dafür, dass die Doms gut trainiert sind. Es gibt nichts, worüber man sich Sorgen machen müsste. Du lernst so viel über deinen Geist und deinen Körper und wirst dafür bezahlt. Es ist eine Win-Win-Situation."

„Eher Lose-Lose. Du redest davon, deinen Körper zu verkaufen, Joy." Mir war etwas übel. Meine Freundin war nicht die, für die ich sie gehalten hatte!

„Wenn es das ist, warum habe ich mich dann nie so gefühlt? Verdammt, ich fühlte mich, als ob ich bezahlt wurde, um Vergnügen jenseits meiner wildesten Träume zu empfinden. Ich hätte selbst jemanden dafür bezahlt, das mit mir zu tun. Es war so gut, Asia."

Irgendwie war ich eher fasziniert als angewidert. „Und wodurch werde ich die Kontrolle haben?"

„Durch das Safeword und die Tatsache, dass es keine Spiele geben wird, denen du nicht vorher zugestimmt hast. Das Gespräch über das, was man tut, ist fast genauso verlockend wie die Umsetzung." Sie leckte sich die Lippen und schloss die Augen. „Und du wirst diese Erinnerungen für immer haben! Manchmal höre ich immer noch, wie mein Dom mir sagt, ich soll stillsitzen oder er wird mir den Hintern versohlen. Dann habe ich gezappelt, nur um ihn dazu zu bringen, es zu tun. Es hat mich jedes Mal nass und scharf gemacht."

Ich war wieder angewidert. „Mit dir stimmt etwas nicht, Joy."

„Von mir aus. Aber ich bin nicht die Einzige, die so empfindet. Es waren Hunderte von Frauen im Club. Nicht alle waren in der Auktion. Einige waren dort, um von den Männern verwöhnt zu werden, ohne irgendeine Form der Bezahlung dafür zu akzeptieren."

„Warum sollte jemand bei einer Auktion für eine Sub bezahlen, wenn es Frauen gibt, die er kostenlos haben kann?"

„Weil manche Männer wollen, dass es länger als eine Session dauert. Manche wollen die Sub mitnehmen. Manche wollen sie eine Weile behalten. Glaub mir, wenn du einmal besessen wurdest, kennst du die wahre Bedeutung von Macht. Du gibst deine auf und bekommst dafür die Macht deines Doms. Es ist ein Austausch, der dich für immer verändern wird."

Joy hatte nie über irgendeinen Mann in ihrem Leben gesprochen und es hatte mich neugierig gemacht. „Hast du dich in den Mann verliebt, der dich gekauft hat?"

„Liebe?" Sie schüttelte den Kopf. „Nein. Keine Liebe. Ich habe ihn sehr respektiert. Ich liebte es, wie ich mich bei ihm gefühlt habe. Aber ich habe ihn nicht geliebt. Um ehrlich zu sein, war er stets wachsam und ließ mich nie vollständig an sich heran. Das war okay für mich. Und ich war bereit dafür, dass es endete. Die Intensität kann überwältigend sein."

„Müsste ich in einer Auktion sein? Weil ich nicht mit einem Mann zusammen sein möchte, den ich noch nie gesehen habe. Ich würde gern die Wahl haben. Oder ist das unmöglich?" Ich konnte selbst nicht glauben, was ich sagte.

Würde ich es tun?

„Du kannst dich als verfügbar für einen Vertrag anmelden. Du musst eine ärztliche Untersuchung bei dir machen lassen, die der Club bezahlt. Dann wählst du die Spielarten aus, mit denen du einverstanden bist. Wenn sich ein Mann für dich interessiert, wird er dich kontaktieren. Es ist anders als bei den Auktionen. Aber du wirst die Wahl haben, Ja oder Nein zu ihm zu sagen."

„Also könnte ich auf einen Mann warten, von dem ich mich angezogen fühle?"

„Sicher." Sie holte ihr Handy hervor und öffnete eine Webseite. „Der Dungeon of Decorum ist wie etwas aus einem Fantasy-Roman. Er ist wie ein Traum, von dem du nie wusstest, dass du ihn haben wolltest."

Ich dachte nach. Ich könnte es tun. Ich könnte eine gewisse Kontrolle haben. Und ich hatte auch ein Geheimnis. Etwas, das mir vielleicht mehr Geld einbringen würde als den meisten anderen Frauen. Ich war Jungfrau.

Es gab noch etwas, das ich wissen musste. „Joy, wie viel Geld hast du für die zwei Monate bekommen?"

„250.000 Dollar."

„Verdammt!"

Ich war dabei!

5
JETT

Bald würde es Ende Mai sein. Der Urlaub meiner Familie war nah und ich musste schnell eine Braut finden!

Niemand in meinem unmittelbaren Umfeld war dafür geeignet. Ich musste mich hinauswagen und selbst dort fand ich niemanden, mit dem ich drei Monate lang auskommen konnte.

Dann kam mir die Idee, dass ich die Webseite des Dungeon of Decorum nach einer geeigneten Kandidatin durchsuchen könnte. Ich hatte wenig Zeit und wusste nicht, wo ich sonst suchen sollte.

Also öffnete ich die Webseite und begann zu stöbern. Leider hatten die Frauen in der BDSM-Szene meistens den klassischen Bad-Girl-Look. Ich wollte kein böses Mädchen, sondern ein gutes.

Gerade als ich die Hoffnung aufgeben wollte, sah ich sie. Asia Jones war ihr Name und sie sah aus wie ein Engel. Und sie musste intelligent sein. Sie studierte Statistik an der Rutgers University. Es klang ein bisschen langweilig, aber sie musste verdammt klug sein, um das tun zu wollen.

Ich fuhr mit den Fingerspitzen über ihre rosige Wange auf

dem Computerbildschirm. Ihr langes schwarzes Haar sah seidig aus und reichte bis zu ihrer Taille. Ihr Pony war lang und umrahmte ihr schönes Gesicht. Ihre mandelförmigen braunen Augen sahen friedlich aus und waren von dichten, dunklen Wimpern umgeben. Ihre Haut hatte die Farbe von Kaffee mit viel Sahne. Ihre Lippen waren rosa und herrlich voll. Hohe Wangenknochen ließen sie exotisch aussehen. Sie war eine wahre Schönheit.

Sie war die Richtige!

Aber da war noch ihre Liste. Sie erlaubte Spanking und verschiedene Variationen sensorischer Deprivation. Bondage war okay für sie. Das war alles, was mich wirklich interessierte.

Mein Handy klingelte und ich sah, dass meine Mutter anrief. „Hi, Mom."

„Jett, ich kann es kaum erwarten, sie kennenzulernen. Ihr zwei seid immer noch zusammen, nicht wahr?"

„Sicher. Du wirst eine Überraschung erleben." Ich lächelte Asias Foto an. Mom würde sie mögen.

„Ich will ihren Namen wissen. Ich muss Tischkarten vorbereiten." Das war ihre Art, Informationen aus mir herauszubekommen, aber es würde nicht funktionieren.

„Du kannst Mrs. Jett Simmons auf deine Tischkarten schreiben. Sie wird das lieben." Würde Asia es lieben, Mrs. Simmons genannt zu werden? Würde sie es mögen, als meine Ehefrau bezeichnet zu werden?

„Oh! Wirst du sie wirklich heiraten, bevor du herkommst, Jett?" Mom war auf einem Level, den ich noch nie bei ihr gehört hatte. Aufregung gemischt mit Adrenalin erfüllte ihre Stimme.

„Ja, Mom. Ich werde es tun." Wenn Asia zustimmen würde, mir zu gehören.

Ich musste sicherstellen, dass die Versuchung so süß war, dass sie ihr nicht widerstehen konnte. Ich hatte ein Haus in einem noblen Vorort von New York gekauft. Ich würde es ihr überlassen, wenn sie kooperativ war.

„Ich wünschte, du würdest hier heiraten, Junge. Dein Vater und ich würden gern an deinem besonderen Tag bei dir sein. Bitte sag mir, dass du darüber nachdenkst." Ihre bettelnde Stimme zerrte an meinem Herzen.

Aber es würde keine richtige Hochzeit geben. „Tut mir leid, Mom. Asia will, dass wir allein heiraten. Sie ist schüchtern. Das verstehst du, oder?"

„Schüchtern?" Sie schien verwirrt zu sein. „Wer ist so schüchtern, dass er keine richtige Hochzeit will?"

„Findest du schon Fehler bei meiner Liebsten, Mutter?" Ich setzte meinen strengsten Tonfall bei ihr ein. Ich wollte nicht, dass sie Asia mit ihren dummen Vorstellungen darüber, was richtig war und was nicht, auf die Nerven ging.

Ich grinste darüber, dass ich bereits davon ausging, dass die Frau auf dem Bildschirm bald bei mir sein und die Rolle meiner Ehefrau spielen würde. Während sie tatsächlich meine Sub sein würde.

Ich hatte noch nie eine Frau dazu gebracht, etwas zu sein, das sie nicht schon war. Es war neu für mich und ich war ziemlich sicher, dass es das auch für Asia sein würde. Würde es ihr etwas ausmachen? Sollte ich ihr im Voraus von der Scheinehe erzählen?

Ich dachte, ich sollte damit warten, bis der Vertrag unterzeichnet war. Ich könnte ihn so formulieren, dass sie keine andere Wahl hatte. Das würde ich tun!

„Himmel, nein. Wenn sie schüchtern ist, ist das in Ordnung. Ich werde ihr Zeit geben, mich kennenzulernen. Sie und ich werden beste Freundinnen werden!"

Meine Mutter und meine Sub, beste Freundinnen!

Ich musste wieder grinsen. „Ich bin sicher, dass ihr euch mögen werdet."

„Du klingst so glücklich, Jett. Sie macht dich glücklich, nicht wahr?"

„Ja, das tut sie." Ich fuhr mit meinen Fingern über den Bildschirm und wünschte mir, dass ich sie berühren könnte. „Sie ist reizend, Mom. Die Art von Mädchen, die du immer für mich haben wolltest. Klug, schön und bodenständig. Ich kann es kaum erwarten, dass du sie kennenlernst."

Ich wusste, dass ich nur beten konnte, dass Asia all diese Dinge sein konnte. Aber ich wollte, dass es wahr war. Ich wollte, dass sie die Frau war, von der ich dachte, dass sie perfekt für mich wäre.

Es war seltsam, als ich ihr Foto betrachtete. Ich konnte sie so sehen, wie ich noch nie jemanden gesehen hatte. Es war, als ob ich sie schon einmal gesehen hätte. Vielleicht in meinen Träumen. Sie schien so vertraut zu sein und so richtig für mich.

„Ich bin so glücklich. Ich lege jetzt auf, damit ich Tischkarten mit dem Namen meiner Schwiegertochter bestellen kann. Ich liebe dich."

„Ich dich auch, Mom."

Ich legte mein Handy weg und scrollte nach unten, um mehr über die Frau zu erfahren, die mich so faszinierte. Sie war mit 1,62 Metern recht klein. Ihre Heimatstadt war Queens. Ihre Hobbys waren Wandern, was ich auch mochte, und Rudern, was ich noch nie getan hatte. Aber es klang cool.

Ich betrachtete, was sie anhatte, und mochte ihren Stil. Die weiße Bluse mit dem Spitzenkragen sah süß an ihr aus. Sie war zurückhaltend, aber fesselnd. Sie würde eine großartige Mutter sein. Ich konnte vor mir sehen, wie sie Kinder in einen Bus setzte oder sie zur Schule fuhr und „Ich liebe euch" rief, wenn sie von ihr weggingen. Sie lächelte, ging zurück ins Auto und sah aus wie eine kleine Puppe, die ganz mir gehörte.

Dann wurde mir klar, dass ich wie ein Narr dachte. Ich tat so, als könnte sie das sein, was ich wirklich wollte. Sie würde meine Sub sein. Sie würde tun, was ich ihr sagte, egal was es war.

Ich wusste nicht, warum ich mich so albern benahm. Es war, als ob ihr Foto etwas in mir bewegte. Aber ich wusste, dass sie wie alle anderen Subs sein würde, die ich schon gehabt hatte. Sie war sicher nur dort, um Geld zu verdienen. Sie war nicht der Typ, der dort war, weil sie es sein wollte.

Ich hatte zwei Subs gehabt, die Geld brauchten und deshalb in den Dungeon gekommen waren. Frauen, die es taten, weil sie es wollten, waren viel besser. Sie genossen es, wenn ich streng mit ihnen sprach und sie mit eiserner Faust beherrschte. Asia brauchte Geld. Ich war mir dessen sicher.

Aber sie sah perfekt für die Rolle meiner Ehefrau aus und wenn sie mein Geld wollte, würde sie sie auch spielen!

Ich scrollte noch weiter nach unten und die Worte, die auftauchten, ließen meinen Schwanz pulsieren.

Meine kleine Asia war Jungfrau!

6

ASIA

Ein Licht blinkte auf meinem Laptop auf, als ich ihn öffnete. Der Dungeon of Decorum hatte eine App, die ich auf den Desktop heruntergeladen hatte. Ich war sicher, dass es eine Nachricht von der Frau namens Isabel war, mit der ich gesprochen hatte. Sie hatte die Vorbereitungen für meine ärztliche Untersuchung getroffen und mir eine Nachricht geschickt, als sie die Ergebnisse bekommen hatte. Ich war völlig gesund. Der Arzt bestätigte, dass ich die Pille als Verhütungsmethode nutzte, und hatte mir genug davon für sechs Monate verschrieben.

Isabel hatte gesagt, sie würde mir eine Nachricht schicken, sobald mein Profil auf die Webseite hochgeladen wurde. Das war es, woran ich dachte, als ich die App öffnete. Es gab eine Nachricht von ihr, aber auch eine von einem Mann namens Jett Simmons.

Hatte ich meinen ersten Interessenten?

Ich öffnete Isabels Botschaft und es war wie erwartet ein Willkommensbrief. Dann öffnete ich die Nachricht des Doms, der sich für mich interessierte. Mein Herz klopfte genauso laut, als ob ich ihn persönlich treffen würde.

Die Nachricht war kurz und auf dem Punkt. *Ich mag dein Profil. Lass uns reden.*

Ich schrieb zurück, dass ich gerne mit ihm reden würde und auch sein Profil sehen wollte, da er meines gesehen hatte. Die Antwort kam augenblicklich. Und als ich sein attraktives Gesicht sah, stockte mir der Atem.

Seine Haare waren schulterlang, schokoladenbraun mit goldenen Strähnen und üppig gewellt. Seine Haut war gebräunt und seine Gesichtszüge waren wie gemeißelt. Laut Beschreibung war er 1,85 Meter groß und er war muskulös gebaut. Der schwarze Anzug, den er trug, umschloss seinen Bizeps und hob ihn hervor. Seine meergrünen Augen, die von dunklen Wimpern umgeben waren, wirkten verwegen und befehlend. Er sah aus wie ein Dom. Seine Fetische waren Bondage, Kontaktspiele wie Spanking und Paddeln, sensorische Deprivation mit Augenbinden, völliger Dunkelheit und lauter Musik sowie Fantasiespiele.

Er klang überhaupt nicht schlecht. Und ich musste zugeben, dass ich ihn äußerst gutaussehend fand. Ich könnte seine Sub sein. Aber wie lange würde er mich wollen? Und noch wichtiger: Wie viel würde er bezahlen?

Eine weitere Nachricht erreichte mich. Es war seine Telefonnummer. Mein Herz explodierte fast in meiner Brust. Er wollte, dass ich ihn anrief!

Meine Finger zitterten, als ich die Nummer wählte. „Asia?"

„Jett?"

„Hi. Ich bin froh, dass du angerufen hast. Ich bin kein Mann, der lange Nachrichten hin- und herschickt." Seine Stimme war tief, glatt und entspannte mich sofort.

„Ich spreche auch lieber als zu schreiben." Ich holte tief Luft, um meine Nerven zu beruhigen.

„Hast du etwas dagegen, mir zu sagen, wofür du das Geld brauchst, Asia?"

„Für das College. Ich hatte noch nie Probleme mit meinen Kursen und erhielt ein volles Stipendium für Rutgers. Aber dieses Jahr habe ich zwei Kurse nicht geschafft und dadurch mein Stipendium verloren. Ich muss Geld verdienen, damit ich mein letztes Jahr am College bezahlen kann, oder ich werde gezwungen sein, mein Studium abzubrechen."

„Das ist ein vernünftiger Grund, Geld zu brauchen. Bist du in den Monate Juni, Juli und August verfügbar?"

„Ja, Sir." Mein Magen zog sich erwartungsvoll zusammen.

„Das ist ausgezeichnet. Möchtest du mein Angebot hören, Asia?"

„Ja, Sir."

Er räusperte sich. „Mein Angebot sind 300.000 Dollar plus ein nagelneuer Mercedes in der Farbe deiner Wahl. Es gibt einige Schmuckstücke, von denen ich erwarte, dass du sie zu jeder Zeit trägst. Du kannst sie am Ende des Vertrages behalten oder auch verkaufen, wenn du willst. Wenn du sehr gut bist, bekommst du als Bonus das Haus, das ich in der Sterling Ridge Gegend von Harrison, New York gekauft habe."

Ich saß aufgeregt auf meinem Stuhl. Wer könnte mir mehr bieten als das?

Und er war gutaussehend. Ja, er sah etwas anspruchsvoll aus, aber was sollte man von einem Dom erwarten?

Im Grunde klang alles zu gut, um wahr zu sein, und ich musste fragen: „Ist das eine normale Summe, die ein Mann für eine temporäre Sub bezahlt?"

„Sie ist ein bisschen höher als normal. Sie ist die höchste Summe, die ich je für eine Sub bezahlt habe, aber ich denke, du bist etwas Besonderes, hauptsächlich wegen deiner Jungfräulichkeit. Ich brauche eine nette junge Frau und deine Unschuld gefällt mir ungemein. Du bist auf eine besondere Weise wunderschön und perfekt für das, was ich will. Solange du begreifst, dass ich ein strenger Dom bin, sollte es zwischen uns gutgehen. Aber ich brauche bald eine Antwort."

Ich musste nur noch eine Sache fragen. „Wirst du sanft sein, wenn du mir meine Jungfräulichkeit nimmst?"

Seine Antwort war schnell. „Natürlich." Es beruhigte mich noch mehr.

Mein Profil war gerade erst veröffentlicht worden und ich hatte bereits ein Angebot bekommen, das weit über das hinausging, wovon ich hätte träumen können. Und der Mann war verheerend attraktiv!

„Wir scheinen es beide eilig zu haben. Und ich bin beeindruckt von deinem Angebot. Ich glaube, ich kann das sein, was du brauchst, Sir."

Die Art, wie sein Atem mein Ohr durch das Telefon füllte, ließ einen Schauder über meine Wirbelsäule laufen und durch den Rest von mir vibrieren. „Mein Gott, deine Stimme macht etwas mit mir, Asia. Und dein Benehmen gefällt mir jetzt schon."

„Ich muss zugeben, dass der Klang deiner Stimme mich tröstet. Ich habe mir Sorgen gemacht, das zu tun, aber ich habe das Gefühl, dass du gut zu mir sein wirst." Ich stand von dem Stuhl an meinem kleinen Schreibtisch auf und wirbelte herum, als mich Freude erfüllte.

„Du kannst mir vertrauen, Asia. In erster Linie will ich deinen Respekt und deinen Gehorsam. Es ist nicht so schwer, mir zu gefallen. Tu, was auch immer ich sage, und sei das, was ich von dir verlange."

Ich würde alles sein, was er wollte, für all das, was er mir geben wollte. Mom und Dad würden nichts mehr zu befürchten haben. Ich würde genug Geld für uns alle haben!

Ich erstarrte. Wie würde ich meinen plötzlichen Reichtum begründen? Das Haus und das Auto würden schwer zu erklären sein. Das Geld konnte ich auf meinem Bankkonto verstecken.

Ich zuckte mit den Schultern. Ich würde mich damit befassen, wenn es soweit war. Sie mussten nichts von dem Deal erfahren, den ich machte, um uns alle von unseren finanziellen Problemen zu befreien.

„Darf ich dich fragen, wo wir den Sommer verbringen werden, Sir?"

„In der Gegend von New York, in dem Haus, von dem ich dir erzählt habe. Ist das ein Problem?"

„Ganz und gar nicht. Es ist fantastisch. Meine Eltern werden wissen wollen, wo ich bin. Nicht, dass ich ein Kind wäre, das ihnen gehorchen muss. Aber ich sollte sie trotzdem wissen lassen, wo ich bin. Du verstehst das, nicht wahr, Sir?"

„Ja. Solange du verstehst, dass du für die Dauer des Vertrags mir gehörst. Du kannst sie nur sehen, wenn ich es erlaube."

Der Gedanke war entmutigend. Ich war einen Moment ernüchtert. Ich konnte meine Eltern nicht besuchen, wann ich es wollte. Und das drei Monate lang?

„Wäre das etwas, das du erlaubst, Sir?"

„Höchstwahrscheinlich."

Seine Antwort war kurz und auf dem Punkt. Er war scheinbar ein Mann weniger Worte. Und er erklärte sich nicht. Aber hatte mir Joy das nicht auch von ihrem Dom erzählt?

Er hatte sie nie ganz an sich herangelassen. Vielleicht war das eines der Hauptmerkmale der Männer, die so etwas taten. Was auch immer es war, ich mochte diesen Aspekt von ihm nicht.

Aber nicht alles, was er tat, würde mir gefallen, so wie bei jedem anderen auch. Und nicht alles, was ich tat, würde ihm gefallen. Oder doch?

Ich musste dafür sorgen, dass es so war, oder ich würde vielleicht nicht die gesamte Summe bekommen. Aber mein Mangel an sexueller Erfahrung könnte ihn langweilen.

„Sir, bist du sicher, dass meine Jungfräulichkeit kein Problem ist?"

„Sie ist ein Segen, Asia. Akzeptierst du mein Angebot oder nicht? Ich bin kein Mann, der gerne wartet."

„Ich werde mein Bestes tun, um dir zu gefallen, Sir. Ich nehme dein Angebot an. Was passiert nun?" Ich zitterte vor Aufregung. Ich war für drei Monate an einen Fremden gebunden. Und ich würde dafür mehr bekommen, als ich je gehabt hatte oder für möglich gehalten hätte!

„Wir treffen uns in Portland, Oregon, im Dungeon of Decorum, um den Vertrag zu unterzeichnen. Ich werde mich bei dir melden, sobald ich alles arrangiert habe. Wir werden uns sehr bald sehen. Ich wünsche dir einen schönen Abend, meine kleine Asia."

„Das wünsche ich dir auch, Sir."

Ich legte auf und fiel auf mein Bett. Ich war eine Sub! Ich hatte einen Dom!

Was zum Teufel hatte ich getan?

7
JETT

Zum ersten Mal seit sehr langer Zeit fühlte ich mich berauscht vor Glück. Ich hatte die Frau, die ich wollte. Asia Jones würde meine Sub und Scheinehefrau für die nächsten drei Monate sein!

Ich zog die schwarzen Schatullen aus der Schublade meines Nachttisches und sah die Ringe an. Der Verlobungsring hatte drei Karat, und die Eheringe waren aus Platin und hatten Tausende Dollar gekostet. Ich würde sie Asia am Ende unseres Arrangements schenken.

Genau wie jede geschiedene Frau würde Asia unseren Vertrag mit einem riesigen Haus, einem neuen Auto, teurem Schmuck und jeder Menge Geld verlassen. Ich veränderte das Leben des Mädchens wirklich zum Besseren.

Und ich würde ihr die schönen Seiten des Lebens zeigen. Außerdem würde sie lernen, wie man eine gute Sub war. Wenn sie jemals wieder Geld brauchte, würde sie etwas haben, worauf sie zurückgreifen konnte.

Mein Herz fühlte sich an, als würde es von einem Dolch durchbohrt werden. Es war ein seltsames Gefühl, das ich hatte, als ich darüber nachdachte, dass Asia die Sub eines anderen Mannes sein könnte. Da war es wieder.

War das Eifersucht?

Ich hatte das noch nie erlebt. Es war schwer zu sagen. Und es war beunruhigend. Asia und ich waren uns völlig fremd. Ich sollte überhaupt keine Gefühle für sie haben. Außer vielleicht Dankbarkeit. Aber selbst das war nichts, was ich für sie empfinden sollte. Ich bezahlte sie für ihre Dienste. Und bei mir zu sein war wohl kaum allzu schlimm.

Ich war kein Monster. Als Dom war ich recht vernünftig. Und ich sah nicht übel aus. Ich kannte mich mit dem Körper einer Frau aus. Ich konnte der kleinen Jungfrau Vergnügen bereiten, von dem sie nie auch nur geträumt hatte. Asia hatte Glück, mich zu haben.

Ich hoffte, sie würde auch so denken.

Ohne einen weiteren Moment zu verschwenden, rief ich Isabel an, damit sie den Vertrag aufsetzen konnte. „Sie sprechen mit Isabel. Wie kann ich Ihnen heute Abend behilflich sein?"

„Hier spricht Jett Simmons, Isabel. Ich hoffe, es geht Ihnen gut."

„Das tut es, Mr. Simmons. Wie nett, von Ihnen zu hören. Was kann ich für Sie tun?"

„Asia Jones und ich haben eine Vereinbarung getroffen, und ich möchte, dass Sie einen Vertrag für uns ausarbeiten. Er gilt für die Monate Juni, Juli und August." Ich fuhr mit meiner Hand durch meine Haare, schob sie zurück und schaute aus dem Schlafzimmerfenster. Die Wellen waren an diesem Abend klein, als sie den Sandstrand erreichten. Ich fragte mich, ob ich Asia nach Malibu bringen sollte. Vielleicht würde ich es tun, wenn sie so war, wie ich erwartete.

„Asia Jones? Das ging aber schnell. Ich habe ihr Profil erst heute Nachmittag hochgeladen."

„Sie klingen überrascht. Ich hatte das Gefühl, ich müsste

mich damit beeilen, ihr ein Angebot zu unterbreiten, das sie nicht ablehnen konnte. Ich war sicher, dass andere Männer sich auf sie stürzen würden." Ich grinste, als ich an all die Männer dachte, die ihr Profil angesehen und versucht hatten, sie zu kontaktieren. Aber ich hatte sie mir schon genommen. Sobald der Vertrag unterzeichnet war, würde sie mir gehören.

„Ich weiß, ich sollte mich überhaupt nicht wundern. Jungfrauen sind immer sehr begehrt." Ihr Lachen war schrill, als es die Luft durchbohrte. Es war ein bisschen hexenartig und ließ mich frösteln.

Ich fragte mich, wie Asia wirklich dabei empfand, einem Mann ihre Jungfräulichkeit zu schenken, den sie nicht liebte oder auch nur kannte. Mein Herz wurde schwer für sie. Sie hatte sich ihre Unschuld länger bewahrt als viele andere, aber sie war bereit, sie an einen Fremden zu verkaufen.

Ich schwor mir, gut zu dem Mädchen zu sein. Ich würde versuchen, nicht so verschlossen zu sein, wie ich es normalerweise war. Ich würde versuchen, so etwas wie eine Bindung herzustellen. Dann würde ihre Erinnerung an ihr erstes Mal trotz allem etwas Besonderes sein. Ich hoffte es jedenfalls.

„Wie schnell können Sie den Vertrag fertig haben, Isabel?"

„In zwei Tagen. Ich muss ihn aufsetzen und von einem der Gründer genehmigen lassen. Also, was sind Ihre Regeln, Mr. Simmons?"

„Ich will, dass sie immer tut, was ich sage, und das ist, was sie sein soll." Ich überlegte, wie ich die Regel so formulieren konnte, dass sie keine andere Wahl hatte, als die Rolle meiner Ehefrau zu spielen.

„Nun, lassen Sie uns zuerst die allgemeinen Regeln besprechen. Soll sie sich hinknien, wenn Sie einen Raum betreten?"

„Ich will das nicht. Ich will sie anders behandeln als die anderen. Nicht ganz so wie meine Sub. Ich will ihr mehr Respekt geben. Wissen Sie, was ich meine?" Es fiel mir schwer,

herauszufinden, was ich genau mit Asia machen wollte.
„Können wir eine Reihe allgemeiner Regeln aufstellen? Sie kann nirgendwo hingehen, wenn ich nicht zustimme. Sie kann nichts tragen, was ich ihr nicht gegeben habe."
„Wird es spezielle Diätregeln oder Trinkregeln geben?"
„Nein. Ich sehe keinen Grund dafür. Ich werde sowieso die Kontrolle darüber haben. Sie wird die ganze Zeit bei mir sein."
„Wird sie in ihrem eigenen Schlafzimmer schlafen?"
„Nein, wir teilen ein Bett." Jedes normale Ehepaar teilte ein Bett, also wir auch.
„Was ist mit den Spielarten, die Sie ausüben wollen, Mr. Simmons?"
„Es wird Bondage, sensorische Deprivation und Schläge mit Händen und Paddeln geben. Mehr muss nicht im Vertrag stehen. Dieses Mal brauche ich vollständige Kooperation dringender als körperliche Dominanz."
„Also wird es mehr mentale Dominanz geben?" Ihre Frage beunruhigte mich aus irgendeinem Grund.
Ich wollte nicht daran denken, der jungen Frau psychisch zu schaden. Aber wie sollte man das nennen, was ich tun wollte? Ich wollte, dass sie das machte, was ich ihr sagte. Ich nahm an, dass das mentale Dominanz war. „Ja, es wird mehr mental sein als alles andere."
Das gefiel mir nicht. Meiner Meinung nach war der Körper fast eine separate Einheit vom Geist. Ständig geschehen Dinge mit unseren Körpern, die das einst perfekte Fleisch zerstören und verderben. Die verwundete Haut wird zäher, wenn sie heilt, was es schwieriger macht, den Bereich erneut zu verletzen. Psychisch ist es genauso. Nur wenn eine Narbe auf der Psyche zurückbleibt, verändert sich die Art, wie jemand handelt und fühlt.
Ich wollte Asia nicht mental schädigen. Aber ich hatte vor, sie dazu zu bringen, das zu tun, was ich ihr befahl. Zum ersten

Mal erkannte ich, dass das, was ich tat, Spuren bei ihr hinterlassen würde. Wenn nicht auf ihrem Körper, dann in ihren Gedanken. In ihrer Seele.

Unsere Ehe war unecht, aber sie würde sich für immer an mich erinnern. Unsere gemeinsame Zeit würde die zukünftige Asia Jones formen und prägen. Plötzlich spürte ich eine ungeheure Menge Verantwortung auf mir lasten, die schwerer war als alles zuvor.

Ich fragte mich, ob sich eine richtige Ehe so anfühlte. Trug man die Last des anderen in guten und in schlechten Tagen? War es das, was Ehen zusammenhielt? Die Verantwortung für die körperliche und geistige Gesundheit und das Glück des Partners?

Interessierte es mich, ob Asia glücklich war?

Ich hatte mich nie darum gekümmert, ob meine anderen Subs es waren. Es war mir egal gewesen, ob sie mit dem Sex oder der Art des Spiels, das wir spielten, zufrieden waren. War mir ihr Glück jemals überhaupt in den Sinn gekommen?

Ich konnte mich nicht daran erinnern. Aber nun dachte ich an das Glück eines Mädchens, das ich noch nie getroffen hatte. Alles, was ich über Asia wusste, war, dass sie bildhübsch war und eine honigsüße Stimme hatte. Und dass sie mir gehören würde.

„Es klingt fast so, als ob Sie eine Ehefantasie planen. Ist es das, worum es bei dieser Sub geht, Mr. Simmons?"

„Äh. Nun ..." Sie durchschaute mich. Würde Asia es auch tun? Und wenn sie es tat, würde sie dann noch den Vertrag unterschreiben? „So ähnlich. Fügen Sie noch hinzu, dass sie sich hinknien soll, wenn ich den Raum betrete, aber nur wenn wir ganz allein sind." Das klang eher wie ein normaler Vertrag.

Ich wollte nicht riskieren, dass Asia mich in letzter Minute zurückwies. Ich brauchte sie nicht nur verzweifelt, weil ich mich in meine Lüge, verheiratet zu sein, verstrickt hatte – ich wollte sie. Ich wollte Asia mehr, als ich jemals etwas gewollt hatte.

Und das war etwas, das mir zu denken gab. Würde ich mich von einer Frau und meinem Verlangen nach ihr beherrschen lassen?

8

ASIA

Von dem Moment an, als ich ins Flugzeug stieg, war es, als wäre nichts real. Die Leute im Flugzeug, die miteinander plauderten. Die Stewardess, die uns informierte, was zu tun war, wenn das Flugzeug abstürzte. Der Mann, der neben mir saß und nach Kohl und Würstchen roch. Nichts schien real zu sein.

Dann schwebte ich scheinbar aus dem Flugzeug und ging durch das Terminal, bis ich einen Mann fand, der ein Schild mit meinem Namen in der Hand hielt. Ich hatte mein Handgepäck und meine Tasche dabei. Mir war gesagt worden, dass ich nicht mehr als meine persönlichen Dinge, meine Pille und meinen Ausweis mitbringen sollte. Mein Dom würde alles andere für mich bereitstellen.

Es war wie im Märchen. Eines, in dem ich die Prinzessin war, die auf dem Weg war, ihren Prinzen zu treffen. Wir würden heiraten und ein glückliches Leben führen.

Nur war das überhaupt nicht der Fall. Ich sollte mich einem Mann unterwerfen, den ich nicht kannte. Ich sollte ihm erlauben, Dinge mit meinem Körper zu tun, die ich anderen

Männern niemals erlaubt hätte. Und das alles, weil ich Geld brauchte.

Geld war tatsächlich die Wurzel allen Übels!

Als ich hinten in dem Auto saß, das mich zum Dungeon of Decorum brachte, dachte ich an den Mann, den ich treffen wollte. Er und ich hatten nach unserem ersten Anruf nicht viel geredet. Es war Isabel, die mich kontaktiert und mir von seinen Plänen erzählt hatte. Jett hatte mich angerufen, kurz bevor ich ins Flugzeug gestiegen war.

Er sagte, er sei aufgeregt, mich zu treffen, und hoffe, dass wir uns gut verstehen würden. Ich versicherte ihm, dass wir es tun würden. Ich hatte nicht vor, irgendetwas zu tun, um unsere gemeinsame Zeit hart oder unglücklich für ihn zu machen. Ich war da, um ihm zu gefallen.

Ich hatte mich mit sexuellen Handlungen beschäftigt. Ich hatte Oralsex an einer Gurke geübt. Ich war mir meiner Fähigkeit, meinem Dom zu gefallen, sicher. Er würde eine Jungfrau bekommen, aber eine, die sich gründlich auf ihn vorbereitet hatte.

Ich hoffte, er würde das mögen.

Es gab so viele Dinge, auf die ich hoffte. Ich hoffte, er würde nett sein. Ich hoffte, dass er mich an sich heranließ, wenn auch nur ein bisschen. Ich hoffte, dass er mich mochte.

Das war die größte Angst, die ich hatte. Dass er mich nicht mögen würde.

Das Auto verließ den Highway und fuhr bis ans Ende der Stadt. Wir nahmen eine Kurve, und ich sah nur ein Parkhaus und eine lange Auffahrt. Als wir darauf zusteuerten, begann ich zu denken, dass alles viel zu schnell passierte.

Bald würde ich Jett sehen und er würde real werden. Vielleicht zu real!

Panik breitete sich in mir aus. Angst packte mich und ich presste meine Hand auf mein klopfendes Herz, als könnte ich es dadurch beruhigen. Meine Atmung wurde unregelmäßig und ich schwitzte.

Das Auto hielt an und ich versuchte verzweifelt, mich zu beruhigen. Es gab eine Flasche Wein in einem Kühler, und ich öffnete sie und trank einen langen Schluck, obwohl das ganz untypisch für mich war. Gerade als ich sie wieder in den Kühler steckte, öffnete der Fahrer meine Tür. „Miss Jones, wir sind an unserem Ziel angekommen."

„Ja, ja, natürlich, das sind wir!" Ich schob mich über den langen Ledersitz, griff nach meiner Tasche und dem Handgepäck und stieg aus dem Auto.

Es gab kein Gebäude. Ich erwartete halb, eine Burg zu sehen. Stattdessen sah ich etwas, das aussah wie eine kleine Hütte mit einer roten Tür. Der Weg dorthin war lang. Jeder Schritt, den ich machte, ließ mein Herz ein bisschen schneller schlagen.

Das war's. Ich machte es wirklich. Ich überließ meinen Körper für Geld drei Monate lang einem Mann. Ich blieb stehen, als mein Verstand außer Kontrolle geriet.

Was machte ich da nur? Ich konnte das unmöglich tun!

Ich war nicht so. Ich war eine starke, kluge Frau mit Zielen. Ich war keine hirnlose Frau, die einen schnellen Cent verdienen wollte.

Wenn ich aber nicht so war, was zum Teufel machte ich dann dort?

Ich gehörte nicht dorthin. Ich wusste, dass ich es nicht tat. Ich war keine von ihnen. Ich war eine Hochstaplerin. Ich würde nicht in der Lage sein, einen Mann so zu erfreuen wie der Rest der Subs. Ich würde niemals so gut sein wie die anderen Subs, die Jett Simmons schon gehabt hatte.

Er war meiner Meinung nach ein wahrer Dom. Vielleicht keiner, der es genoss, viel Schmerz in die Situation zu bringen, aber einer, der gern herrschte. Ich konnte es an seiner Stimme hören und in seinen Augen sehen. Auch wenn es nur eine

Momentaufnahme des Mannes war. Es war tief in seinen meergrünen Augen vergraben. Er war der Herrscher. Der Meister. Und ich würde seine kleine Liebessklavin sein, obwohl ich nicht einmal wusste, wie ich das sein sollte.

Mein Magen knurrte, als meine Eingeweide sich ängstlich zusammenzogen. Ich hatte das Gefühl, ohnmächtig zu werden. Ich atmete seltsam und mir wurde schwarz vor Augen.

Ich musste weggehen. Ich konnte das nicht durchstehen. *Ich konnte es einfach nicht!*

Irgendwo in der Ferne dröhnte der Motor eines Autos. Ich stand still wie eine Statue, als ich hörte, wie er verstummte und eine Tür aufging. „Asia, bist du das?"

Ich drehte mich langsam um. Ich dachte, es müsste ein Traum sein. Ich musste ohnmächtig geworden sein und lag auf dem Bürgersteig, wo ich von Jett Simmons träumte. *Oder war es echt?*

Er trug einen teuren, schwarzen Anzug. Sein goldbraunes Haar strich über seine breiten Schultern, als er sich auf den Weg zu mir machte. Er zog seine Pilotenbrille zurück und durchbohrte mich mit seinen grünen Augen. Ein Lächeln krümmte seine gemeißelten Lippen. „Asia, du bist es."

„Mr. Simmons?" Ich wusste, dass er es war, aber ich war nicht sicher, was ich sonst sagen sollte.

Ich war bereit wegzulaufen. Ich war bereit, das Handtuch zu werfen. Aber als ich in die glänzenden Tiefen seiner wunderschönen Augen schaute, fand ich Frieden in ihnen. Ich fand Sicherheit in ihnen. Ich würde bei dem Mann sicher sein. Das war mir sofort klar.

„Jett. Rufe mich bitte bei meinem Vornamen." Sein kräftiger, muskulöser Arm legte sich um meine schmalen Schultern und umhüllte mich in der sichersten Umarmung, die ich je gespürt hatte.

Mein Magen hörte auf zu brodeln. Meine Gedanken rasten

nicht mehr so schnell. Es war, als ob die Zeit stillstand, als wir uns zum ersten Mal persönlich trafen. Er war großartig. Alles an dem Mann strahlte Kraft aus. Ich brauchte keinen Vertrag, um das zu tun, was er mir sagte. Ich hätte es auch so getan.

Es war so merkwürdig, dass es mich auf eine Weise erregte, von der ich nicht gewusst hatte, dass sie möglich war. Mein Körper war voller elektrischer Energie. Seine Hand strich über meinen Arm, dann ergriff er meine Hand und zog sie an seine Lippen. Sie hatten die Farbe von Karamell-Nougat. Sie sahen köstlich aus und ich fragte mich, wie lange er damit warten würde, mich zu küssen. Hoffentlich nicht lange. Ich wollte den Mann so sehr kosten, dass es verrückt war!

„Jett. Ja, Sir, ich werde dich so nennen." Er küsste meinen Handrücken und meine Knie wurden schwach.

„Braves Mädchen. Ich muss sagen, dass mich dein natürliches Verhalten immens beeindruckt. Bist du bereit, nach drinnen zu gehen und den Vertrag zu unterzeichnen?" Er deutete auf die rote Tür. „Es ist gleich die Treppe runter. Ich würde dich lieber nicht tiefer in den Club mitnehmen. Was jenseits dieser roten Tür passiert, ist nichts für unschuldige Augen, fürchte ich."

„Ich glaube dir. Ich war drauf und dran wegzulaufen, als du hier aufgetaucht bist."

„Dann ist es gut, dass ich dir zuvorgekommen bin, nicht wahr? Ist jetzt alles okay? Du willst keinen Rückzieher mehr machen, oder?" Er strich mit seinen Fingerspitzen über meinen Arm, meine Schulter und dann über mein Kinn, das er sanft festhielt. Seine Augen huschten hin und her und suchten nach meinen. „Seit ich dich gesehen und berührt habe, Asia, ist mein Hunger nach dir noch stärker geworden. Ich würde es den Rest meines Lebens bereuen, wenn du deine Meinung über mich geändert hättest."

„Ich will dir gehören, Jett." Die Worte glitten unfreiwillig von meiner Zunge. Ich wollte ihm gehören. Ich wollte es mehr, als ich jemals etwas anderes gewollt hatte.

Im Bruchteil einer Sekunde hatte sich alles verändert und das Lächeln, das er mir schenkte, ließ mein Herz singen. Er nahm meine Hand und führte mich zu der roten Tür, hinter der sich mein ganzes Leben verändern sollte.

9
JETT

Als meine Augen auf Asia landeten, war es, als ob die Zeit stillstand. Sie stand da, als hätte sie auf mich gewartet. Sie trug ein cremefarbenes, ärmelloses Kleid mit fünf Zentimeter hohen schwarzen Pumps. Ihre Haare bewegten sich in der sanften Brise und ihre natürliche Schönheit wurde durch etwas Make-up betont.

Ich musste meine Sonnenbrille abnehmen, damit ich sie besser sehen konnte. Ihre Lippen waren rubinrot und ihre Wangen blassrosa. Ihre schönen Augen musterten mich beeindruckt von Kopf bis Fuß. Sie war still, während sie wartete.

Eleganz und zurückhaltende Schönheit sowie eine fantastische Haltung verliehen ihr einen Hauch von Aristokratie. Wie eine Prinzessin wartete sie darauf, dass ihr Prinz zu ihr kam. Ich war allerdings alles andere als der Prinz, den sie verdiente.

Würde sie mich mögen?

Und warum kümmerte es mich so sehr?

In dem Moment, als meine Hand sie berührte, fühlte es sich an, als ob Tausende von Nadeln in meine Haut stachen. Ich hoffte, cool auszusehen, damit sie nicht erfuhr, welche Wirkung sie auf mich hatte.

Bei ihr die Kontrolle zu behalten, war schwer. Ich wollte sie hochheben, über meine Schulter werfen, direkt zum Auto zurückbringen und dort verschlingen. Ihr Schmollmund zitterte ein wenig und ich sehnte mich danach, ihre Nervosität wegzuküssen.

Ich fragte mich, wie lange ich mich gedulden konnte, bis ich sie küsste.

Wie lange würde ich mich gedulden können, bis ich ihren Körper in Höhen führte, die sie unmöglich kennen konnte? Wie lange würde ich mich gedulden müssen?

Sie war rund 25 Zentimeter kleiner als ich, so dass sie genau an meine Seite passte, als ich sie umarmte. Sie gestand mir, dass sie Zweifel gehabt hatte. Ich war überglücklich, dass all ihre Zweifel durch meine Anwesenheit verschwunden zu sein schienen. Sie konnte das sein, was ich wollte. Ich wusste es.

Wir gingen in den Club, wo ich sie zu Isabels Büro brachte, um den Vertrag zu unterzeichnen. Ich konnte sie nicht schnell genug ganz für mich haben!

Als wir das dunkle Treppenhaus hinunter in den beleuchteten Flur gingen, sah ich einen der Gründer des Clubs aus Isabels Büro kommen. „Bist du das, Mr. S.?"

„Ja." Ich ließ Asia los, um Grant Jamisons Hand zu schütteln. „Asia, das ist einer der Gründer dieses renommierten Clubs. Du kannst ihn Mr. J. nennen."

Grant nahm Asias Hand und küsste sie. „Asia, es ist mir eine Freude, dich kennenzulernen. Ich habe gehört, dass du hier einen Vertrag mit diesem Mann eingehen wirst."

„Ja, Sir." Asias Augen wanderten zu meinen und dann zurück zu seinen. „Du bist also ein Gründer des Dungeon of Decorum?"

„Ich bin der primäre Gründervater." Grant glühte vor Stolz, als er mit seiner Hand durch seine dunklen Haare mit den grauen Strähnen strich.

Asia wirkte neugierig. „Was hat dich dazu gebracht, einen Club wie diesen zu gründen?"

Grant und ich sahen sie überrascht an. Ich hatte das nicht von ihr erwartet und er offenbar auch nicht. Aber er antwortete ihr trotzdem: „Ich hatte ein Bedürfnis, das nicht erfüllt wurde. Es ist nicht einfach, Partnerinnen zu finden, die das tun, was wir tun. Man kann nicht einfach in einen der örtlichen Clubs gehen, ein Mädchen mit nach Hause nehmen und es fesseln und auspeitschen, bis es einen anderen Geisteszustand erreicht."

„Nein, ich vermute, das kann man nicht." Asia nickte und sah mich an. „Du wirst mich nicht fesseln, oder?"

Ich grinste, bewegte meine Hand zu ihrem runden Hintern und ließ sie dort. „Ich stehe nicht auf solche Spiele. Sie sind zu zeitaufwändig für meinen Geschmack. Du wirst herausfinden, was ich mag, und ich habe deine Liste akzeptabler Fetische gelesen. Dir wird es gutgehen, das verspreche ich dir." Ihr Hintern passte perfekt in meine Hand, genau wie alles andere an ihr perfekt für mich war. Ich wurde ungeduldig und wollte den Papierkram hinter uns bringen. Ich wollte Asia allein für mich haben, damit wir uns besser kennenlernen konnten.

Zögern erfüllte ihr Gesicht und Grant bemerkte es. „Asia, du willst das tun, nicht wahr? Ich meine, der Grund, warum wir diesen Club haben, ist sicherzustellen, dass alle Mitglieder, Männer und Frauen, Dinge tun, die sie auch wirklich wollen. Hast du überhaupt etwas über BDSM gelesen?"

Sie schüttelte den Kopf. „Nein Sir. Ich hielt es für das Beste, dass mein Dom mir beibringt, was ich wissen soll."

Ich schob meine Hand von ihrem Hintern auf ihren Rücken und flüsterte: „Großartige Antwort. Und ich bin froh, dass du so gedacht hast."

Grant schien sich ein wenig Sorgen um sie zu machen, als er seine Hand auf ihre Schulter legte. „Wir wollen nicht, dass du etwas tust, das du nicht willst. Wenn du das Gefühl hast, dass dir alles über den Kopf wächst, dann lass es deinen Dom wissen. Er ist nicht darauf aus, dir in irgendeiner Weise wehzutun." Er bewegte seine Augen zu mir. „Sie ist keine typische Sub. Sei sanft zu ihr." Dann schaute er zurück zu Asia. „Wenn du absolut sicher bist, dass es das ist, was du willst."

Sie sah mich an und lächelte dann. „Ich will es. Ich fühle mich sicher bei ihm, Mr. J., und Isabel hat mir gesagt, dass ich nur einen Anruf machen muss, wenn ich jemals aus dem Vertrag aussteigen will. Ich mache mir überhaupt keine Sorgen. Ich möchte das mit ihm machen. Danke für deine Fürsorge, Sir."

Nichts, was sie sagte, hätte mich mehr erfreuen können. „Da hast du es, Mr. J., sie ist bereit und willig. Und ich werde sie sehr gut behandeln, darauf kannst du dich verlassen."

Er klopfte mir auf den Rücken und schickte uns zu Isabel, um alles zwischen uns zu besiegeln. Isabel stand auf, um uns zu begrüßen, schüttelte uns die Hände und bedeutete uns, die beiden Ledersessel zu nehmen, die vor ihrem Kirschholzschreibtisch standen. „Ihr beide seht aus, als würdet ihr euch schon gut verstehen."

„Ich denke, das tun wir." Ich stieß Asia mit meiner Schulter an. „Wie ist es mit dir?"

Ihre Augen waren weich, als sie mich mit dem Anflug eines Lächelns ansah. „Ich denke auch, dass wir uns gut verstehen."

„Das freut mich." Isabel schob den Vertrag zuerst zu mir. „Bitte lesen Sie sich das hier durch, Mr. Simmons. Ich möchte sicher sein, dass ich alles, was Sie wollten, in den Vertrag aufgenommen habe."

Ich schaute mir den einseitigen Vertrag an und sah, dass er alles enthielt, was ich wollte. Dann gab ich ihn Asia. „Du bist damit an der Reihe, unseren Vertrag zu lesen, Asia."

Sie murmelte: „Unser Vertrag." Ich beobachtete sie, als sie ihn las und nickte. „Ja, das ist, was er und ich besprochen haben. Ich stimme allem zu."

Isabel reichte ihr einen Kugelschreiber und Asia unterschrieb, während ich den Atem ausstieß, den ich angehalten hatte. Dann unterschrieb ich und wir hatten einen Deal.

Für die nächsten drei Monate jedenfalls.

„Das Geld wird in unserer Bank auf einem Treuhandkonto für Sie aufbewahrt, Miss Jones. Wenn einer von Ihnen entscheidet, aus dem Vertrag aussteigen zu wollen, wird es dem Dom obliegen zu entscheiden, ob Sie das Geld erhalten, das er für Sie hinterlegt hat. Verstehen Sie das, Miss Jones?" Isabel reichte Asia die Finanzvereinbarung und sie unterschrieb sie ebenfalls. Isabel lächelte mich an. „Sie waren sehr großzügig, Mr. Simmons. Ich hoffe, dass Sie beide finden, wonach Sie suchen."

Ich musste nicht hoffen. Ich wusste, dass ich die richtige Frau gefunden hatte, um meine Ehefrau zu spielen. Und sie zeigte schon Anzeichen dafür, dass sie eine perfekte Sub für mich sein würde. Ich war mir nicht sicher, warum ich so viel Glück hatte, aber ich hatte das Gefühl, im Lotto gewonnen zu haben.

Ich stand auf, nahm Asia an der Hand und ging hinaus zu dem Auto, das uns erwartete, um uns zum Flughafen zurückzubringen. „Stört dich das Fliegen?"

Sie schüttelte den Kopf. „Nein. Es sind nur ein paar Stunden zurück nach New York, richtig?"

„Ich habe einen Privatjet gebucht. Der Flug dauert zwei Stunden, während denen wir ein Abendessen in der Luft genießen. Ich habe Hummer und Steak bestellt." Ich öffnete die Tür für sie und ging hinaus in den immer noch sonnigen, frühen Abend.

„Das ist nett von dir."

Der Fahrer beeilte sich, die Hintertür des Autos zu öffnen, um uns hereinzulassen. Sie stieg ein und ich setzte mich neben sie. Ich ließ ihr Platz, obwohl ich ihr so nahe wie möglich sein wollte.

Ich war nicht sicher, wann ich ihr von der Scheinehe erzählen sollte und darüber, was ich von ihr erwartete. Sie schien für alles offen zu sein.

Sicher würde sie die Idee nicht hassen.

Oder doch?

10

ASIA

Obwohl ein Gefühl der Ruhe über mich gekommen war, begann ich, über die Dinge nachzudenken, die ich in dem Vertrag gelesen hatte. Es gab einen Paragraphen darüber, dass ich meinen Dom nicht wegen Entführung anzeigen konnte. Ich fragte mich, warum das erwähnt wurde. Hatte der Mann, der gerade mein Dom geworden war, schon einmal jemanden entführt?

Und dann war da noch der Paragraph über mich, der besagte, dass ich nichts anderes tragen konnte als das, was er mir gab. Ich musste auch immer tun, was er sagte. Auch wenn diese Dinge für den Geldbetrag, den er mir gab, angemessen zu sein schienen, fragte ich mich, ob ich das drei Monate lang durchhalten konnte. Ich war nicht hirnlos und konnte meine eigenen Entscheidungen treffen. Warum sollte ich dafür einen Mann brauchen?

Die Antwort war einfach. *Ich brauchte keinen Mann dafür!*

Aber ich hatte eine Rolle zu spielen. Drei Monate lang war ich die Marionette dieses Mannes. Es war eine Vorstellung, mit der ich mich arrangieren musste.

Jett schenkte mir ein großes Glas Champagner ein, reichte es mir und schenkte sich dann ebenfalls eines ein. Er sah mich lächelnd an. „Das mag albern erscheinen, aber vielleicht nicht, nachdem du gehört hast, was ich dir zu sagen habe."

Ich nickte und wartete neugierig. Der Mann war ein bisschen anders, als ich es mir vorgestellt hatte. Ich fand schnell heraus, dass ich nicht darauf zählen konnte, dass er sich auf eine bestimmte Art verhielt.

Er griff in seine Tasche und holte zwei kleine schwarze Schatullen hervor. Er öffnete einen Deckel und ich sah einen breiten Hochzeitsring aus Platin darin. Er zog ihn heraus und steckte ihn sich auf seinen Finger. „Du bist verheiratet?" *Ich war entsetzt!*

„Nein!" Er lachte. „Der Ausdruck auf deinem Gesicht ist unbezahlbar. Nein, ich bin nicht verheiratet."

Er öffnete die nächste Schatulle, in der sich ein diamantener Verlobungsring und ein Ehering, der zu seinem passte, befanden. Ich starrte auf die opulenten Ringe. „Was soll das?"

„Strecke deine linke Hand aus." Seine Augen hielten meine fest, als ich tat, was er sagte.

Er steckte die Ringe an meinen Finger und ich spürte ihr Gewicht, als wäre es ein bedrohliches Vorzeichen. „Jett, ich verstehe das nicht."

Sein Daumen strich über meinen Finger und die Ringe daran. „Ich brauche diesen Sommer eine Scheinehefrau für ein paar Veranstaltungen. Das ist der Hauptgrund, aus dem ich dich gekauft habe."

„Um Leute zu belügen?" Ich war mehr als ein bisschen schockiert. Der Mann, der neben mir saß, sollte niemals eine Frau kaufen müssen. Er war umwerfend, wohlhabend und charmant. Warum brauchte er mich, um andere anzulügen, dass ich seine Frau sei?

„Nun, ja." Seine Hand wanderte meinen Arm hinauf und ließ Wärme auf meiner Haut zurück. „Asia, ich habe meine Gründe und ehrlich gesagt mag ich es nicht, mich anderen zu erklären. Deshalb habe ich beschlossen, dass eine Sub am besten für diese Aufgabe geeignet wäre."

Ich trank aus und stellte das Glas ab. Er trank ebenfalls sein Glas leer. „Also kann ich dir überhaupt keine Fragen stellen?" Der Mann verblüffte mich.

Er stellte sein leeres Glas neben meines. „Nein, das kannst du nicht. Das war eine der Regeln. Erinnerst du dich nicht daran?"

„Das hat keiner so gesagt." Ich versuchte, mich an alles zu erinnern, was auf dem Blatt Papier stand. Ich glaubte nicht, dass ich etwas gesehen hatte, das besagte, dass ich ihm keine Fragen stellen konnte. „Aber ich kann diese Regel befolgen. Allerdings habe ich Probleme mit dem Lügen. Wen genau soll ich belügen?"

„Meine Familie, meine Freunde und Leute, mit denen ich aufs College und in die High-School gegangen bin. Im Grunde jeden, den ich kenne und nicht kenne. Wir werden gegenüber der Außenwelt behaupten, dass du und ich Mann und Frau sind." Er lächelte, als wäre das, was er sagte, vollkommen logisch. *Das war es aber nicht!*

„Deine Familie?" Ich war fassungslos. „Deine Eltern?"

Er nickte. „Ja. Und wir werden auf dem Weg zu unserem sogenannten neuen Zuhause bei ihnen vorbeischauen. Es wird am Ende unseres Vertrages dir gehören, wenn du ein braves Mädchen bist und das tust, was ich dir sage."

Der Ausdruck „braves Mädchen" gefiel mir nicht. Ich begann mich wie sein Welpe zu fühlen. „Jett, ich denke, das hättest du mir sagen sollen, bevor ich den Vertrag unterschrieben habe."

„Es war darin enthalten. In dem Vertrag steht, dass du jederzeit tun musst, was ich dir sage. Also sage ich dir, dass du Mrs. Jett Simmons sein sollst. Es gibt schlimmere Lügen."

„Deine Familie wird mich kennenlernen. Soll ich diese Lüge für immer aufrechterhalten?" Er hatte das nicht durchdacht.

„Und ich bin keine gute Lügnerin. Das wird niemals funktionieren. Du kannst genauso gut in den Club zurückkehren und den Vertrag jetzt auflösen, bevor ich dich zum Narren mache."

Er schlang seinen Arm um mich, beugte sich vor und legte seine Lippen auf meine. Ohne jede Vorwarnung küsste er mich und ich schmiegte mich an ihn, als hätten wir uns schon oft geküsst. Ich teilte meine Lippen und lud ihn in meinen Mund ein. Unsere Zungen tanzten sanft miteinander. Er schmeckte besser als erwartet und ließ ein Feuer in mir aufsteigen. Plötzlich wollte ich nicht mehr zurückgehen und den Vertrag beenden!

Seine starken Hände bewegten sich über meine Schultern, umfassten meinen Rücken und zogen mich an ihn. Meine Brüste wurden gegen seine harte Brust gepresst. Ich schlang meine Finger um das Revers seiner Anzugjacke und hielt mich daran fest.

Konnte ich für ihn lügen?

Konnte ich die Worte auf eine Weise herausbringen, die ihn nicht verraten würde?

Unser Kuss wuchs und wuchs, bis wir uns begierig aneinander festklammerten. Er zog sich zurück und wir keuchten beide. „Bist du sicher, dass du es beenden willst?"

Ich konnte nur den Kopf schütteln und darauf warten, dass er mich wieder küsste. Was er zum Glück tat. Er schob mich auf dem Sitz zurück und sein Gewicht sank auf mich wie eine warme Decke.

Ich fuhr mit meinen Händen unter seine Jacke, um seinen muskulösen Rücken zu spüren und stöhnte, weil sich seine Muskeln so gut anfühlten. Er stieß meine Beine auseinander und legte sich auf mich, um seine Erektion gegen mich zu reiben.

Er hatte mich. Ich war süchtig. Ich würde mein Bestes tun, um die Leute glauben zu lassen, wir wären verheiratet. Aber ich hatte eine Menge Fragen, die ich ihm nach seiner Regel nicht einmal stellen durfte. Ich konnte sehen, dass es vielleicht etwas frustrierend mit ihm werden könnte.

Aber als er mich in die Unterwerfung küsste, interessierte mich nichts außer der Tatsache, wie gut ich mich bei ihm fühlte. Mein Körper hatte Empfindungen wie nie zuvor. Jett machte mich mit seinem Kuss ganz benommen. Was würde mit mir passieren, wenn er mich ganz nahm?

Er beendete den leidenschaftlichen Kuss und sah mich an, während er meine Haare zurückstrich. „Du bist exquisit, meine kleine Asia. Ich wusste, dass ich dich haben musste, sobald ich dein Bild sah. Ich bin beeindruckt von dir. Ich möchte dich aber warnen. Ich bin ein strenger Mann. Ich mag keinen Smalltalk oder irgendwelche Ausflüchte. Ich bin ein direkter Mann und möchte, dass du auch so zu mir bist. Wenn du etwas, das ich mit dir tue, nicht magst, dann sag es mir. Ehrlichkeit hat immer höchste Priorität."

„Ich verstehe." Ich verirrte mich in seinen meergrünen Augen und strich mit der Hand über seine glatte Wange. „Darf ich sagen, dass ich dich ebenfalls exquisit finde?"

Seine Lippen krümmten sich auf einer Seite, dann schmiegte er sich an meinen Hals. „Ich bin froh, dass du so denkst."

Ich schob meine Hände durch sein dichtes Haar, das erdig duftete. Ich atmete ein und wurde wieder berauscht. Ich hatte keine Ahnung gehabt, dass ein Fremder mich so sehr erregen könnte. Vielleicht stimmte mit mir wirklich etwas nicht. Vielleicht hatte ich zu lange an meiner Jungfräulichkeit festgehalten. Es war nicht normal, wie schnell ich mich Jett hingab, ohne den Mann zu kennen.

„Ist es immer so, wenn du eine neue Sub bekommst?"

Seine Lippen streiften meinen Hals, als er seinen Kopf nach oben bewegte, um mich anzusehen. „Nein."

„Glaubst du, etwas stimmt nicht mit mir, weil ich so erregt von dir bin?" Ich musste es wissen und hatte niemanden sonst, den ich fragen könnte.

„Nein."

„Okay ..." Ich wusste nicht, was ich noch sagen sollte. Er wollte offensichtlich nicht reden. Er war scheinbar wirklich ein Mann weniger Worte.

„Ich habe die richtige Frau ausgewählt, um die Rolle meiner Ehefrau zu spielen, das ist alles. Wir haben jede Menge natürliche Chemie. Unsere Körper haben das akzeptiert. Es könnte eine Weile dauern, bis unser Verstand das auch tut, aber es ist da. Und es ist stärker als alles, was ich jemals bei einer anderen empfunden habe. Wie ist es bei dir?"

„Bei mir? Ich hatte noch nie Chemie mit jemandem. Du bist der Erste."

Seine Lippen berührten meine kurz, aber es schickte noch mehr Hitze direkt zu meinem Kern. Dann schaute er mir mit einem wilden Blick in die Augen. „Ich werde in vielerlei Hinsicht dein Erster sein, Asia."

Ich schluckte unwillkürlich. „Ja, das wirst du."

11

JETT

Ich konnte meine Hände nicht von ihr lassen. Sie war wie eine Droge für mich. Eine, von der ich nicht genug bekommen konnte. Wir stiegen aus dem Auto in den Jet, den ich gebucht hatte, und flogen nach New York. Der erste Halt war bei meinen Eltern in Manhattan. Dort würden wir über unsere Beziehung ausgefragt werden.

Ich spielte mit Asias Hand, während wir nebeneinander auf den beigen Ledersitzen saßen. Ich fand, dass es der perfekte Zeitpunkt war, um ihr mehr über unsere stürmische Romanze und unsere Ehe zu erzählen. „Meine Mutter heißt Jenny und mein Vater heißt Frank."

„Okay." Sie lächelte mich an. „Das kann ich mir merken."

„Du und ich haben uns in einem Nachtclub in Los Angeles kennengelernt."

„Ich war dort im Urlaub, nicht wahr?" Sie grinste. „Wir können meinen Teil in deinem kleinen Märchen realistisch halten und die Wahrheit darüber sagen, woher ich komme und wo ich aufs College gehe. Ich bin mir sicher, dass ich Fehler mache, wenn alles gelogen ist."

„Du hast recht. Du bleibst ganz du selbst. Ich mag deine

ganze Geschichte ohnehin. Also warst du mit deiner College-Mitbewohnerin im Urlaub." Ich hielt inne, um zu sehen, ob sie weitersprach.

„Stacy und ich waren in dem Club?"

Ich fuhr fort. „Im Banshee. Ich habe dich in dem überfüllten Raum gesehen, bin direkt zu dir gegangen und habe dich zum Tanzen aufgefordert."

„Und du hast herausgefunden, dass ich eine miserable Tänzerin bin."

Ich runzelte die Stirn. Ich konnte sie mir nicht als schlechte Tänzerin vorstellen. „Ich habe es dir schnell beigebracht und du bist in kürzester Zeit fantastisch geworden. Nachdem wir die ganze Nacht durchgetanzt hatten, ließen wir Stacy im Club und gingen zu einem nahegelegenen Restaurant namens Lola's Eatery."

„Ich habe Waffeln bestellt."

„Ich habe Rührei und Toast gegessen."

Sie küsste meine Wange. „Ich habe mich von dir zu meinem Hotel fahren lassen."

„Zum Motel 6."

Sie nickte. „Du hast mich zur Tür begleitet und ich habe dich auf die Wange geküsst, nicht mehr. Ich bin ein braves Mädchen."

Ich fand sie unheimlich liebenswert und zwickte ihre kleine Nase. „Das bist du. Ich habe mir deine Nummer besorgt und dich auf dem Heimweg angerufen. Wir haben uns bis zum Morgengrauen unterhalten."

„Dann hast du mich am nächsten Abend zum Essen eingeladen und die beiden folgenden Abende auch. Wir waren unzertrennlich, während ich in L.A. war, aber dann musste ich nach New Brunswick zum College zurück."

„Ah ja, du bist zurück zum College gegangen und wir haben uns so sehr vermisst, dass wir es nicht ertragen konnten. Da wussten wir, dass es wahre Liebe ist." Ich küsste ihre süßen Lippen. „Ich habe dich gebeten, mich zu heiraten, als ich dich letzte Woche überraschend besucht habe."

Röte bedeckte ihre Wangen. „Und ich habe Ja gesagt und geweint, als du es getan hast."

Ich beendete unsere kleine Geschichte, indem ich sagte: „Ich habe dich nach Vegas gebracht, wo wir geheiratet haben. Noch bevor ich dir einen Antrag gemacht habe, hatte ich uns ein Haus in Harrison, New York gekauft, weil ich sicher war, dass du Ja sagen würdest."

„Ich denke, ich kann mich an all das erinnern." Sie grinste. „Ich werde dich reden lassen. Ich will es nicht vermasseln."

„Wir sollten noch etwas üben." Ich beugte mich vor und küsste die weiche Stelle hinter ihrem rechten Ohr. „ Und *Ich liebe dich* sagen." Ich wich zurück und sah sie an. „Und so klingen, als ob wir es ernst meinen. Du zuerst."

Sie sah aus, als ob sie versuchte, nicht zu lachen. „Jett, ich liebe dich." Ihre Lippen verzogen sich zu einer flachen Linie bei dem Versuch, ernst zu bleiben.

„Asia, ich liebe dich." Ich küsste ihre Wange. „Nochmal."

Sie strich mit der Hand über meine Wange und dann durch meine Haare, während sie mir in die Augen sah. „Ich liebe dich." Ihre Worte waren sanft und süß und klangen so echt, dass mein Herz einen Schlag aussetzte.

„Wirklich?" Ich wusste nicht einmal, warum ich diese Frage stellte.

Sie nickte, beugte sich vor und küsste meine Lippen. „Ich liebe dich, Jett Simmons."

Ich wurde so schnell heiß, dass es mich selbst überraschte. Mein Schwanz pochte, als er anzuschwellen begann. „Ich liebe dich, Asia Simmons." Die Worte rollten mit Leichtigkeit von meiner Zunge, während mein Verlangen nach ihr wuchs.

Ich streichelte ihre Arme und wollte sie ins Schlafzimmer

bringen, aber der Steward kam mit unserem Mittagessen. „Hummer und Steak. Ich bringe sofort den Weißwein." Er stellte die Teller auf den Tisch.

Ich nahm sie an der Hand und half ihr auf, und wir gingen essen, anstatt das zu tun, was ich wirklich in der Privatsphäre des Schlafzimmers tun wollte. „Komm. Zeit für das Mittagessen mit deinem Ehemann."

Sie kicherte und ich mochte, wie es klang. Ich hielt den Stuhl für sie hin und als sie sich gesetzt hatte, nahm ich auf dem Stuhl gegenüber von ihr Platz. „Das sieht köstlich aus, Jett."

„Ich freue mich, dass es dir zusagt. Erzähl mir von deiner Familie. Ich sollte ein wenig über sie wissen."

„Meine Mom heißt Patty und mein Dad heißt Bryan. Ich habe zwei ältere Schwestern."

Ich schnitt ein Stück Steak ab und stellte fest, dass es genauso zubereitet worden war, wie ich es mochte. Es schien mein Glückstag zu sein. „Also bist du das Baby der Familie?"

„Ja." Sie steckte sich etwas von dem Hummer in den Mund, nachdem sie ihn in Butter getaucht hatte, und nickte, während sie kaute und schluckte. „Das ist großartig."

„Das finde ich auch. Also, wie heißen deine Schwestern?" Ich probierte meinen Hummer.

„Rainbow – oder Bow, wie wir sie kurz nennen – ist mit Stewart verheiratet. Er ist Ranger. Sie sind kürzlich mit ihren drei Kindern Jana, Hailey und Baxter nach Alaska gezogen. Dann sind da noch Spring und Max. Sie leben in South Dakota und bekommen nächsten Monat ein Baby. Es ist eine Überraschung, ob es ein Mädchen oder ein Junge wird."

„Nächsten Monat? Willst du nicht deine neue Nichte oder deinen neuen Neffen besuchen?" Ich unterbrach mein Essen, um zu sehen, ob das etwas war, was sie vielleicht tun wollte.

„Ich würde es gerne tun, aber ich habe mich jetzt für das hier entschieden. Ich werde sie besuchen gehen, wenn der

Sommer vorbei ist." Sie schnitt ein Stück von ihrem Steak ab und betrachtete es.

„Ist es nach deinem Geschmack gebraten?"

Sie lächelte. „Ich liebe es roh. Es ist, als ob du mich bereits gekannt hättest, als du diese Mahlzeit bestellt hast, Jett."

„Um ehrlich zu sein habe ich bestellt, was ich mag, genauso wie ich es bei all meinen Subs getan habe. Es ist nur Zufall, dass du dein Steak genauso magst." Ich lächelte. Es war schön, dass wir auf der gleichen Wellenlänge waren.

„Da habe ich wohl Glück gehabt." Sie sah ein bisschen beunruhigt aus von dem, was ich gesagt hatte. Mir gefiel dieser Ausdruck auf ihrem Gesicht nicht.

„Es tut mir leid. Ich kann selbstzentriert und krass sein. Ich werde versuchen, das so weit wie möglich einzuschränken. Also, welche anderen Dinge magst du? Damit ich es weiß, wenn jemand danach fragt." Ich sah den Steward mit einem Stirnrunzeln an, als er endlich mit dem Wein zurückkam. Er füllte unsere Gläser und verließ uns ohne ein Wort der Entschuldigung. Der Typ war auf dem besten Weg, sich bei mir unbeliebt zu machen.

„Mein Lieblingsessen sind Spaghetti. Auch wenn das vielleicht langweilig ist."

„Was ist langweilig daran? Ich liebe sie auch. Besonders mit …"

Sie lachte, als sie mich unterbrach und sagte: „Hausgemachten Fleischbällchen!"

„Und vergiss das Knoblauchbrot nicht."

Wir lachten und ich dachte, dass es gut lief. Zu gut. So konnte es nicht lange bleiben. Dann fiel mir ein, dass sie mir etwas vorspielen könnte.

„Und zum Nachtisch?", fragte sie und steckte ein Stück Fleisch in ihren kleinen Mund.

Ich sagte irgendetwas, um ihre Reaktion darauf zu sehen. „Zitronenkuchen."

„Nein", sagte sie und schüttelte den Kopf. „Apfelkuchen."

„A la mode?", fragte ich überrascht.

„Gibt es eine bessere Variante?"

Sie hatte mein Lieblingsdessert genannt. Wir waren gut aufeinander abgestimmt. Sie spielte mir überhaupt nichts vor. Und das erschreckte mich. Asia Jones war perfekt für mich. Nicht nur als Sub oder Scheinehefrau. Als echte Lebenspartnerin. Darauf war ich überhaupt nicht vorbereitet!

Als wir mit dem Mittagessen fertig waren, saß ich da und hoffte insgeheim, etwas an ihr zu entdecken, das ich unattraktiv fand. Etwas, das es mir leichter machen würde, sie gehen zu lassen, wenn die drei Monate vorbei waren.

Der Steward kam zurück, um unsere leeren Teller mitzunehmen, und Asia schaute ihn an und fragte mit einem Lächeln: „Haben Sie zufällig Kokosnuss-Rum und Sprite hier? Ich bin kein großer Fan von Wein."

Er sah sie von oben herab an und machte mich sofort wütend. „Wir haben nur die besten Weine an Bord. In diesem Flugzeug wird nichts Minderwertiges serviert."

Und das war es. Ich stand auf und überragte den kleinen Bastard. „Ein einfaches *Nein, Ma'am* hätte genügt, Sie kleiner ..."

Asias Hand auf meinem Arm hielt mich zurück. „Es ist okay, Jett."

Ich drehte mich um und sah sie an. „Du wirst vor mir nicht respektlos behandelt werden, Asia." Ich schaute zurück zu dem Mann, der so dumm war, auf diese Weise mit der Frau zu sprechen, mit der ich zusammen war. „Entschuldigen Sie sich jetzt."

Sein Gesicht wurde blass und sein Adamsapfel hüpfte in seiner dürren Kehle. „Es tut mir leid, Ma'am."

„Es ist okay." Asia setzte sich wieder an das Fenster. Ihr

Gesicht wirkte ein wenig betrübt und weckte in mir den Wunsch, den Kerl zu erwürgen.

„Ich werde mich über Sie beschweren." Ich drehte mich um und setzte mich neben sie, als der Mann unsere Sachen nahm und davonging. Ich ergriff Asias Hand und küsste sie. „Es tut mir leid."

Sie sah mich an. „Das muss es nicht. Ich war dumm, weil ich nach etwas so Primitivem gefragt habe."

„Was ist primitiv an Sprite und Rum? Es wird in allen teuren Strandresorts serviert. Der Typ ist einfach ein Arschloch. Unser Zuhause wird mit allem gefüllt sein, was du willst, Asia. Und ich werde dich das Baby deiner Schwester besuchen lassen, wenn es soweit ist."

„Wirklich?" Sie sah überrascht aus. „Im Ernst?"

Ich nickte. „Es ist eine besondere Zeit in deinem Leben. Natürlich meine ich es ernst."

„Danke. Das bedeutet mir viel." Sie schloss die Augen und legte ihren Kopf an meine Schulter. „Du bist sehr nett, Jett. Das Essen hat mich müde gemacht."

„Vielleicht ist es Zeit für eine kleine Ruhepause im Schlafzimmer." Ich stand auf, nahm ihre Hand und führte sie ins Schlafzimmer, wobei ich bemerkte, dass ihre Augen geweitet waren.

Hatte sie Angst davor, mit mir in einem Schlafzimmer allein zu sein?

12

ASIA

Ich folgte Jett, als er mich ins Schlafzimmer führte. Es war nicht mein Lebenstraum, meine Jungfräulichkeit im Schlafzimmer eines Privatjets zu verlieren. Obwohl das für andere vielleicht cool klang, wollte ich eine traditionelle Erinnerung daran haben.

Das Bett war mit einem tiefblauen, seidigen Laken bedeckt. Dicke Kissen befanden sich im Kopfbereich und sahen einladend aus. Jett setzte mich auf die Bettkante, hob einen meiner Füße hoch und zog meinen Schuh aus. Dann tat er dasselbe bei meinem anderen Fuß. „So wirst du dich wohlfühlen." Er stieg aus seinen Schuhen, zog sein Jackett aus und hängte es in den Schrank. „Lege dich zurück und entspanne dich."

Ich tat, was er sagte, und fragte mich, ob er mich ausziehen würde. Er knöpfte das weiße Hemd auf, das er unter dem Jackett trug, und zog es ebenfalls aus. Ich schloss meine Augen. Sein Körper war einfach zu perfekt.

Er berührte meinen, als er sich neben mich legte. Ich war verdammt angespannt, als ich auf seinen nächsten Zug wartete. Er streckte seine Hand aus, um meine zu halten. „Schlaf gut, Mrs. Simmons."

Anscheinend würde das alles sein, was wir machten. Schlafen.

Ich war überrascht und irgendwie auch enttäuscht. Als ich hörte, wie sein Atem gleichmäßig und tief wurde, wusste ich, dass er eingeschlafen war. Ich öffnete meine Augen, drehte mich um und legte meine Hand auf seine Bauchmuskeln.

Ich hatte noch nie so etwas gefühlt. Sie waren steinhart und sahen aus wie kleine Hügel, die durch definierte Linien gespalten waren. Ich hob meine Hand, um seine Brustmuskeln zu berühren.

Seine Haut war gebräunt und unbehaart. Ich wusste nicht, ob seine Brust gewachst oder von Natur aus glatt war. Ich wusste nur, dass ich es sehr ansprechend fand. Meine Augen bewegten sich über seinen Körper, bis ich die Wölbung in seiner Hose entdeckte.

Mit einer federleichten Berührung legte ich meine Hand darauf, um herauszufinden, wie groß sie war. Sie war im nicht erigierten Zustand länger als meine Hand. Himmel, wie lang würde sie sein, wenn er erregt war?

Ich umschloss seinen Schaft mit meiner Hand und erkannte, wie dick er war. Meine Schenkel pulsierten, als ich nass wurde. Er würde irgendwann in naher Zukunft in mir sein und mein Körper war darüber glücklich.

Meine Augen wurden schwer und ich fiel in einen tiefen Schlummer.

Ich wachte auf, als etwas an meiner Handfläche pochte. Ich war mit meiner Hand auf Jetts Schwanz eingeschlafen!

Und er bewegte sich, drehte sich zu mir um, warf seinen Arm über mich und kam näher. Er drückte seinen wachsenden Schwanz gegen mich und stöhnte. Trotzdem schlief er noch.

Ich war besorgt, dass er mich berühren würde, so wie ich es bei ihm gemacht hatte, während wir schliefen!

Ich versuchte, mich zurückzuziehen, aber er legte sein Bein

über mich und hielt mich fest. Ich konnte mich nicht rühren und dann begannen seine Hände mich anzufassen. Erst meinen Arm und dann meinen Rücken, bevor er mich näher an sich heranzog. „Asia", stöhnte er.

„Jett, bist du wach?" Ich klopfte ihm auf die Schulter.

„Ähm, hm ..." Er küsste mich.

Es war nicht gut, was seine Küsse mit mir anstellten. Sie stiegen mir direkt zu Kopf und machten das Denken schwer. Meine Hände bewegten sich wie von selbst und strichen über seinen nackten Rücken. Seine Haut fühlte sich warm und einladend an, als ich sie streichelte. Unsere Münder verschmolzen miteinander, als unsere Körper sich bewegten, um sich noch näher zu kommen.

Ich war völlig in ihm verloren. Jede Bewegung, jede Berührung war intensiv spürbar. Seine Hand strich über mein Bein und schob mein Kleid hoch. Sie ruhte auf meiner Hüfte und hielt mich fest, während er seinen großen Schwanz gegen mein pulsierendes, mit einem Höschen bedecktes Zentrum drückte.

Er rollte sich auf mich und drückte mich aufs Bett. Sein Mund verließ meinen, als er eine Spur von Küssen über meine Kehle und meine Brüste zog. Er ging ganz hinunter, bis sein heißer Mund auf meinem Höschen war.

Der Blick, den er mir zuwarf, als er zu mir aufsah, ließ mein Herz mit Lichtgeschwindigkeit fliegen. Er nahm den Spitzenstoff meines Höschens zwischen die Zähne und bewegte ihn nur so weit herunter, dass ein Teil von mir entblößt war.

Er küsste meine Perle und ich stöhnte vor Verlangen. Er lächelte und küsste sie wieder und wieder, bis ich begann, mich vor Lust zu winden. Seine Hände umfassten meinen Hintern und er hob mich vom Bett hoch, um mich immer und immer wieder zu lecken.

Er hatte mein Kleid so weit hochgeschoben, dass seine dunklen Haare meinen Bauch streiften. Ich fuhr mit meinen

Händen durch sie hindurch, während ich beobachtete, wie er mich an einer Stelle küsste, an der ich noch nie geküsst worden war.

Es war viel besser als erwartet. Ich war völlig nass und mein Stöhnen war einfach nicht aufzuhalten. Gerade als ich dachte, ich würde explodieren, küsste er meinen inneren Oberschenkel. Ich keuchte. Was er mir antat, war unbeschreiblich.

Wenn sich das so anfühlte, warum hörten die Leute jemals damit auf?

Es war fantastisch!

Er biss in mein Bein und ein wahnsinniger Adrenalinstoß schoss durch mich hindurch. Jett stand auf und sah mich mit lustvollen Augen an. „Ich werde dich für andere Männer ruinieren, Asia." Er riss mein Höschen mit einem harten Ruck weg. Ich wimmerte vor Aufregung und Verlangen.

Jett nahm mich an der Taille, hob mich hoch und legte meine Beine über seine breiten Schultern. Mein Zentrum war in seinem Gesicht, als er mich auf und ab leckte und seine Zunge durch jeden Teil von mir bewegte. Dann war sie in mir und ich griff nach seinen Haaren, als es sich unglaublich anfühlte. Er bewegte mich auf und ab, als seine Zunge sich in mich hinein und wieder aus mir heraus bewegte.

Ich hatte keine Ahnung, wie er mich so halten konnte. Es war nicht so, als ob ich nichts wiegen würde. Ich war kurz vor dem Höhepunkt und mein Körper zitterte. Er bewegte seine Zunge aus mir heraus und saugte an meiner Klitoris. Es schickte mich über den Rand der Ekstase und ich schrie bei meinem heftigen Orgasmus.

Dann war er wieder in mir und leckte alles auf, was ich für ihn freigegeben hatte. Ich zitterte, weil alles so intensiv war. Er hatte recht. Er hatte mich für andere Männer ruiniert. Wer sonst könnte mich so nehmen? Wer sonst könnte mich so fühlen lassen wie er?

Niemand könnte es. Das wusste ich instinktiv. Ich gehörte ihm. Ich gehörte Jett Simmons. Aber nur ein paar Monate. Ich wusste, dass ich ihm noch viel länger gehören wollte.

Wie war ich ihm so schnell verfallen?

Er legte mich zurück aufs Bett und wischte sich mit dem Handrücken über den Mund, während er unregelmäßig atmete und mich ansah, als würde ein Löwe eine Gazelle betrachten.

„Du schmeckst besser als alles, was ich jemals in meinem Mund hatte, Asia."

Hitze füllte meine Wangen. „Danke." Ich hatte keine Ahnung, was man zu einer solchen Bemerkung sagen sollte.

Er zog einen Koffer aus dem Schrank, legte ihn auf das Bett, öffnete ihn und nahm ein weißes Spitzenhöschen heraus. Er zog es mir zärtlich an.

Ich wollte fragen, warum wir nicht weitermachten, aber kurz bevor mein Mund sich öffnete, verkündete der Pilot, dass wir unsere Plätze einnehmen sollten, weil wir bald in New York landen würden.

Ich seufzte schwer und sah ein Lächeln auf seinen Lippen. „Enttäuscht?"

Mit einem Nicken rollte ich aus dem Bett. „Ich denke, ich sollte meine Haare und mein Make-up überprüfen, bevor wir aussteigen."

Was ich sah, als ich in den kleinen Badezimmerspiegel schaute, schockierte mich. Meine Haare waren ein Chaos! Mein Make-up war weg!

Ich schloss die Tür und benutzte die Toilette. Es brannte. „Au!"

Ich konnte sein tiefes Lachen hören. „Tut mir leid. Das ist ein böser Nebeneffekt."

Meine Wangen wurden heiß, als ich begriff, dass er mich gehört hatte. Als ich fertig war, stand ich auf, wusch meine Hände und brachte meine Haare wieder in Position. Ich spritzte etwas Wasser auf mein Gesicht und sah zumindest wieder erfrischt aus.

Ich war immer noch Jungfrau. Ich nahm an, dass er plante, mir meine Jungfräulichkeit ein anderes Mal zu nehmen. Aber er konnte so lange mit mir spielen, wie er wollte. *Es machte mir nichts aus!*

13
JETT

Meine Hand war auf Asias Knie, als wir auf dem Ledersofa meiner Eltern saßen und sie uns anstarrten. „Also habt ihr es wirklich getan?", fragte mein Vater.

Ich hielt Asias linke Hand hoch und zeigte die Ringe. „Ja. Letzte Nacht. In Vegas."

Die Lügen kamen mir nur schwer über die Lippen. Es war nicht so einfach, direkt vor ihren Augen zu lügen. Es war viel einfacher, das über das Telefon zu erledigen.

„Und du bist aus L.A.?", fragte Mom Asia.

„Nein, Ma'am, ich bin in Queens aufgewachsen. Ich gehe auf die Rutgers University in Jersey. Ich war im Urlaub, als ich Jett traf."

Ich war froh, dass sie sich an unsere kleine Geschichte erinnerte, weil ich derjenige war, der über die Lügen stolperte. „In einem Nachtclub", schaffte ich hinzuzufügen.

„Im Banshee", sagte Asia und tätschelte meine Hand. „Er hat mir das Tanzen beigebracht. Bis ich ihn traf, dachte ich, ich hätte zwei linke Füße. Er war ein fantastischer Lehrer."

„Du hast es mir leichtgemacht." Ich küsste ihre Wange. Aus

dem Augenwinkel sah ich meine Mutter lächeln. „Dann waren wir essen, nachdem wir ihre Freundin Stacy losgeworden waren."

„In Lola's Eatery. Jett hatte Rührei und Toast."

„Asia hatte Waffeln." Ich war bezaubert von ihr. „Und dann brachte ich sie zum Motel 6, wo sie und Stacy reserviert hatten. Ich habe sie zum Abschied geküsst."

Asia sah mir in die Augen und ich hatte das Gefühl, dass die Lügen wirklich passiert waren. Ich konnte alles in meinem Kopf sehen, als wäre es real gewesen. Ihr Schmollmund teilte sich. „Ich wusste schon damals, dass ich ihn liebe."

„Wirklich?", fragte ich.

Sie nickte. „Von diesem kleinen Kuss und dieser wundervollen Nacht an wusste ich, dass du der Richtige bist."

„Ich wusste auch sofort, dass du die Richtige für mich bist." Ich sah meine Eltern an, die mich mit offenem Mund und ungläubigen Mienen anstarrten. „Wie auch immer, wir sind jede Nacht, die sie in der Stadt war, ausgegangen, und als sie zum College zurückmusste, ließen die vielen Meilen zwischen uns unsere Gefühle nur noch stärker werden. Wir hatten die Liebe gefunden. Also habe ich sie vorgestern überrascht."

„Er kam in mein Zimmer im Wohnheim, ist auf die Knie gefallen und hat mich gebeten, ihn zum glücklichsten Mann der Welt zu machen. Ich habe geweint, als ich Ja gesagt habe." Asia strich mit dem Handrücken über meine Wange. „Ich bin so glücklich, dass du gefragt hast."

„Ich bin so froh, dass du Ja gesagt hast."

„Also seid ihr nach Vegas gegangen und habt geheiratet", sagte Mom und lenkte unsere Aufmerksamkeit auf sich. „Und was werdet ihr jetzt tun?"

„Ich habe uns ein Haus in der Gegend von Sterling Ridge in Harrison, New York gekauft. Ich dachte, es wäre ein perfekter Ort, um dort zu leben und eine Familie zu gründen." Ich strich mit der Hand über Asias Wange. „Wir können es kaum erwarten, unser neues Leben zu beginnen."

Mein Vater räusperte sich. „Was ist mit deiner Arbeit in L.A.?"

Wie hatte ich dieses Puzzleteil vergessen können?

Panik musste auf meinem Gesicht erschienen sein, denn Asias Augen weiteten sich und sie lächelte. „Oh, er kann sich immer noch um die Angelegenheiten in L.A. kümmern. Er hat einen wunderbaren Assistenten, den er dazu ausgebildet hat, für ihn zu übernehmen, wenn er hier ist. Ist das nicht so, Schatz?"

„Ja, Seth Rogers behält alles im Blick, während ich mir die nächsten drei Monate freinehme. Danach werde ich von Montag bis Donnerstag in Los Angeles sein und die anderen drei Nächte zu Hause bei Asia verbringen. Ich habe alles gut geplant."

„Okay, hört sich so an, als hättest du alles durchdacht." Dad sah erleichtert aus. „Eines Tages werde ich dich sowieso wieder hier haben wollen. Du wirst die Position des CEO übernehmen und musst dafür hier sein. Vielleicht ist dieser Rogers dazu geeignet, deinen Job in L.A. ganz zu machen."

„Ich kann ihn darauf vorbereiten."

Mom stand auf und bedeutete uns, ihr zu folgen. „Das Abendessen wird im Speisesaal serviert. Hilda sollte den Aperitif schon auf dem Tisch haben. Kommt."

Ich nahm Asias Hand und half ihr auf, und wir folgten meinen Eltern mit einem gewissen Abstand. „Du kannst besser lügen, als du gesagt hast."

„Es ist mir wichtig, dir zu helfen, Jett. Ich schätze, ich betrachte es als meinen Job."

Die Vorstellung, dass sie es als Job betrachtete, gefiel mir nicht. Ich wollte, dass sie es mochte. „Hast du eine gute Zeit?"

Sie nickte. „Ja."

„Ich kann es kaum erwarten, das Haus mit dir zu besichtigen. Ich habe es gekauft, ohne es jemals gesehen zu haben. Ich habe nur Bilder online gesehen. Es ist komplett möbliert und ich habe eine Stylistin beauftragt, den Schrank und die Kommode mit Kleidern und Schuhen für dich zu füllen."

Asia strahlte mich an. „Oh mein Gott! Wirklich?"

Meine Eltern blieben stehen und drehten sich zu uns um. Moms linke Augenbraue war hochgezogen. „Was ist so aufregend?"

„Ich habe Asia gerade wieder überrascht. Sie hat das Haus noch nicht gesehen. Ich habe ihr gesagt, dass ich eine Stylistin für sie engagiert habe." Ich schlang meinen Arm um Asia. „Sie hat eine ganz neue Garderobe."

„Das ist nett von dir, Jett." Mom drehte sich um und ging weiter. „Du bist so anders als sonst."

Asia lehnte sich an mich und legte ihre Hand auf meine Brust. „Das ist schön zu hören. Ich mag es."

„Was, dass ich anders als sonst bin?"

„Ja. Es bedeutet, dass ich etwas in dir zum Vorschein bringe, das noch keine andere Frau erreicht hat."

Und damit hatte sie recht. Asia brachte Dinge in mir hervor wie niemand sonst. Momentan war ich wie berauscht, aber ich wusste, dass eine Zeit kommen würde, zu der ich es hassen würde. Ich würde mein altes Ich wiederhaben wollen. Den harten Mann, den niemand verletzen konnte.

Ich hatte die Liebe nicht gemieden, aber ich hatte sie sicher nicht gesucht. Ich hatte Subs gekauft, um die Leere zu füllen, die ich manchmal empfand. Abgesehen davon mochte ich es nicht, mich mehr als ein paar Mal mit jemandem zu verabreden.

Asia war die Frau, mit der ich mehr Zeit verbringen würde als mit allen anderen. Sie und ich verstanden uns besser, als ich erwartet hatte. Aber es musste ein Ende haben, so wie alle Dinge.

Am Tisch saß ich direkt neben Asia. Ich hielt ihre Hand und sah, wie meine Mutter auf unsere Hände schaute. „Du hast etwas darüber gesagt, dass ihr bald eine Familie gründen wollt. Ich hoffe, ihr beide denkt gründlich darüber nach. Ihr habt sehr schnell geheiratet. Es gibt keinen Grund, jetzt sofort Kinder zu haben. Sie verändern euer Leben komplett. Warum nehmt ihr euch nicht ein Jahr Zeit, um euch besser kennenzulernen, bevor ihr versucht, Eltern zu werden?"

„Vielleicht hat Mom recht, Asia."

„Alles, was du willst, will ich auch, Jett. Das weißt du. Ich liebe dich." Die Worte klangen so natürlich aus ihrem Mund, als würde sie sie wirklich ernst meinen.

„Ich liebe dich auch. Wir werden später darüber sprechen." Ich wandte meine Aufmerksamkeit wieder Mom zu. „Danke für den Rat. Wir sind einfach so verliebt, dass wir jetzt gerade vielleicht etwas unvernünftig sind."

„Das kann ich sehen", sagte Mom, als sie von mir zu Asia schaute. „Ihr glüht förmlich."

Taten wir das?

Ich hatte keine Ahnung.

War ich tatsächlich dabei, mich zu verlieben?

Ich konnte das nicht zulassen. Ich wollte Asia nicht verletzen. Und ich war nicht darauf aus, mich in sie zu verlieben.

Ich hoffte, dass bald etwas auftauchen würde, das ich an ihr nicht ausstehen konnte. Es geschah ständig bei anderen Frauen. Sie schnarchten, hatten hässliche Füße oder ein nerviges Lachen. Ich war sicher, dass mich irgendwann etwas an Asia stören würde.

Liebe stand für mich nicht zur Debatte. Ich wollte sie nicht.

Liebe machte einen schwach. Sie machte einen verwundbar. Ich wollte nichts davon.

„Der Familienurlaub beginnt in zwei Wochen. Hast du Asia davon erzählt, Jett?", fragte Mom, als das Dienstmädchen ein

Tablett mit geräuchertem Fleisch und Käse sowie eine Flasche Rotwein hereinbrachte.

„Das habe ich, Mom. Hallo, Daisy, haben wir Kokosnuss-Rum und Sprite im Haus?", fragte ich sie, als ich mich daran erinnerte, dass Asia Wein nicht mochte.

„Ja, Sir. Soll ich Ihnen einen Drink machen?"

„Machen Sie einen für meine Frau."

Daisys Hand legte sich auf ihr Herz, als sie nach Luft schnappte. „Ihre Frau, Sir?"

„Asia, das ist Daisy, das Dienstmädchen. Daisy, das ist meine Frau."

Daisy kam zu uns und schüttelte Asias Hand. „Oh mein Gott, Sie sind bezaubernd. Wie gut, dass Mr. Jett eine Frau wie Sie gefunden hat."

„Danke." Röte bedeckte Asias Wangen. „Ich denke, ich bin es, die Glück hatte."

„Ich hole Ihnen etwas zu trinken, Ma'am. Es ist schön, Sie kennenzulernen." Daisy lief los, um den Drink zuzubereiten, und Asia sah mich mit einem neugierigen Blick an.

„Sie schien ziemlich überrascht zu sein. Dabei bist du erst 28, keine alte Jungfer." Asia lachte.

„Siehst du, Mom. Ich bin nicht alt."

„Sein Lebensstil ist der Grund, warum alle befürchtet haben, dass er nie heiraten würde." Mom nahm etwas Fleisch und Käse. „Er hat nie eine feste Freundin gehabt. Deshalb werden viele Familienmitglieder von dieser Ehe schockiert sein. Niemand hat es kommen sehen. Nicht in Anbetracht dessen, wie Jett ist."

„War", korrigierte ich sie. „Ich *war* so. Asia hat das geändert."

„Lass es uns hoffen." Mom trank einen Schluck.

Dad schüttelte den Kopf. „Wir wollen das Beste hoffen, Liebling. Menschen können sich ändern."

Ich begann mich zu fragen, ob er recht hatte. Konnte ich

mich ändern? Konnte ich ein Mann werden, der nur eine Frau begehrte und sie die meiste Zeit bei sich haben wollte?

Ich dachte nicht, dass ich so ein Mann sein könnte. Dennoch hatte ich mich drei Monate lang an eine Frau gebunden, nur um nicht von meinen Freunden und meiner Familie verkuppelt zu werden. *Warum hatte ich so etwas getan?*

Es war untypisch für mich. Ich war der Typ Mann, der jedem sagen würde, er solle sich verpissen und mich verdammt nochmal in Ruhe lassen. Stattdessen hatte ich mich absichtlich an eine Frau gebunden, mit der ich länger zusammen sein würde als mit sonst irgendjemandem.

Hatte ich unbewusst eine Situation geschaffen, die ich um jeden Preis gemieden hatte, um mir etwas zu beweisen? War Asia zur richtigen Zeit am richtigen Ort gewesen? Oder war es mehr als das?

Es lief alles ein wenig zu gut. War das Schicksal dabei, mein Leben zu übernehmen?

14

ASIA

Der Tag war lang gewesen. Ich legte meinen Kopf an Jetts Schulter, als der Fahrer seiner Eltern uns nach Harrison zu unserem neuen Zuhause brachte. Eine Villa nach der anderen zog an uns vorbei, bis wir zu einem Eingangstor gelangten. „Das ist es, Asia. Das wird alles dir gehören, wenn es vorbei ist." Er küsste zärtlich meinen Kopf.

Ich hätte überglücklich sein sollen. Stattdessen spürte ich bei dem, was er sagte, einen scharfen Schmerz in meinem Bauch. Wenn es vorbei war ... Ich wollte nicht so denken. Ich mochte den Mann wirklich. Darüber nachzudenken, wann alles enden würde, war nichts, was ich tun wollte.

Das Tor öffnete sich, nachdem der Fahrer den Code eingegeben hatte, den Jett ihm zugerufen hatte, und wir fuhren eine lange Einfahrt hinunter. „Das Grundstück ist zwei Hektar groß und das Haus hat knapp 4.000 Quadratmeter. Es gibt einen Pool auf der Rückseite und eine Garage für sechs Autos. Ich weiß, das ist ziemlich klein."

„Klein?" Ich war voller Ehrfurcht, als wir vor dem Haus anhielten. *Haus?* Nein, es war viel mehr als nur ein Haus. *Es war ein Palast!*

Skulpturen von Frauen, die mich an alte römische Statuen erinnerten, säumten auf beiden Seiten die breite Treppe, die zu der grünen Haustür führte. In der Mitte der Einfahrt befand sich ein Springbrunnen. Eine Schar steinerner Meerjungfrauen ragte daraus empor und sah aus, als ob sie sich spielerisch gegenseitig nassspritzten.

Das Weiß der Backsteinwände war so makellos, dass das Gebäude zu glühen schien. Es hatte zwei Stockwerke, und ein Balkon ging von einem der Zimmer im Obergeschoss ab. Er sorgte für Schatten über dem Haupteingang. Grüner englischer Efeu überzog die Seitenwände und sah so aus, als wäre er schon immer dort gewesen. „Jett, das ist besser als alles, was ich mir hätte vorstellen können."

„Heißt das, dass es dir gefällt?" Er grinste, als er aus dem Auto stieg und meine Hand nahm, um mir zu helfen.

Die Abendbrise war kühl und sanft. Die Gerüche waren wunderbar erdig und mit süßen Blumen gemischt. Irgendwo in der wohlhabenden Nachbarschaft grillte jemand. „Jett, ich habe keine Ahnung, wie ich meiner Familie jemals erklären soll, wie ich an dieses Haus gekommen bin."

„Ich werde dir dabei helfen, dir etwas auszudenken. Verdammt, du kannst ihnen das Gleiche erzählen wie allen anderen." Er führte mich die Treppe hinauf und tippte einen Code an der Tür ein. „565679 lautet der Code für alle Türen und das Tor. Es gibt ein Sicherheitssystem, das Türen und Tore automatisch verriegelt, sobald sie geschlossen werden. So bist du jederzeit sicher."

Das Foyer war groß und die Decke hoch. Es befanden sich keine Möbel darin, aber es gab römische Statuen und herrlich grüne Topfpflanzen. „Es ist so, so ..." Ich hatte nicht die Worte, um es zu beschreiben.

„Willst du damit sagen, dass dir bis jetzt alles gefällt?" Jett lächelte mich an und ich konnte mich nicht länger zurückhalten.

Ich legte meine Arme um ihn und küsste ihn auf die Wange. „Alles ist wundervoll. Du bist der freundlichste und großzügigste Mann auf der ganzen Welt!"

Seine starken Arme hielten mich fest, als sein warmer Atem die Haare an meinem Ohr streifte. „Du bist die süßeste Frau, die ich je getroffen habe, Asia. Ich meine es ernst."

Wir besichtigten das Haus und fanden einen Wohnbereich nach dem anderen, bevor wir in eine riesige Küche kamen. „Meine Güte! Jett, das ist fantastisch!" Glänzender Edelstahl zierte den gewaltigen Ofen. „Wo ist der Kühlschrank?"

Jett lächelte, als er etwas aufzog, das ich für Wände hielt. Dahinter gab es nicht einen, sondern drei Kühlschränke. „Und dort drüben sind die Gefrierschränke." Er zeigte auf eine Glastür unter der langen Kücheninsel. „Das ist ein Weinkühler. Da du dich nicht für Wein interessierst, kannst du ihn mit jedem anderen Getränk deiner Wahl befüllen."

„Jett, das ist alles zu viel. Ich kann das nicht annehmen. Ich kann es nicht!" Tränen stiegen in meinen Augen auf, als ich von Emotionen überwältigt wurde.

Er schlang seine Arme um mich und umarmte mich fest. „Du kannst es annehmen. Ich will, dass du das alles hast, Asia. Es ist eine große Sache, was du für mich tust."

Ich schüttelte den Kopf, als ich weiterweinte. „Es ist keine große Sache. Ich verdiene das alles nicht."

„Doch. Du gibst mir einen großen Teil von dir selbst. Ich nehme das nicht leichtfertig an."

„Wenn du über meine Jungfräulichkeit sprichst, ist sie nicht so viel wert, wie du mir bezahlst." Ich schniefte und er ging mit mir zurück, bis er eine Serviette erreichen konnte.

Er gab sie mir und sagte: „Putze dir die Nase. Trockne deine hübschen Augen und hör auf, über Geld nachzudenken. Ich habe genug davon. Lass mich dir etwas davon geben für all das, was du für mich tust."

Ich nickte, um ihn nicht zu verärgern, und beschloss, dass ich allein mit meinen Emotionen umgehen würde. Es war nicht seine Aufgabe, sich damit zu befassen. „Es tut mir leid, Jett."

„Das muss es nicht. Ich hätte wissen müssen, dass du überwältigt sein würdest. Du wirst dich in kürzester Zeit daran gewöhnen. Es gibt ein paar Dinge, die du wissen solltest. Eine Haushälterin kommt dreimal die Woche – montags, mittwochs und freitags. Sie war schon die Haushälterin des Vorbesitzers und hat jahrelang hier gearbeitet. Ich habe sie behalten. Es gibt einen Gärtner, der einmal in der Woche kommt. Ein Hausmeister kommt ebenfalls einmal in der Woche und kümmert sich um den Pool und alles, was repariert werden muss. Ich werde ein Stadtauto kaufen und einen Fahrer dafür anheuern."

Ich versuchte, die Emotionen zu unterdrücken, die in mir brodelten. „Okay. Ich werde ihren Lohn bezahlen, sobald ich das Geld von dem Treuhandkonto bekomme."

„Nein, ich habe mich schon um alles gekümmert. Ihre Gehälter werden automatisch von einem meiner Bankkonten abgebucht. Ich werde sie für dich bezahlen."

„Du bezahlst die Leute, die sich um mein Haus kümmern? Für immer?" Ich schüttelte den Kopf. „Eines Tages wirst du heiraten und deine Frau wird das nicht mögen."

„Ich bestimme, was ich mit meinem Geld mache. Keine Frau hat dabei etwas zu sagen." Er holte zwei Wasserflaschen aus dem Kühlschrank, der ihm am nächsten war. „Lass uns jetzt den Rest des Hauses ansehen. Es gibt zehn Schlafzimmer. Alle haben ein eigenes Bad mit Toilette und begehbare Kleiderschränke."

Seine arrogante Einstellung gegenüber Frauen öffnete mir die Augen. Es war das erste Mal, dass ich diese Seite von ihm gesehen hatte. Ich konnte nicht sagen, dass ich sie mochte. Aber es stand mir nicht zu, ihn zu maßregeln. Ich gehörte ihm, nicht umgekehrt.

Im Erdgeschoss gab es ein Schlafzimmer. Ich hielt es für das Master-Schlafzimmer, aber er informierte mich, dass es nur ein Gästezimmer war. Eine große Treppe aus Mahagoni führte nach oben. Zusammen mit dem Geländer wirkte sie wie etwas aus einem Museum.

Ich konnte kaum begreifen, dass dieses Haus mir gehören würde. *Es war einfach zu gut, um wahr zu sein!*

„Das wird unser Zimmer sein." Er öffnete die erste Tür auf der linken Seite und ich erstarrte.

Ein riesiges Bett stand in der Mitte des großen Raumes. Dunkles Holz, Schnitzereien und ein beiger Betthimmel raubten mir den Atem. Eine smaragdgrüne Jacquard-Decke befand sich auf der Matratze. Es war das opulenteste Bett, das ich je gesehen hatte. In einer Ecke stand eine Sitzgruppe aus dunkelbraunem Leder und ein enormer Fernseher hing an der Wand.

„Jett, das ist atemberaubend!"

Er nahm meine Hand und führte mich zu einer Tür auf der rechten Seite. Als er sie öffnete, ging ein Licht an und ich stellte fest, dass wir in einem Schrank standen, in dem nur Frauenkleidung war. „Deine Sachen sind hier drin."

„Oh, verdammt!" Ich musste meine Hand auf meinen Mund legen, der offenstand. Ich drehte mich um und umarmte ihn. „Jett, das ist zu viel!"

„Hinter der Tür daneben sind meine Sachen. Ich werde sie abholen lassen, wenn es vorbei ist."

Da war es wieder, der stechende Schmerz in meinem Magen, wenn er darüber sprach, dass es vorbei sein würde. Ich schaute ihn an, während ich den Kopf schüttelte. „Du wirst hier immer ein Zuhause haben, Jett. Immer."

Jetzt war es an ihm, sentimental zu werden. „Wirklich?"

Mit einem Nicken nahm ich seine Hand und hielt sie an mein Herz. „Ich möchte, dass du diesen Ort immer als dein Zuhause betrachtest." Ich meinte es ernst. Ich konnte mir gar nicht vorstellen, mit einem anderen Mann dort zu sein.

Er grinste, als er mich quer durch den Raum führte. „Lass mich dir das Badezimmer zeigen. Und lade mich besser noch nicht ein, Asia. Eines Tages wirst du heiraten und dein Mann möchte vielleicht nicht, dass dein alter Dom hier herumhängt."

Der Gedanke ließ einen Schauder über meinen Rücken laufen. Als Jett die Tür zu etwas öffnete, das wie ein Spa aussah, schnappte ich nach Luft. „Jett!"

Eine Dusche mit zahllosen Düsen befand sich in einer Ecke und ein riesiger Whirlpool in der anderen. „Ich kann mir vorstellen, dass man hier Spaß haben kann. Du auch?" Jett hob mich hoch, um mich zurück ins Schlafzimmer zu tragen. „Lass uns jetzt das Bett ausprobieren. Bist du bereit für mehr? Ich habe die ganze Nacht Zeit, dich zu meiner Frau zu machen."

War ich bereit für das, was er vorhatte?

15

JETT

Ich öffnete die Fenster, die zum Balkon führten, und ließ eine kühle Brise herein, als die Nacht hereinbrach. Der Tag war lang gewesen und die Nacht würde sich noch länger anfühlen.

Ich würde Asia nehmen!

Ich hatte davon seit dem Tag geträumt, an dem ich ihr hübsches Gesicht auf meinem Computerbildschirm gesehen hatte. Jetzt war es soweit und ich gab ihr Zeit zum Baden, damit sie sich für mich bereitmachen konnte.

Das gesamte Haus war mit allem Nötigen ausgestattet. In den Badezimmern gab es duftende Seifen und teure Haarpflegeprodukte. Ich wollte, dass Asia sah, wie die oberen Zehntausend, zu denen sie jetzt gehörte, lebten.

Ich stand auf dem Balkon und schaute mich um, sah aber nur hohe Bäume, die das Haus vor neugierigen Blicken abschirmten. Asia würde an einem solchen Ort sicher sein. Ich hatte für ihre Sicherheit und ihren Wohlstand gesorgt im Gegenzug für das, was sie für mich tat und was sie mir gab.

Grillen zirpten und die anderen Insekten taten sich zu einem nächtlichen Chor zusammen. Ich verließ den Balkon, um durch den Flur zu gehen und schnell zu duschen, um mich ebenfalls präsentabel zu machen.

Heißes Wasser strich über meinen Körper, der vor Erwartung angespannt war. Ich hatte noch nie eine Jungfrau gehabt. Ich war nie ein sanfter Liebhaber gewesen. Zugegeben, ich war ein egoistischer Liebhaber, aber ich wollte bei Asia anders sein. Die junge Frau verdiente mehr.

Ich hatte seit dem ersten Tag oft an sie gedacht. Es hatte noch nie eine Frau gegeben, an die ich so viel gedacht hatte. Und ich hatte auch viele Pläne für sie gemacht. Das Haus, seine Ausstattung, ihre Kleider – alles hatte ich bedacht. Aber am meisten dachte ich darüber nach, wie ich ihr erstes Mal besonders und unvergesslich machen konnte.

Es war fast wie ein Drehbuch, das mir durch den Kopf ging. Ich wollte jeden Zentimeter von ihr berühren, während sie auf dem Bett lag und vor Verlangen zitterte. Ich wollte sie langsam in einen Zustand der Erregung bringen und sie dann stundenlang dort halten. Wir konnten morgen schlafen. Heute Nacht ging es darum, Erinnerungen zu schaffen, die sie ein Leben lang begleiten würden.

Ich dachte, dass diese Erinnerungen auch etwas Besonderes für mich sein würden.

Mit nichts weiter als einem Handtuch um meine Taille ging ich zurück über den Flur zu unserem Schlafzimmer. Dort fand ich meine kleine Asia, die im Bett auf mich wartete. Sie zog die Decke bis zu ihrem Kinn hoch, als sie mich anschaute. „Ich bin bereit, Sir."

Ich schüttelte den Kopf und machte mich auf den Weg zu ihr. „Nein, nenne mich nicht so. Es geht um dich, Asia. Es geht nur um dich. Ich will nicht, dass du denkst, dass du mir geben musst, was ich will, weil ich dafür bezahlt habe."

Sie runzelte die Stirn. „Also willst du mich nicht?"

„Ich will dich." Ich setzte mich neben sie und zog die Decke herunter, um ihre Brüste zu entblößen. Sie waren köstlich. Es war schwer, meine Augen von ihnen wegzureißen. „Willst du mich?"

Sie atmete tief durch. „Mehr als ich je geahnt hätte." Sie nahm meine Hand und legte sie auf ihre Brust. „Deine Hand ist die erste, die mich so berührt."

Ich fühlte ihr Herz unter meiner Hand schlagen. „Asia, du hast keine Ahnung, wie sehr ich dich begehre."

„Ich habe eine Ahnung, weil ich dich genauso begehre. Jett, du wirst zärtlich sein, nicht wahr?" Ihre Augen zeigten ein wenig Angst und mein Herz wurde schwer.

„Ich werde sehr zärtlich zu dir sein, meine kleine Asia." Ich beugte mich vor, um ihre süßen Lippen zu küssen, und stellte fest, dass sie zitterten.

Ich wollte sie beruhigen und die Ängste lindern, die später irrational erscheinen würden. Ich wollte ihr nur Vergnügen bereiten, es gab nichts zu befürchten. Als Jungfrau wusste sie das nicht.

Ich nahm an, dass sie wusste, dass es ein wenig wehtun würde, wenn ich zum ersten Mal in sie eindrang, also beschloss ich, nichts mehr zu sagen. Stattdessen warf ich das Handtuch, das mich bedeckte, beiseite und nahm ihre Hand, um sie auf meinen noch nicht ganz erigierten Schwanz zu legen.

Unsere Augen waren aufeinander gerichtet. Dann brach sie den Blickkontakt ab und schaute auf das Ding, das ihrer Unschuld bald ein Ende setzen würde. Sie bewegte ihre Hand hin und her. „Es ist weich. Wie Seide, die einen harten Zylinder bedeckt. Ich habe noch nie so etwas Ähnliches gespürt." Ihre Augen wanderten zu mir. „Darf ich meinen Mund darauflegen?"

Ich seufzte und wollte nichts mehr, als zu spüren, wie sich ihre weichen Lippen um mich schlossen. Aber in dieser Nacht ging es nicht um mich. Sie konnte mich ein anderes Mal erforschen. In dieser Nacht ging es nur um sie. Ich schüttelte den

Kopf. „Lege dich zurück und lass mich dir zeigen, was so großartig an Sex ist."

Sie kuschelte sich in das Kissen. „Nimm mich, Jett. Ich gehöre dir."

„Und heute Nacht gehöre ich dir, Asia. Heute Nacht lieben wir uns. Zum ersten Mal in deinem und meinem Leben."

Linien bildeten sich zwischen ihren Brauen, als Verwirrung ihr schönes Gesicht erfüllte. „Zum ersten Mal für dich? Ich verstehe das nicht."

„Ich habe schon oft Sex gehabt, aber ich habe noch nie eine Frau geliebt. Heute Nacht wird für uns beide eine Premiere sein."

Das Lächeln, das ihren Schmollmund kräuselte, ließ mich auch lächeln. „Ich bin froh, auch deine erste Erfahrung zu sein. Komm zu mir."

Wie eine Motte von einer Flamme angezogen wurde, wollte ich zu ihr, wohlwissend, dass ich zu nahe ans Feuer flog. Ich könnte verbrennen, wenn ich nicht aufpasste. *Ich musste vorsichtig sein!*

Unsere Lippen trafen sich und entzündeten das Feuer, das die ganze Nacht hindurch brennen würde. Unsere Hände bewegten sich in langsamen Wellen über den Körper des anderen. Dann beendete ich den Kuss und zog mich von ihr zurück. „Ich will jeden Zentimeter von dir küssen."

Sie nickte und lächelte. „Bitte mach weiter."

Ich zog die Decke ganz von ihr herunter, stand auf und sah ihren perfekten kleinen Körper an. Cremige Schenkel wölbten sich in üppigen Kurven. Ich fuhr mit einer Fingerspitze ihr Bein hinunter, als ich zum Ende des Bettes ging und daraufstieg.

Ihre Fußnägel waren rosa lackiert und ich küsste jeden ihrer niedlichen kleinen Zehen. Die Spitzen ihrer Füße waren weich an meinen Lippen. Ihre Beine schienen länger als sonst zu sein, als ich erst das eine und dann das andere küsste. Ich rollte sie herum und legte meine Lippen auf ihren runden, straffen Hintern. Sie zitterte wie ich auch und stöhnte. Ich konnte nicht anders, als einen Finger in sie zu stecken, um ihr Verlangen zu überprüfen. Sie war bereits nass.

Sie würde noch viel nasser werden, bevor ich sie nahm!

Ich küsste ihren Rücken, ihre Schultern und ihren Nacken, während ich ihren Körper berührte und meinen Schwanz über ihr warmes Fleisch streichen ließ. Ich drückte ihn gegen ihren Hintern, drang aber nicht in sie ein.

Ich konnte spüren, wie ihr Körper heißer wurde. So wie meiner auch.

Mein ganzer Körper kribbelte auf eine Weise, die ich noch nie erlebt hatte. Ich ließ alles los. Mein Verstand war dieses Mal genauso sehr bei der Sache wie mein Körper.

Ich küsste ihren Rücken, konzentrierte mich auf ihren Hintern und küsste ihn ebenfalls. Als ich meine Zunge in ihr Rektum gleiten ließ, stöhnte sie. „Himmel, das fühlt sich gut an, Jett."

Ich küsste sie, streichelte sie mit meiner Zunge und begann, sie zum Orgasmus zu bringen. Asia würde am Morgen von Kopf bis Fuß wund sein. Das war in Ordnung, denn wir hatten einen prächtigen Whirlpool, um ihren schmerzenden Körper zu massieren, und sie würde bald bereit sein, noch weiter zu gehen. Ich würde dafür sorgen, dass sie sich so sehr nach mir sehnte, wie ich mich nach ihr sehnte.

Endlich würde ich mein Verlangen befriedigen können!

16

ASIA

Es war verdammt großartig, den Hintern geküsst zu bekommen. Wer hätte das gedacht?

Jetts Finger packten meine Hüften und hoben mich hoch, damit er seine Zunge tiefer schieben konnte. Er bewegte eine Hand um mich herum, bis er meine Klitoris fand und streichelte sie immer wieder, während sich seine Zunge über meinen Hintern bewegte.

Eine Welle durchflutete mich und ich stöhnte, als sie mich ganz erfasste, von meinem Kopf bis zu meinen Zehen. „Jett, oh, Jett, ja ..." Ich verstummte, als er aufhörte, um mich umzudrehen und seine Zunge in mein Zentrum zu schieben.

Er stieß ein tiefes, kehliges Stöhnen aus, als er mich mit der Zunge fickte. Sein dichtes, welliges Haar war feucht auf meiner Haut. Ich konnte nicht anders, als meine Hände darin zu vergraben. Ich hoffte, er würde niemals seine wunderschönen Haare abschneiden.

Schließlich zog er heiße Küsse über meinen Bauch und nahm eine meiner Brüste in den Mund, während er mich ansah. Ich beobachtete, wie er mit der Zunge um die Brustwarze fuhr und dann mit seinen Lippen daran zog. Es tat ein bisschen weh, aber es schickte auch ein seltsames Gefühl tief in meine Magengrube.

Ich hatte das Gefühl, wenn er lange genug daran saugte, würde er mich zum Orgasmus bringen. Jett kannte sich mit dem Körper einer Frau aus, das musste ich ihm lassen!

Während er an einer Brust saugte, massierte er die andere. Dann bewegte er seinen Mund höher, um an meinem Hals zu knabbern und eine Stelle direkt hinter meinem Ohr zu lecken, die mich für ihn wild werden ließ.

Voller Verlangen bog ich meinen Körper seinem entgegen und flehte ihn leise an, mich zu nehmen. Ich wollte ihn so sehr, dass es wehtat. Als ob er das begriffen hätte, rieb er seinen harten Schwanz gegen mich, als er mich gnadenlos biss und dann mit einem harten Stoß in mich eindrang.

Das Stöhnen, das ich machte, kam von irgendwo tief in mir. Es brannte, war aber zugleich wundervoll.

„Oh, Jett! Oh ja!"

Sein Gesichtsausdruck war besorgt, als er den Kopf hob, um mich anzusehen. „Gefällt es dir, Baby? Geht es dir gut?"

Ich nahm sein wunderschönes Gesicht zwischen meine Handflächen und lächelte, als ich meinen Körper nach oben bewegte und seinen Schwanz tiefer in mich gleiten ließ. „Oh, ja ... ich liebe es. Es fühlt sich unglaublich an!"

Die Erleichterung war ihm anzusehen und er küsste mich. Seine Zunge umhüllte eine moschusartige Mischung meiner Säfte und ich küsste ihn hungrig, als er lange, langsame Stöße machte, die mich um den Verstand brachten.

Unsere Körper bewegten sich auf eine Weise, die für mich hypnotisierend war. Ich war nicht mehr unschuldig, ich war in jeder Hinsicht eine Frau. *Ich war Jetts Frau!*

Diese kostbare Erinnerung würde ich den Rest meines Lebens bewahren. Es würde nie einen Anderen geben, mit dem ich diesen Moment teilte. Den Moment, in dem ich von einem Mann genommen wurde. Einem mächtigen, gutaussehenden Mann. Es war für mich nicht weniger speziell, als wenn ich darauf gewartet hätte, es mit einem Mann zu tun, den ich liebte. Zumindest fühlte es sich so an.

Jett war sanft zu mir, genau wie er es versprochen hatte. Seine Berührung war leicht und reizte meine Haut auf eine Weise, die mich weiter in Erregung versetzte. Seine Zunge kämpfte mit meiner um die Kontrolle und ich gab sie ihm freiwillig.

Er bewegte seinen harten Schwanz in einem Rhythmus, der mich wie ein Boot auf stürmischer See erschütterte. Ich fuhr mit meinen Händen über seinen muskulösen Rücken und genoss, wie er sich bei seinen Bewegungen anspannte. Ich strich mit meinem Fuß sein Bein hoch und bemerkte, wie viel tiefer es ihn in mich eindringen ließ.

Ich zog beide Beine an, beugte die Knie und hob sie so hoch ich konnte. Jett bewegte einen seiner Arme um ein Bein und zog es noch weiter nach hinten, wodurch sein Schwanz tiefer in mich eindrang.

Ich konnte kaum atmen, als mein Körper zu kommen begann. „Jett!"

„Oh, Baby, bitte gib es mir. Ich will es mehr, als ich jemals etwas gewollt habe. Gib mir, was ich brauche, Baby. Gib mir alles!" Er rammte sich mit rasender Geschwindigkeit in mich, bis ich seinen Namen immer und immer wieder schrie, als mein Körper seinen Höhepunkt erreichte und sich um seinen Schwanz anspannte. Jett machte einen harschen Laut, als er nasse Hitze in mich hineinspritzte und meinen Orgasmus noch intensiver machte. „Baby, verdammt!"

„Jett", stöhnte ich, als ich meine Hände durch seine Haare streichen ließ und er sein Gesicht an meinem Hals vergrub.

Das war es. Es war vollbracht. Und ich fühlte mich unglaublich.

Ich hatte befürchtet, ich könnte aufgebracht sein, wenn es endlich passierte. Ich dachte, ich könnte um den Verlust von etwas trauern, an dem ich so lange festgehalten hatte. Aber tatsächlich war ich begeistert und hatte Dinge gespürt, die ich nie gekannt hatte.

„Danke, Jett. Das war eine Erinnerung, die ich für immer schätzen werde. Es hat sich spektakulär angefühlt." Ich zog sein Gesicht aus meiner Halsbeuge und küsste ihn.

Er stöhnte, als er den Kuss erwiderte. Dann zog er sich zurück und sah mich an, während seine Hand über meine Wange strich. „Du bist eine wunderschöne Frau, Asia. Ich bin nicht sicher, ob ich jemals genug von dir bekommen werde."

Ich lächelte. „Gut. Nichts würde mir mehr zusagen, als dass du es nie enden lässt." Das Stirnrunzeln, das sich zwischen seinen dunklen Augenbrauen bildete, ließ mich sofort wissen, dass ich etwas Falsches gesagt hatte.

„So gut es auch ist – es wird nicht ewig dauern." Er rollte sich von mir herunter und ging zur Toilette, während ich vollkommen still dalag und wünschte, ich hätte das nicht gesagt.

Ich wollte nicht den Moment für ihn ruinieren, aber ich hatte es definitiv getan. Als er zurückkam, hatte ich das Bedürfnis, mich zu entschuldigen. „Jett, es tut mir leid." Ich ging auf meine Ellbogen, um ihn anzublicken, damit er die Aufrichtigkeit in meinen Augen sehen konnte. „Ich weiß, dass es vorübergehend ist. Es ist nur so, dass ich es geliebt habe und nicht glaube, dass irgendjemand sonst mir solche Gefühle schenken kann, wie du es gerade getan hast."

Er hatte ein feuchtes Tuch in der Hand und setzte sich auf die Bettkante. „Lehne dich zurück. Ich mache dich sauber." Ich tat, was er sagte, und schaute an die Decke. Es gefiel mir nicht besonders, was er machte. „Es tut mir leid, dass ich kalt zu dir gewesen bin, Asia. Es ist nur so, dass ich nicht will, dass du verletzt wirst."

Ich hatte das Gefühl, dass er etwas anderes meinte. Ich dachte, unterbewusst meinte er, dass *er* verletzt werden könnte. „Ich verstehe. Das ist sehr galant von dir, Jett." Ich setzte mich auf, als er mit der unangenehmen Reinigung fertig war. Ich wollte ihm sagen, dass ich mehr als fähig dazu war, es selbst zu tun, aber der sanfte Ausdruck auf seinem Gesicht stoppte mich.

Langsam und zärtlich fuhr er mit den Fingerspitzen über die Innenseite meines Beines. „Asia, ich möchte, dass du weißt, dass du mir viel bedeutest. Ich mache vielleicht Dinge, die dir das Gefühl geben, dass es für immer weitergehen wird. Ich möchte nicht, dass du es dir zu Herzen nimmst. Ich bin nicht so ein Mann."

Ich streichelte seine Wange, beugte mich vor und drückte meine Lippen darauf. „Wir können einen Tag nach dem anderen angehen, Jett. Kein Druck. Der Vertrag läuft Ende August aus und wir können uns in der Zwischenzeit amüsieren. Wie bei einem Urlaub. Ich habe es geliebt, als meine Familie im Sommer eine ganze Woche Urlaub in Miami gemacht hat. Wir alle wünschten uns, dass er ewig dauern würde. Aber als die Woche endete, mussten wir in unser normales Leben zurückkehren. Es war bittersüß, aber wir haben es geschafft und wunderbare Erinnerungen mitgenommen."

„Danke." Er schmiegte sich an meinen Hals. „Ich bin froh, dass du das verstehst. Ich liebe das an dir. Du bist so verständnisvoll."

„Ich liebe es, dass du so süß und großzügig bist."

Seine Lippen drückten sich an meinen Hals. „Ich liebe es, dass du dich für mich geöffnet hast."

Mein Körper begann sich wieder aufzuheizen, als ich meine Hände durch seine Haare gleiten ließ. „Ich liebe es, dass du mich an einen Ort gebracht hast, an dem ich noch nie war."

Er bewegte sich zurück, um mir in die Augen zu sehen. „Und ich werde dich wieder dorthin bringen, Baby."

Ich lachte, als er mich zurück auf das Bett schob und auf mich kletterte. Ich konnte sehen, dass unsere erste gemeinsame Woche sehr aufschlussreich sein würde!

17

JETT

Wir nahmen ein Taxi zum Mercedes-Händler und ich war bereit, uns mit Autos zu versorgen. Eines für mich und eines für sie. Ich hatte bereits eine Chauffeurfirma angeheuert, und ein Auto und ein Fahrer standen für uns bereit, wenn wir sie brauchten. Aber ich wollte nicht überall in diesem Stil ankommen.

Asia zögerte, als wir das Autohaus betraten und ein Verkäufer direkt zu uns kam. „Guten Tag. Was kann ich für Sie tun?"

„Asia, was gefällt dir?"

Sie lächelte und sah den Verkäufer an. „Was ist Ihr preiswertestes Auto?"

Ich lachte. „Nein, so kaufen wir nicht ein, Baby." Ich sah unseren Verkäufer an. „Wir sind Mr. und Mrs. Simmons. Und Sie sind?"

Er streckte mir seine Hand hin. „Brett. Es freut mich, Sie beide kennenzulernen. Geld ist heute also kein Thema?"

„Geld ist immer ein Thema. Ich will einfach nicht, dass meine Frau sich bei ihrer Kaufentscheidung vom Preis des Autos beeinflussen lässt. Also lassen Sie die Preise weg und geben Sie uns einfach die Informationen zu den Autos, die sie mag." Ich legte meinen Arm um Asia und führte sie um die Autos im Ausstellungsraum herum. „Wir nehmen die Autos, die wir heute kaufen, direkt aus dem Ausstellungsraum. Wir haben keine Zeit, darauf zu warten, bis sie nachgeliefert werden."

„Okay, gut. Wie Sie sehen können, haben wir genug zur Auswahl. Es geht also um mehrere Autos?" Brett hatte bei dem Gedanken an seine Kommission Dollarzeichen in den Augen.

„Wir kaufen heute zwei Autos. Was auch immer sie nimmt – ich nehme das Gleiche. Aber wir wollen verschiedene Farben." Ich führte Asia zu dem Auto, das uns am nächsten war.

Es war dunkelgrau und sie strich mit den Fingern über die glatte Oberfläche. „Ich finde dieses hier hübsch."

Brett war sofort zur Stelle. „Das ist ein C-Klasse C 300 Cabriolet in Selenitgrau. Mit einem Vierzylinder-Motor hat es jede Menge PS, um das geringe Gewicht des Wagens zu bewegen." Er öffnete die Tür. „Steigen Sie ein, Mrs. Simmons."

Asia stieg hinter das Lenkrad. „Oh, das ist nett." Sie sah mich an. „Das Leder ist so weich und hübsch."

„Mögen Sie Musik, Mrs. Simmons?"

„Oh ja, Brett." Sie lächelte ihn an und ich spürte einen Hauch von Stolz darauf, wie großartig sie hinter dem Steuer des schicken Autos aussah und wie leicht sie mit unserem Verkäufer interagierte.

„Dieses Modell hat ein Burmester-Surround-Soundsystem und ein Satellitenradio, so dass Sie einen Nachtclub auf Rädern haben." Er lachte und schob seine Hände in die Taschen.

Asia beäugte mich. „Jett, was denkst du über dieses Auto?"

„Ich glaube, ich habe noch nie einen Vierzylinder gekauft." Ich sah mich um, um zu sehen, was sie sonst noch hatten.

Schnell erkannte Brett, was ich wollte, und zeigte auf die S-Klasse-Modelle. „Dort drüben haben wir unsere Achtzylinder-Autos."

Ich half Asia aus dem Wagen und brachte sie dorthin, wo sich Autos befanden, die über mehr Geschwindigkeit verfügten. Ich sah, wie ihre Augen auf einem glänzenden, tiefblauen Wagen landeten. „Oh, Jett, ich kann mir dieses Auto für dich vorstellen. Magst du die Farbe?"

„Blau ist meine Lieblingsfarbe." Ich zeigte auf einen türkisfarbenen Wagen. „Gefällt er dir?"

„Ja. Er ist so ... anders. Ich glaube nicht, dass ich genau diese Farbe schon einmal auf der Straße gesehen habe. Die Autos hier sind alle etwas Besonderes." Sie ging zu dem Wagen, auf den ich hingewiesen hatte, und Brett öffnete die Tür für sie. „Oh, wow. Wie kann es sein, dass er noch luxuriöser ist?"

„Magie", sagte Brett mit einem Grinsen. „Das hier hat alles, wofür Mercedes Benz berühmt ist. Spurabfahrt, damit Sie nie jemandem auf einer anderen Spur begegnen. Elektronische Stabilität, damit Sie nicht die Kontrolle verlieren. Es gibt sogar einen Sensor für den toten Winkel, damit Sie gut geschützt sind."

„Das habe ich gesucht. Ein sicheres Auto, in das ich meine kostbare Fracht stecken kann." Ich ging um das Auto herum und sah es mir an. „Wir werden eine Testfahrt machen und wenn es uns gefällt, nehmen wir sowohl das blaue als auch dieses hier. Ich gehe davon aus, dass sie die gleichen Eigenschaften haben."

„Ja, bis auf die Farben." Brett grinste wie ein Verrückter. Ich wusste, dass wir die teuersten Autos ausgewählt hatten. Die beiden Provisionen würden reichlich ausfallen. Und er würde höchstwahrscheinlich eine Art Bonus von seinem Arbeitgeber dafür bekommen, einen solchen Coup gelandet zu haben.

Die Testfahrt machte mir Spaß. Ich ließ Asia fahren und sie war so nervös, dass es süß war. „Oh, Gott, Jett! Ich flippe gleich aus!"

„Baby, wir haben noch nicht einmal den Parkplatz verlassen."

Sie nickte und schluckte. Ich musste lachen. „Es ist nur ein Auto. Jetzt traue dich auf die Straße. Es gibt nur wenig Verkehr."

Sie fuhr ihm Schneckentempo auf die Straße und trat dann fester aufs Gaspedal. „Oh, es fährt sich wie ein Traum, Jett." Sie warf mir einen Seitenblick zu. „Aber ich weiß, dass dieses Auto ein kleines Vermögen kosten muss. Wir müssen nicht zwei davon kaufen. Ich nehme den Vierzylinder und du nimmst diesen Wagen."

„Keine Chance, Asia. Du bekommst das Gleiche wie ich. Dieses Auto ist sicherer. Ich will, dass du in Sicherheit bist. Ich will dich mit einem sicheren Auto in einem sicheren Haus zurücklassen." Mein Magen krampfte sich zusammen, als ich darüber sprach, sie zu verlassen.

Ich wollte nicht einmal darüber nachdenken!

„Ich weiß das, aber ich bin sicher, dass das andere Auto die gleichen Sicherheits-Features hat. Wir werden Brett fragen, wenn wir zurückkommen. Bestimmt lässt sich das andere Auto genauso gut fahren wie dieses."

„Du bekommst dieses hier, Asia. Ende der Diskussion."

Sie runzelte die Stirn. „Ich will nicht, dass du so viel Geld für ein Auto für mich ausgibst."

„Das ist mir egal. Ich kaufe dir dieses hier. Wir sollten nicht darüber streiten. Wir sollten Spaß haben, Asia. Verdammt!"

Sie schnaubte und bog nach rechts ab. „Ich werde still sein. Ich möchte nicht, dass du denkst, ich sei undankbar. Ich bin dir sehr dankbar. Ich mache mir nur Sorgen, dass du zu viel Geld ausgibst."

„Ich habe es, um es auszugeben. Mach dir keine Sorgen um mein Geld. Überlass das mir. Wenn ich dir sage, dass du etwas bekommst, dann sollen es Dinge sein, die ihren Preis wert sind. Nicht irgendein billiger Schrott."

„Ich würde das erste Auto nicht als Schrott bezeichnen, Jett." Sie umrundete den Block und wir waren zurück beim Autohaus.

„Es war nicht so gut wie dieses. Also halte einfach deine hübschen Lippen geschlossen, damit ich einen guten Deal machen kann. Ich bin glücklich mit meinen Einkäufen. Ich möchte, dass du auch glücklich bist."

Sie parkte und sah sich noch einmal um. „Es ist das schönste Auto, das ich je gesehen habe." Unsere Augen trafen sich. „Vielen Dank. Ich werde es für immer lieben und mich sehr gut darum kümmern."

„Ich bin sicher, dass du das tun wirst. Lass uns jetzt reingehen und den Papierkram erledigen. Hast du deinen Ausweis dabei?"

„Er ist in meiner Handtasche, wie immer." Brett öffnete ihre Tür und ließ sie aussteigen, als ich mich vom Beifahrersitz erhob.

„Wie gefällt Ihnen dieses Auto, Mrs. Simmons?"

„Es gefällt uns sehr gut, Brett. Ich überlasse es Ihnen, sich mit meinem Mann um das Geschäftliche zu kümmern."

Ich trat hinter sie und schlang meinen Arm um ihre Taille, als wir ins Büro gingen, um einen Deal zu machen. Obwohl ich nicht gerade glücklich darüber war, dass sie mit mir gestritten hatte, musste ich zugeben, dass ich sie dafür respektierte.

Sie war nicht geldgierig, das war sicher. Und sie hatte einen vernünftigen Kopf auf ihren Schultern. Wie sollte ein Mädchen aus armen Verhältnissen etwas darüber wissen, was wie viel kostete?

Ich konnte ihr das beibringen. Asia konnte so viel von mir lernen. Obwohl unsere gemeinsame Zeit relativ kurz war, wollte ich sie auf eine andere Ebene bringen. Eine, von der sie wahrscheinlich noch nie geträumt hatte.

Der Urlaub mit meiner Familie stand kurz bevor. Sie würde den Hochadel der Hamptons und die New Yorker Elite treffen. Sie war dabei, in eine Welt einzutreten, von der sie ein dauerhafter Teil werden würde.

Mir wurde plötzlich klar, dass Asia und ich uns für den Rest unseres Lebens über den Weg laufen würden. Ich brachte sie in meine Welt, zu der sie auch nach der Scheidung noch gehören würde.

Ich hatte das nicht bis zum Ende durchgedacht. Könnte ich Asia später wiedersehen, vielleicht mit einem anderen Mann? Könnte ich damit umgehen?

Ich war nicht sicher, ob ich es könnte, aber ich hatte bereits den Zug gestartet, der mein ganzes Leben entgleisen lassen würde.

Ich konnte die Fahrt genauso gut genießen!

18

ASIA

Auf dem Weg zu Jetts Elternhaus hatte ich Bauchschmerzen. Ich würde dort seine ganze Familie und ihre Freunde treffen. Er hatte mir gesagt, was er von mir erwartete. Ich sollte gute Manieren demonstrieren, still bleiben, wenn ich nicht direkt gefragt wurde, und oft die Worte *Ich liebe dich* benutzen.

Ich hatte zwei Wochen mit dem Mann verbracht und es fiel mir nicht schwer, diese Worte zu sagen. Ich war dabei, mich zu verlieben. Dabei wusste ich, dass ich am Ende, wenn alles vorbei war, weinen würde wie ein Baby. Aber ich versuchte, mich nicht darauf zu konzentrieren. Ich wollte jeden Tag genießen, wie er kam, und meistens verdrängte ich den Gedanken an das Ende.

Wir waren früh am Morgen aufgebrochen und er fuhr uns in seinem neuen Auto zu seinen Eltern. Meines blieb in der Garage zu Hause. In wenigen Monaten würde ich ganz allein dort sein. Ich hatte keine Ahnung, wie ich mich allein in diesem Haus oder in unserem Schlafzimmer fühlen würde.

Mit heruntergeklapptem Verdeck fuhren wir in der kühlen Morgenluft und genossen das helle Sonnenlicht und die frischen Gerüche. „Es ist wunderschön hier." Ich sah das grüne Laub an und deutete auf eine Handvoll Rehe, die auf einem Feld am Straßenrand ihr Frühstück fraßen. „Rehe!"

„Ja, du wirst viele davon hier oben sehen. Sie kommen direkt in den Hof. Meine Mutter hat Unmengen von Fotos von ihnen gemacht, als wir das Haus gekauft hatten. Jetzt sind wir an sie gewöhnt." Er bog ab und wir erreichten eine gehobene Nachbarschaft voller Villen.

Meine Nerven flatterten, als ich bemerkte, dass wir fast da waren. „Ist es dumm von mir zu denken, dass einige dieser Leute auf mich herabsehen werden?"

„Wenn sie das tun, bekommen sie es mit mir zu tun. Es spielt keine Rolle, woher du kommst, es ist nur wichtig, dass du meine Frau bist. Man wird dich mit Respekt behandeln oder meinen Zorn zu spüren bekommen." Er nahm meine Hand und küsste sie. „Ich möchte nicht, dass du dir Sorgen machst."

Ich nickte, wusste aber, dass er nicht immer an meiner Seite sein würde, um mich vor Menschen zu schützen, von denen ich wusste, dass sie hasserfüllt sein konnten. Jett hatte mir von seiner Mutter erzählt, die ihn mit reichen, alleinstehenden Frauen, die in der Gegend lebten, verkuppeln wollte. Er hatte sich die Lüge, schon eine Ehefrau zu haben, ausgedacht, um diese Folter nicht durchmachen zu müssen.

Meine weibliche Intuition sagte mir, dass ich keinen herzlichen Empfang erwarten durfte. Seine Eltern würden vielleicht nett sein, sie waren es, als ich sie an jenem ersten Tag traf, aber es war zweifelhaft, dass alle anderen es auch sein würden.

Das Tor war offen, als wir ankamen. Es gab eine lange und kurvenreiche Auffahrt, die zu einer dreistöckigen, hellblauen Art-Deco-Villa führte. Jeder Teil des Hauses war wie ein riesiger Block mit großen Fenstern und Blick auf die sanften Hügel, aus denen das Anwesen bestand.

Sträucher waren in Form von Hirschen, Eichhörnchen und

Schwänen geschnitten worden. Es war ordentlich, extravagant und sah aus wie in einer Zeitschrift. „Wow, Jett. Das ist alles, was ich sagen kann. Hier verbringen wir die Woche?"

„Ja, das ist das Sommerhaus meiner Eltern." Er fuhr um das Haus herum nach hinten, wo sich eine riesige Garage befand. „Wie du sehen kannst, ist es für mehrere Gäste eingerichtet. Es gibt nicht weniger als 15 Schlafzimmer, alle mit eigenem Bad. Fünf Wohnbereiche, drei Essbereiche, einen Fitnessraum und einen Indoor-/Outdoor-Poolbereich sowie natürlich ein Spielzimmer."

„Natürlich." Ich musste lachen. „Es ist kein richtiges Ferienhaus ohne ein Spielzimmer", sagte ich in einem hochnäsigen New Yorker Akzent, der ihn zum Lachen brachte.

„Vorsicht, du triffst hier ein paar Leute mit diesem Akzent."

Ein Mann kam am Ende der Garage aus einer Tür. Er winkte uns herein und wir parkten neben einem Rolls Royce. „Gehört der deinen Eltern?"

„Meinen Großeltern. Dad hat letztes Jahr seinem Vater dieses Auto gekauft. Meine Großeltern leben gern bescheiden, aber sie alle haben sich Autos schenken lassen und kommen einmal im Jahr eine Woche hierher. Im Frühjahr verbringen sie eine weitere Woche mit uns in Wyoming. Das ist nicht so anstrengend wie dieser Urlaub hier."

Ich dachte über Wyoming im Frühling nach und es tat so weh, dass ich nicht dabei sein würde. *Wir würden dann getrennt sein.*

„Also verbringt ihr den Sommer hier und die Villa steht den Rest des Jahres leer?" Der Mann, der die Garagentür für uns aufgemacht hatte, stand plötzlich vor meiner Tür und öffnete sie für mich.

„Mrs. Simmons, wie schön, Ihre Bekanntschaft zu machen. Ich bin Rock und für die Autos zuständig." Er streckte die Hand aus und ich schüttelte sie.

„Schön, Sie kennenzulernen, Rock. Und es sieht so aus, als hätten Sie ein paar sehr nette Modelle hier, nicht wahr?"

Er nickte und lächelte. „Oh ja. Den ganzen Sommer über werde ich mich um sehr schöne Fahrzeuge kümmern."

Jetts Hand ergriff meine, als er Rock über die Schulter hinweg ansah. „Seien Sie gut zu meinem Wagen, er ist brandneu. Diese Woche ist keine Wartung nötig. Aber er könnte Benzin gebrauchen." Wir gingen schnell davon.

„Du hättest den Mann erst begrüßen sollen, Jett", schalt ich ihn.

Er blieb stehen und sah mich mit großen Augen an. „Was hast du zu mir gesagt?"

Einen Moment lang hatte ich das Gefühl, etwas falsch gemacht zu haben. Dann streckte ich meinen Kiefer nach vorn. „Ich sagte, du hättest ihn zuerst begrüßen sollen. Es war unhöflich von dir, das nicht zu tun."

Er beäugte mich einen langen Moment und sah dann zu Rock. „Wie geht es Ihrer Frau, Rock?"

„Es geht ihr gut, Mr. Simmons."

„Ich bin froh, das zu hören. Und Ihnen? Wie geht es Ihnen?"

„Gut, Sir. Danke der Nachfrage."

„Schönen Tag, Rock. Es ist immer ein Vergnügen, Sie zu sehen." Jett schaute mich an und flüsterte. „Hat dir das besser gefallen, meine Liebe?"

Mit einem Nicken ging ich weiter. „Das hat es tatsächlich getan."

Er lachte und gab mir einen Klaps auf den Hintern. „Du hast Feuer in dir, meine kleine Asia. Das muss ich dir lassen."

Wir gingen durch eine Seitentür ins Haus. Regenmäntel hingen an Haken, Gummistiefel in verschiedenen Farben und Größen standen hintereinander auf einem Regal und in einem Ständer befanden sich Regenschirme. Wir schritten durch dieses Zimmer in eine hochmoderne Küche, wo drei Frauen in weißen Uniformen eifrig das Mittagessen vorbereiteten.

Jett schien sie zu kennen, „Hallo, wie geht es Ihnen an diesem schönen Tag?"

„Gut, Mr. Simmons", sagte eine von ihnen und nickte ihm zu. „Und das muss Ihre Ehefrau sein, von der Ihre Eltern geredet haben." Die Frau, die aussah, als ob sie die Vorgesetzte der beiden anderen war, wischte sich die Hände an einem weißen Handtuch ab, das an ihrer ebenfalls weißen Schürze hing. Sie kam zu mir und wir begrüßten uns. „Ich bin Cora, die Küchenchefin der Simmons." Sie deutete auf eine kleine dunkelhaarige Frau. „Das ist Tanya und die andere ist Mary. Wenn Sie irgendwelche Allergien haben, lassen Sie es mich wissen."

„Keine, von denen ich weiß." Ich schüttelte den Kopf. „Schön, Sie kennenzulernen." Ich fand sie nett und hilfsbereit. So weit, so gut. Aber bislang hatte ich nur das Personal getroffen, von dem erwartet wurde, dass es freundlich zu mir war. Die Gäste würden es nicht notwendigerweise sein.

„Die Familie ist im Wintergarten und genießt die Morgensonne", informierte sie uns, bevor sie wieder an die Arbeit ging.

Wir verließen die Küche und gingen durch einen Essbereich mit einem strahlend weißen langen Tisch und Stühlen. „Das ist einer der informellen Essbereiche", sagte Jett. Der nächste Raum war eine Bar. „Du kannst selbst sehen, was dieses Zimmer ist."

„Ja, das ist ziemlich offensichtlich. Die große, kunstvoll geschnitzte Holzbar sagt alles."

Er ließ meine Hand los und stellte sich dahinter. „Wir könnten auch ein paar Drinks mixen, während wir hier sind. Es hilft dabei, die Nervosität zu lindern. Wir werden mit jeder Menge Fragen konfrontiert werden, wenn wir dort reingehen."

Ich setzte mich auf einen der Barhocker. Obwohl es viel zu früh für mich war, sagte ich kein Wort. Wenn Jett so früh etwas trinken wollte, würden wir es tun. Ich wollte nicht mit ihm darüber streiten.

Er füllte zwei große Gläser mit Eiswürfeln, goss Bourbon in seines und gab Soda hinzu. Dann fand er eine Flasche Rum, wenn auch ohne Kokosnuss, und sah mich an. „Möchtest du Rum und Sprite oder etwas anderes?"

„Kann ich das bekommen, was du hast, aber mit nur etwa halb so viel Alkohol?"

Mit einem Nicken machte er mir einen Drink und wir tranken beide. Der Alkohol war keine Magie und beruhigte meine Nerven nicht sofort, aber ich wusste, dass er mit der Zeit helfen würde. Jett streckte den Arm aus. „Bereit?"

„Nein." Ich lächelte ihn an. „Aber ich werde so tun als ob."

„Mehr kann ich nicht verlangen."

Wir gingen in den Wintergarten, wo unsere bislang größte Herausforderung wartete!

19

JETT

Die Zeit war gekommen, wieder zu lügen. Meine Scheinehe war großartig verlaufen, aber konnten wir es mit meiner ganzen Familie in der ersten Reihe schaffen?

Der Whisky hatte noch keine Zeit gehabt zu wirken, aber ich hoffte, dass es bald soweit sein würde. Ich hielt Asia an der Hand, als wir in den großen, mit Glas verkleideten Raum gingen.

Auf Chaiselongues saßen meine Großeltern, meine Eltern und eine Frau, die ich nicht kannte. Eine große Frau mit langen Beinen unter einer weißen Hose und hochhackigen Riemchensandalen. Als ich zu ihrem Gesicht aufblickte, sah ich, dass sie mich anlächelte. Sie stand auf und kam direkt zu uns. „Sie müssen das glückliche Paar sein."

Ich schüttelte ihre Hand, als sie mich ansah. „Das sind wir. Mr. und Mrs. Simmons. Ich bin Jett, das ist Asia. Und Sie sind?"

„Ich bin Janice Duncan. Ihre Mutter hat mich engagiert, um eine Hochzeitsparty für Sie zu planen."

„Es ist schön, Sie kennenzulernen, Janice." Asia schüttelte ihr die Hand. „Aber wir brauchen keine Party."

„Unsinn", sagte meine Mutter, als sie aufstand, um zu uns zu kommen. „Und ich habe noch eine Überraschung für euch beide. Wir werden die Ankündigung aber erst auf eurer Party machen. Ihr müsst euch also noch gedulden." Mom nahm Asia an der Hand. „Komm mit uns, meine Liebe. Jett interessiert sich nicht für Party-Planung. Du, ich und Janice werden das tun."

Als ich zusah, wie Asia weggeführt wurde, war ich einen Moment lang panisch. „Wartet!" Sie blieben alle stehen und drehten sich zu mir um. „Ich möchte sie meinen Großeltern vorstellen, Mom."

„Oh." Mom sah ein bisschen beschämt aus. „Erlaube mir, das zu tun." Sie brachte Asia zu ihren eigenen Eltern und dann zu den Eltern meines Vaters, bevor sie mit meiner Scheinehefrau und der Partyplanerin verschwand.

Ich war allein. Nun, nicht ganz. Das wäre so viel besser gewesen.

„Komm, Junge", rief der Vater meines Vaters, als Dad und meine Großeltern sich zu einem Kreis zusammenschlossen, in dem ich das Zentrum war. „Jetzt erzähle uns, warum du ein Mädchen geheiratet hast, das du kaum kennst."

„Und wir wollen ihre Familie kennenlernen, Jett." Großmutter Shapiro, die Mutter meiner Mutter, sah nicht so aus, als würde sie sich davon abbringen lassen.

„Oh, ich denke nicht, dass sie Zeit dafür haben. Sie müssen arbeiten. Ihre Mutter arbeitet in einer Anwaltskanzlei. Ihr Vater ... nun, ich bin mir sicher, dass er auch beschäftigt ist." Ihr Vater war arbeitslos, hatte sie mir erzählt. Ich wusste nicht, ob Asia wollte, dass alle das wussten.

„Sie könnten zumindest über das Wochenende kommen." Dad war sehr darauf bedacht, dass sie kamen. „Ich kann ein Auto zu ihnen schicken. Wir sollten sie wirklich kennenlernen. Sie sind jetzt auch deine Familie. Das macht sie zu unseren Verwandten."

Es war eine nette Geste, aber wir durften unsere Scheinehe nicht gefährden. Die Einbindung ihrer Eltern war nicht Teil des Plans. Ich konnte sie nicht bitten, so weit zu gehen.

Großmutter Simmons klopfte auf den leeren Platz neben sich. „Komm, Jett. Setz dich hin und erzähle uns alles über eure stürmische Romanze."

Es war seltsam. Ohne Asia an meiner Seite vergaß ich irgendwie unsere kleine Geschichte. Ich setzte mich. „Wir erzählen gern zusammen unsere Geschichte. Ich warte auf sie."

„Unsinn." Großmutter Simmons akzeptierte kein Nein als Antwort. „Woher wusstest du, dass sie die Richtige für dich ist, Jett? Nach so langer Zeit. Woher wusstest du das?"

„Erstens bin ich kein alter Mann. Ich bin 28. Warum verhält sich jeder in dieser Familie so, als wäre ich zu alt, um Single zu sein?"

„Es ist dein Lebensstil, mein Sohn. Ich habe es dir schon oft gesagt." Dad schüttelte den Kopf, als ob diese Antwort allein sie schon dazu berechtigte, so zu denken.

„Ist es die körperliche Anziehung, Jett?", fragte Großvater Shapiro. „Weil solche Beziehungen niemals halten."

„Nein, nein, so ist es nicht. Wir haben viele Dinge gemeinsam. Wir mögen die gleichen Dinge und denken meistens gleich. Ich fühle mich nie allein. Selbst wenn wir nicht direkt zusammen sind, fühle ich mich wie ein Teil von ihr. Es ist merkwürdig, aber auf eine großartige Weise." Seltsamerweise war das vollkommen wahr. Ich hatte vorher nie darüber nachgedacht.

Die weißen Köpfe meiner Großmütter nickten, als sie mir zustimmten. Dann sagte Großvater Simmons: „Und ist der Sex heiß? Ich meine, es muss am Anfang heiß sein. Jedes Paar braucht einen Hauch von Leidenschaft, der es verbindet."

Ich spürte, wie Hitze mein Gesicht erfüllte. „Ja, Sir. Wir haben heißen Sex." Und gerade als ich das sagte, kamen meine

Mutter und meine Scheinehefrau wieder ins Zimmer und starrten uns mit offenem Mund an.

Asia wurde scharlachrot. „Jett!"

Ich sprang auf und eilte zu ihr. „Baby, du hast keine Ahnung von den Fragen, die sie gestellt haben. Ich wollte das nicht sagen. Ich schwöre es!"

Die Schurken, die mich so etwas hatten sagen lassen, bekamen einen langen strengen Blick von meiner Mutter. „Okay, ihr neugierige Bande. Wir sollten diese beiden jetzt in Ruhe lassen. Ich denke, wir überwältigen sie." Mom küsste meine Wange. „Ich habe eure Sachen von Rock in die Monte Carlo Suite bringen lassen. Zeige Asia euer Schlafzimmer und dann könnt ihr zwei zurückkommen, wann immer ihr bereit dazu seid."

Ich legte meinen Arm um Asias Schultern und ging mit ihr aus dem sonnenerleuchteten Raum mit meinen engsten Verwandten. *Wenn sie schon so hartnäckig waren, wie würde der Rest sein?*

Ich steuerte auf die Hintertreppe zu und führte Asia zwei Stockwerke hinauf in den dritten Stock, wo sich die Monte Carlo Suite befand. „Mom hat allen Zimmern Namen gegeben. Ich nehme an, sie hat uns dieses gegeben, weil wir gesagt haben, dass wir in Vegas geheiratet haben."

Als ich die Tür öffnete und wir hineingingen, hatte Asia wohl das Gefühl endlich offen reden zu können. „Oh, Gott, Jett. Sie wollen, dass meine Eltern kommen!"

„Ja, ich weiß. Mach dir keine Sorgen, ich werde mir etwas ausdenken." Ich ging zu der Bar, die im Zimmer war, und suchte nach etwas zu trinken. Mein Drink war noch im Wintergarten und der von Asia war ebenfalls weg.

„Deine Mutter möchte die Telefonnummer meiner Eltern. Sie möchte sie anrufen und selbst einladen. Sie fragte, ob ich sie dir vorgestellt habe, und ich wusste nicht, was zum Teufel ich antworten sollte, Jett. Es war, als hätte ich den Mund voller Kaugummi. Ich habe gemurmelt wie eine Idiotin! Wie sollen wir diese Lüge aufrechterhalten? Das ist alles zu viel!"

„Beruhige dich!" Ich fand nicht, was ich wollte. Es gab Wein, Wasser und Erfrischungsgetränke, aber keinen Whisky in dieser Bar. „Was für eine verdammte Bar ist das?"

„Und was ist mit dem Trinken, Jett? Du trinkst sonst nicht so viel. Planst du, diese ganze Woche lang betrunken zu bleiben?" Sie schüttelte den Kopf und ließ sich auf das Bett fallen.

„Ich habe es nicht geplant, aber jetzt, da ich gesehen habe, wie es sein wird, könnte ich einfach auch betrunken bleiben. Willst du mitmachen?"

Sie lachte. Es war ein wahnsinniges, angespanntes Lachen, in das ich einstimmte. „Das ist verrückt, Jett!"

„Ich weiß!"

Ich fiel auf das Bett neben ihr, rollte mich herum und zog sie zu mir. „Danke, dass du hier bist. Ich weiß, dass ich dich dafür bezahlt habe, aber danke, dass du dir für mich so viel Mühe gibst. Vielleicht könnten wir jemanden anheuern, um die Rolle deiner Eltern zu spielen."

Sie lächelte. „Ich wünschte, wir könnten das tun, Jett. Ich habe wirklich versagt. Deine Mutter hat sich Bilder von meiner Familie zeigen lassen. Sie war sich sicher, dass ich welche auf meinem Handy habe, und ich wusste nicht, was ich sonst hätte tun sollen. Sie hat ihre Gesichter gesehen. Ich habe dir gesagt, dass ich eine schlechte Lügnerin bin."

Ich blinzelte, als ich in ihre Augen starrte. „Weißt du, was uns beide entspannen könnte?"

„Morphium?"

Ich strich mit meiner Hand über ihren seidigen Schenkel, bis ich an den Saum ihrer Khaki-Shorts gelangte. „Nein, ein bisschen Liebe hilft uns sicher beim Nachdenken."

„Bestimmt." Sie strich mir über die Wange. „Und ich würde

gerne meine Fähigkeiten an dir ausprobieren, um dir dabei zu helfen, dich zu entspannen."

„Deine Fähigkeiten?"

Sie nickte. „Ich habe Fellatio an einer Gurke geübt, bevor ich dich kennengelernt habe. Willst du, dass ich es an dir ausprobiere?"

Wer zum Teufel würde dazu Nein sagen?

20

ASIA

Der Kristallkronleuchter ließ Jetts Augen glitzern, als sie all die winzigen Lichtblitze auffingen. Er sorgte jedes Mal, wenn wir intim waren, dafür, dass es mir gefiel. Ich hatte niemanden, mit dem ich Jett vergleichen konnte, aber ich hielt ihn für einen selbstlosen Liebhaber. Er dachte immer an mich und daran, wie ich mich fühlte und was mich glücklich machte.

Es war an der Zeit, etwas für ihn zu tun. Ich dachte nicht, dass er viel von einem Dom in sich hatte. Ich hatte ihn gefragt, was er mit seinen anderen Subs gemacht hatte. Er sagte mir, er habe meistens gewollt, dass sie still waren und taten, was er sagte. Er hatte nicht viel mit ihnen geredet. Er gab zu, mich nicht so wie sie behandelt zu haben.

Als ich ihn fragte, warum das so sei, sagte er, dass es wahrscheinlich daran lag, dass er eine andere Agenda mit mir hatte, nämlich die Scheinehe. Jett hatte eine genaue Vorstellung davon, was für eine Beziehung er für eine Ehe hielt.

Gegenseitiger Respekt war wichtig. Alles wurde geteilt. Und man musste sich immer aufeinander verlassen können. Er erklärte, wie schwer es war, Frauen ernst zu nehmen, wenn man viel Geld hatte. Viele wollten nur an das Geld, so dass Jett zu einem Mann geworden war, der niemandem vertraute.

Außer mir. Er fing an, mir zu vertrauen. Ohne es zu versuchen, hatte ich es geschafft, mir etwas von seinem Vertrauen zu verdienen. Ich war mir nicht sicher, wie ich das überhaupt zustande gebracht hatte. Aber ich war froh, dass ich es geschafft hatte.

Jett war außergewöhnlich. Ich kannte den Mann nicht, der er zu sein behauptete. Ich wusste nur, wer er bei mir war. Dieser Mann war freundlich, rücksichtsvoll und liebevoll. Dieser Mann war jemand, in den sich eine Frau wirklich verlieben konnte. Ich vertraute ihm mit meinem Leben.

Er stapelte die Kissen hinter seinem Kopf, als ich vom Bettende aufstand. Ich schnallte seinen Gürtel ab, machte den Hosenknopf auf, öffnete den Reißverschluss seiner Khaki-Shorts, die meinen ganz ähnlich waren, und holte sanft seinen halb erigierten Schwanz heraus.

Ein Kuss auf die Spitze ließ Jett meine Haare in seine Hände nehmen, um sie aus dem Weg zu räumen. „Ich will zusehen."

Ich lächelte, fuhr dann mit meinen Händen über seine Länge und legte meine Lippen darauf. Ich öffnete meinen Mund, benutzte meine Lippen, um meine Zähne zu umhüllen, und bewegte sie über seinen seidigen Schwanz. Das tiefe Stöhnen, das er machte, ließ mich denken, dass er mit meiner Technik glücklich war, worüber ich mir ein wenig Sorgen gemacht hatte.

Als ich im Internet nach einem guten Blowjob gesucht hatte, hatten viele die gleiche Meinung gehabt. Solange man nicht mit den Zähnen biss oder kratzte, war es nahezu unmöglich, einen schlechten zu geben!

Während ich auf und ab ging, wuchs er und ging tiefer in meine Kehle. „Oh, Baby ... du nimmst mich wie ein Profi. Verdammt, bist du überhaupt real?"

Ich war sehr real und hatte große Hoffnungen, dass er erkannte, dass das, was wir hatten, nicht erfunden war. Es mochte so begonnen haben, aber wir machten etwas sehr Reales daraus. Wenn er das nur sehen könnte und aufhören würde, so zu tun, als wären wir verheiratet, könnten wir vielleicht als Paar zusammenwachsen, statt den Ehebetrug fortzuführen.

Er bewegte meinen Kopf schneller. „Oh, Baby, ich bin fast soweit. Willst du versuchen zu schlucken?" Ich summte ein Ja und er verstand es. „Verdammt! Summe nochmal. Scheiße! Du bist unglaublich, Baby!"

Nur noch ein paar Stöße, dann bewegte ich eine Hand, um seine Hoden zu streicheln, und er schoss sein Sperma in meine Kehle. Es ging so schnell und reibungslos. Ich war zufrieden mit mir und leckte ihn sauber, während er stöhnte.

„Also war das in Ordnung?" Er antwortete mit einem Nicken, während seine Augen geschlossen und er tief entspannt war.

Ich stand auf und ging ins Badezimmer, wo ich sah, dass meine Kulturtasche bereits auf dem langen Waschtisch mit den zwei Waschbecken stand. Als ich meine Zahnbürste fand, machte ich mich daran, meinen Mund zu säubern, denn welcher Mann mochte es schon, sein Sperma zu schmecken?

Ich hatte gerade meinen Mund ausgespült, als Jett die Tür aufriss, nackt zu mir trat und mich mit rasender Geschwindigkeit auszuziehen begann. Dann drehte er mich um und brachte mich zum Spiegel. Er drückte die obere Hälfte von mir auf den Waschtisch und stieß sich gegen meinen Hintern. Ich stöhnte und keuchte gleichzeitig. „Ja!"

Jett reizte meinen Hintern, aber er schob seinen Schwanz nicht ganz hinein. Es brannte fast so wie damals, als er seinen Schwanz zum ersten Mal in meine Vagina eingeführt hatte. Und ich mochte es genauso sehr.

Ich konnte im Spiegel zusehen, wie er mich fickte. Und er beobachtete sich auch. Seine Augen klebten an unseren Körpern, meine klebten an ihm. Seine Muskeln machten mich heiß. Schweiß ließ seine Haut glänzen und seine langen Haare klebten an seinem Gesicht.

In diesem Moment hatte ich das Gefühl, dass er im Dom-Modus war. Er nahm sich, was er wollte, ohne darüber zu reden. Da war ein Feuer in seinen Augen, das vorher nicht dagewesen war.

Irgendwo in mir wusste ich, dass ich Angst haben sollte. Der Jett, den ich kannte, würde sich vielleicht zurückziehen, und der Dom, der er wirklich war, würde hervorkommen.

Könnte ich die nächsten Monate mit einem echten Dom umgehen?

Vielleicht war der Blowjob ein Fehler gewesen. Vielleicht war ich genau wie alle anderen Subs gewesen, die er gehabt hatte, und irgendwie hatte es mich in seinen Augen beschmutzt. Was auch immer passiert war, spielte keine Rolle. Weil ich diese Version von Jett auch liebte!

Er war ganz Mann. Und so brutal er auch schien, ich nahm es an. Ich genoss es so sehr wie er. Jett konnte mich so behandeln, wie er wollte. Solange er bei mir war, war das alles, was zählte.

Plötzlich zog er sich aus mir heraus, hob mich hoch, drehte mich um und presste mich gegen die Wand. Ich schlang meine Beine um ihn, als er seinen Schwanz in mich drückte. Sein Mund krachte gegen meinen und er schob seine Zunge tiefer in meinen Mund als je zuvor. Alles, was er tat, sollte kraftvoll und invasiv sein, das konnte ich instinktiv begreifen.

Waren die Flitterwochen vorbei?

Kümmerte es mich, wenn es so war?

Liebe zu machen war großartig und ich dachte, wir würden das noch oft tun, aber dieses verdammte Zeug war heißer als die Hölle!

Sein Mund verließ meinen und ging zu meinem Hals. Er folterte ihn mit Bissen und zog daran, während er an ihm saugte. Ich fuhr mit den Händen über die Muskeln seines Rückens, während ich versuchte, nicht vor Verlangen zu schreien. Wenn wir in unserem Haus gewesen wären, hätte ich laut gebrüllt. Er machte mich zu einer wilden Frau. Und ich liebte jeden Moment der Transformation.

Er schlang seine Arme um mich, zog mich von der Wand weg und trug mich zur Dusche. „Mach sie an", knurrte er.

Ich griff um ihn herum und packte den Knauf. Warmes Wasser fiel wie ein warmer Sommerregen auf uns herab, als er meinen Rücken gegen die kühle gefliese Wand drückte und sich wieder brutal in mich rammte.

Unsere Atemzüge hallten in der Dusche wider und machten mich noch erregter. Mein Körper konnte es nicht mehr ertragen. Ich konnte es nicht zurückhalten, obwohl ich wirklich wollte, dass es noch länger dauerte. Ich schrie auf, als ich kam. Er machte noch ein paar harte Stöße, bevor er sich in mich ergoss. Der wilde Laut, den er ausstieß, war, als wäre er ein Werwolf, der von einer Silberkugel getroffen worden war.

Ich zitterte. Tränen liefen mir über die Wangen. Nicht aus Angst oder weil ich verletzt war. Ich hatte keine Ahnung, warum das passierte.

Er ließ mich los, zog sich zurück und fand mich in diesem merkwürdigen Zustand vor. „Es geht mir gut, Jett. Wirklich."

Seine Lippen verzogen sich zu einem finsteren Grinsen. „Ich weiß das. Du weinst wegen der Intensität. Ficken ist intensiv. Liebe machen ist eine weichere Version, die solche Emotionen normalerweise nicht hervorruft. Du hast es gut gemacht. Besser als erwartet, wenn man bedenkt, dass ich dich nicht vorgewarnt habe, was ich vorhatte."

„Danke, dass du mir dein wahres Ich zeigst, Jett." Ich fuhr

mit meinen Händen durch seine Haare. „Kann ich dir die Haare waschen?"

Er nickte, als er mich ansah. „Ich verdiene dich nicht, Asia. Du bist perfekt. Wie zur Hölle bist du so verdammt perfekt geworden?"

„Ich bin alles andere als perfekt." Ich füllte meine Hand mit einem würzig riechenden Shampoo und massierte es dann in sein dichtes dunkles Haar.

Er legte seinen Finger an meine Lippen. „Ich bin dein Dom. Ich sage dir, was du bist und was du nicht bist. Du bist meine perfekte kleine Asia, und du wirst es immer sein."

Ein Schauder lief durch mich hindurch. Wollte er damit sagen, das Ende des Vertrags wäre nicht unser Ende? Sollte ich es wagen, ihn zu fragen?

Es lief so gut, dass ich beschloss, nichts davon zu sagen. „Ich gehöre dir. Solange du mich willst."

Seine Lippen streiften meine. „Braves Mädchen."

Wieder schlug mein Herz vor Verlangen schneller. Würden wir je dieses Schlafzimmer verlassen und uns den Leuten stellen, die ich für ihn belügen sollte?

21

JETT

Asia und ich fühlten uns erfrischt, als wir zu meiner Familie zurückkehrten. Wir hatten uns eine Geschichte über ihre Familie ausgedacht. Ihre Eltern waren angeblich auf dem Weg zu ihrer Schwester, weil das Baby bald kam. Wir würden sie alle zum Abendessen einladen, wenn sie zurückkehrten, was aber noch ein paar Wochen dauern würde. Es würde niemals passieren.

Wir fanden alle in einem der Speisesäle, wo das Mittagessen serviert wurde. Ich legte meinen Arm um Asia und zog sie fest an mich, dann küsste ich sie auf die Seite ihres Kopfes. „Gut, ich bin am Verhungern."

„Ich auch." Sie legte ihre Hand auf meine Brust und sah zu mir auf. „Tarzan."

Ich knurrte ein wenig und fühlte mich wie der Herrscher in meinem Reich. Ich hatte meiner wilden Seite nachgegeben. Ich konnte mich nicht länger zurückhalten. Asia hatte zwei Wochen die weichere Seite von mir bekommen, die noch nie zuvor jemand gehabt hatte. Es war Zeit, dass sie die Bestie kennenlernte, die in mir lauerte. Und ich war angenehm überrascht darüber, dass sie sie mochte. Sie blühte auf, als ich sie so nahm, wie ich es mir vorgestellt hatte.

Meine kleine Asia war mehr, als ich jemals erwartet hatte. Und wir hatten gerade erst begonnen, unsere Grenzen auszutesten. Was würde die Zukunft für uns bereithalten?

Würden mir weitere zweieinhalb Monate reichen? Und wenn nicht, würde Asia wirklich ohne Vertrag weitermachen wollen? Oder würde sie nur bei mir bleiben, wenn wir einen neuen Vertrag machten und ich dafür mehr bezahlte?

Ich hatte immer befürchtet, dass Frauen mich für mein Geld wollten. Ich hatte keine Ahnung, ob ich bei Asia auch so empfinden würde, wenn sie nur mit einem neuen Vertrag und mehr Geld bei mir blieb. Wenn das passierte, würde ich wissen, dass sie die ganze Zeit nur mit mir gespielt hat.

Das würde wehtun und war etwas, das ich nicht zulassen durfte. Zumindest würde ich wissen, dass ich von dem liebenswerten, kleinen Wesen getäuscht worden war. Ich könnte dann von ihr weggehen. Aber ich hoffte höllisch, dass es nicht der Fall war.

Als wir das Esszimmer betraten, sah ich noch ein paar Leute. Onkel Pete saß am Ende des langen Tisches, Tante Sally saß zu seiner Rechten und ihre Zwillinge Bo und Joe saßen ihnen gegenüber.

Mom stand auf und winkte uns in den Raum. „Auf den Tischkarten stehen eure Namen. Bitte nehmt Platz. Cora hat uns ein wunderbares Ceviche als ersten Gang zubereitet. Zum Hauptgang gibt es gegrillten Lachs auf einem Bett aus Spargel und Wildreis." Sie sah Asia direkt an. „Klingt das nicht köstlich, Asia?"

„Ja, Ma'am, das tut es. Gibt es auch ein Dessert?"

„Oh, natürlich gibt es ein Dessert. Hast du schon einmal Key Lime Pie gegessen?" Mom leckte ihre rosa geschminkten Lippen.

Asia schüttelte den Kopf. „Nein, noch nie. Es klingt aber köstlich."

Mom klatschte in die Hände und lächelte die Frau an, die sie für meine Ehefrau hielt. „Es ist köstlich!" Sie zeigte auf die Vorderseite des Tisches. „Hier sitzt du, Liebes. Ich will meine Kinder direkt neben mir haben."

Als sie *meine Kinder* sagte, schickte es reine, unverfälschte Schuld direkt in mein Herz. Die Lüge wurde immer größer und ich spürte die Last nicht nur auf meinen Schultern, sondern auch in meinem Herzen.

Asia ergriff meine Hand, als wir zu meiner Mutter gingen, und sah mich lächelnd an. Aber ich sah auch die Schuldgefühle in ihren Augen. Es war falsch, was ich tat. Wir spürten es beide.

Aber was konnte ich jetzt dagegen tun?

Ich wollte am ersten Tag des Urlaubs nicht zusammenbrechen und alles zugeben. Das würde die reine Hölle für mich bedeuten. Nein, wir würden bei der Lüge bleiben, egal wie viel Schuld wir dadurch auf uns luden.

Ich bezahlte Asia sehr gut dafür, mir das zu geben, was ich von ihr brauchte. Sie würde die Schuld mit mir teilen. Es war ihre Aufgabe, das zu tun. Leider trug das, was ich Asia antat, noch zu meiner Schuld bei und verdoppelte meine Last.

Dad saß am Kopfende des Tisches, Mom zu seiner Rechten und Asia zu meiner Linken. Es war das erste Mal, dass ich bei einem Familientreffen eine Frau dabeihatte. Es fühlte sich gut an.

Tante Sally winkte uns vom anderen Ende des langen Tisches zu. „Hi. Nach dem Mittagessen möchte ich dich kennenlernen, Asia."

„Asia, das ist meine Tante Sally, die Schwester meiner Mutter." Ich nickte meiner Tante zu. „Der Mann am anderen Ende des Tisches ist ihr Ehemann Pete und die beiden kleinen

Rothaarigen, die ihr gegenübersitzen, sind ihre zehnjährigen Zwillinge Bo und Joe."

Asia winkte zurück. „Ich komme nach dem Mittagessen zu dir, Tante Sally."

Und da war es wieder, die Schuld schoss wieder in mein Herz. Asia hatte sie *Tante* genannt. Dann setzte sich Mom uns gegenüber hin und streckte ihre Hand über den Tisch nach Asia aus. Die beiden verschränkten ihre Hände ineinander. „Liebes, es wäre die größte Ehre für mich und Jetts Vater, wenn du uns Mom und Dad nennen würdest."

Oh, das war es!

Ich konnte es nicht mehr ertragen! „Mom, sie hat schon eine eigene Mom und einen Dad. Ich denke, ihre Eltern könnten es hassen, wenn sie das tut. Bitte sie nicht darum. Sie kann euch beim Vornamen rufen."

Moms Augen sahen traurig aus. „Oh, Jett, ich will ihren Eltern nicht zu nahe treten. Ich wollte einfach immer eine Tochter, das weißt du. Wenn ich ihre süße Stimme hören könnte, wie sie uns Mom und Dad nennt, würde das mein Leben komplett machen, Sohn. Bitte, nimm mir das nicht weg."

Um Himmels willen!

Ich schaute zu Asia. „Ist das etwas, mit dem du dich wohlfühlst, Baby?"

Sie suchte in meinen Augen nach dem, was ich von ihr wollte. Aber dann verstand sie mich wohl falsch. Sie wandte ihre Augen meiner Mutter zu. „Ich würde euch gerne Mom und Dad nennen. Danke für diese Ehre, Mom."

Und da war es, meine Scheinehefrau rief jetzt meine Eltern bei ihren Kosenamen. Die Wände meiner Lügenhöhle wurden immer dicker und schienen mir den Sauerstoff zu entziehen. Wie lange würde es noch genug Luft geben, um zu atmen?

Der erste Gang wurde zusammen mit Weißwein und Wasser

serviert. Ich beugte mich vor, um zu flüstern: „Du musst den Wein nicht trinken, Baby. Ich weiß, dass du ihn nicht magst."

„Ich trinke ihn, Jett. Ich will nicht unhöflich sein. Es stört mich nicht. Es ist einfach nicht mein Lieblingsgetränk."

„Ich möchte nicht, dass du etwas tust, das du nicht willst. Trink ihn nicht."

Sie sah mich mit einem seltsamen Ausdruck an. „Sagst du mir, ich soll ihn nicht trinken, obwohl ich dir sage, dass es mir nichts ausmacht und ich es unhöflich finde, ihn abzulehnen?"

Ich nickte. „Tu, was ich sage, Asia."

Trotzig streckte sie den Kiefer nach vorn, nahm ihr Weinglas und trank einen Schluck. Sie sah meine Mutter an. „Der Wein ist köstlich. Großartige Wahl, Mom." Sie leckte ihre rubinroten Lippen. „Du solltest ihn probieren, Schatz. Er ist großartig."

Es war das erste Mal, dass sie gegen eine direkte Anweisung von mir verstieß. Asia würde bald herausfinden, was es bedeutete, eine Sub zu sein. *Ich hatte keine andere Wahl, als ihr eine Lektion darin zu erteilen, was es hieß, mir den Gehorsam zu verweigern!*

22

ASIA

Jetts Familie war nett zu mir. Ich dachte, alles würde gutgehen, abgesehen davon, wie Jett sich verhielt. Er wurde mürrisch und still. Es war, als ob er nicht wollte, dass wir alle miteinander auskamen.

Vielleicht dachte er, es würde aus irgendeinem Grund Streit zwischen uns geben. Was auch immer es war, es fing an, mich zu ärgern.

Als wir am Pool saßen, sprangen seine Zwillingscousins direkt neben uns ins Wasser und spritzten uns nass. Jett stand auf. „Verdammt, ihr beiden!" Er nahm meine Hand und ging zurück ins Haus.

Ich folgte ihm, ohne ein Wort zu sagen. Er war offenbar gereizt. Wir kamen ins Haus und er zog mich eine Treppe hinauf und dann in unser Schlafzimmer.

Als er sich zu mir umdrehte und die Tür hinter uns schloss, sah ich etwas in seinen Augen, das ich vorher nicht gesehen hatte. *Zorn.* „Asia, würdest du mir erklären, warum du meinst, dass es okay ist, mich herauszufordern?"

„Wovon redest du?" Ich war ratlos, was ihn so aufbrachte.

„Der Wein, Asia. Ich habe dir gesagt, du sollst ihn nicht trinken, und du hast es trotzdem getan." Er ging von mir weg und setzte sich auf das Bett. „Ich werde nicht zulassen, dass du mich ignorierst. Komm her, es ist Zeit für deine erste Bestrafung."

Ich blieb stehen und legte meine Hände auf meine Hüften. „Glaubst du etwa, dass ich zu dir komme und mich über deinen Schoß beuge, damit du mir den Hintern versohlen kannst?"

Er nickte. „Du bist meine Sub, Asia. Ich habe dir gesagt, dass du nichts tun sollst, was du nicht willst."

„Ich wollte den verdammten Wein trinken, Idiot!" Ich stampfte mit meinem Fuß auf.

Sein Gesicht wurde rot. „Fluche nicht vor mir und beschimpfe mich nicht, Sub." Er stand auf und deutete auf den Boden. „Auf die Knie, jetzt!"

Er war mehr als wütend. Aber nicht deshalb, weil ich den Wein getrunken hatte. Und ich wollte nicht auf die Knie fallen. „Jett, sag mir, was das wirkliche Problem ist. Es geht nicht um den Wein. Du kannst mit mir reden."

Ich trat einen Schritt vor und ging zu ihm, während er vor Wut zitterte. „Süßer, du kannst mir alles erzählen."

Er biss die Zähne zusammen und schüttelte den Kopf. „Warum tust du nicht, was ich dir gesagt habe, Sub?"

„Weil du mich nicht dafür bestrafst, dass ich den Wein getrunken habe. Etwas anderes stört dich und ich möchte dir helfen. Geht es darum, dass ich deine Eltern Mom und Dad nenne?"

Er wirbelte schnaubend herum, setzte sich auf das Bett und legte sein Gesicht in seine Hände. „Scheiße! Asia, verdammt nochmal! Bist du verrückt? Weißt du, was jeder andere Dom jetzt mit dir tun würde, weil du dich widersetzt?"

Ich ging auf ihn zu und strich mit meiner Hand über seinen Kopf, um ihn sanft zu beruhigen. „Ja. Aber du bist kein gewöhnlicher Dom. Und ich habe nichts falsch gemacht. Du hast mir gesagt, ich solle nichts tun, was ich nicht will. Ich wollte den

Wein trinken. Ich habe dir gehorcht und jetzt weiß ich, was dich wirklich verärgert hat. Du magst es nicht, wie gut deine Familie und ich miteinander auskommen."

Er sah zu mir auf und ich konnte es in seinen meergrünen Augen sehen. *Schuld!*

„Asia, das habe ich nicht erwartet. Ich wusste nicht, dass sie dich alle lieben würden. Wie hast du das so schnell geschafft?" Er schüttelte den Kopf und sah verstört aus. „Wie werde ich sie jemals dazu bringen, es zu verstehen, wenn wir uns trennen?"

Und da war es. Er hatte vor, mich zu verlassen, sobald der Vertrag endete. Er machte sich Sorgen darüber, wie seine Familie auf die angebliche Scheidung reagieren würde.

„Mein armer Jett. Du hast das nicht durchdacht. Das hatte ich schon vermutet." Ich nahm sein Gesicht in die Hände. „Kümmere dich nicht so sehr darum, was in der Zukunft passieren wird. Deine Familie wird ein wenig verärgert sein, aber du kannst mir die Schuld an der Scheidung geben. Du kannst sagen, dass du mich mit einem alten Freund erwischt hast, mit dem ich dich betrogen habe. Sie werden mich hassen und da sein, um dich zu trösten."

Er fuhr mit den Händen über meine Beine und ließ mich zittern. „Asia, was habe ich getan, um dich zu verdienen?"

„Du hast eine Menge Geld bezahlt." Ich lächelte ihn an. „Können wir uns jetzt wieder wie ein glückliches Paar verhalten? Ich hasse es, mit dir zu streiten."

„Willst du etwas wissen?" Er grinste mich an, als ich nickte. „Du bist die einzige Frau, mit der ich jemals gestritten habe. Ich habe mich nie genug um jemanden gekümmert, um wirklich zuzuhören. Was hast du mit mir gemacht, Asia Jones?"

Ich schlang meine Arme um seinen Hals und beugte mich vor, um ihm ins Ohr zu flüstern: „Ich habe dich verzaubert, Jett Simmons."

Er hob mich hoch und setzte mich auf seinen Schoß,

während er seine Hand durch meine Haare streichen ließ. „Das hast du, meine kleine Asia." Er zog mich zurück und unsere Lippen trafen sich.

Ich hatte mich nach einem Streit noch nie so versöhnt und sein Kuss war sanft und sagte mir, dass es ihm leidtat. Mehr als seine Worte es vermocht hätten. Seine Hände berührten meine Schultern und meinen Rücken, als der Kuss wuchs und an Intensität zunahm.

Er lehnte sich zurück und lag auf dem Bett. Ich setzte mich rittlings auf ihn. Vielleicht würde eine weitere Runde wilder Sex seine Schuldgefühle verschwinden lassen. Ich war für alles bereit!

Ich bewegte meinen Körper über seinen und fühlte, wie sich sein Schwanz unter seiner Badehose regte. Ich trug einen Bikini mit einem dünnen Spitzenoberteil darüber. Seine Hand bewegte sich zwischen uns, schob seine Badehose nach unten und zerrte meine Bikinihose zur Seite. Er hob mich hoch und schob mich auf seine Erektion.

„Baby, du fühlst dich so gut an", stöhnte er und ließ meine Lippen los.

Wir sahen einander in die Augen, als er mich langsam auf und ab schob. „Wenn du in mir bist, fühle ich mich wie ein Teil von dir, Jett. Ist das normal?"

„Ich denke nicht, dass das alles normal ist, Asia. Überhaupt nicht."

Ich küsste ihn wieder und dachte darüber nach. Was wir hatten war nicht normal. Ich hatte nie etwas gehabt, also musste ich dem glauben, was er sagte. Andererseits hatte auch Jett nie mehr als Sex mit Frauen gehabt.

Das Wort Liebe ging mir durch den Kopf. Ich war mir ziemlich sicher, dass wir sie gefunden hatten. Aber ich hatte keine Ahnung, was er mit der Liebe machen würde, die wir teilten.

Ich konnte es deutlich sehen. Jett kämpfte gegen das an, was er für mich empfand. Da war etwas in seinem Hinterkopf, das ihn bei mir und bei der Liebe im Allgemeinen zögern ließ.

Jetts Hände bewegten sich über meine Taille und er hob mich hoch. Ich ritt ihn und fuhr mit meinen Händen über seine nackte Brust, während er seine Hände hob, um mein Top nach oben zu schieben und meine Brüste zu streicheln. „Asia, ist das hier echt? Kann ich dir vertrauen?"

„Du kannst mir vertrauen. Ich mache dir nichts vor. Machst du dir darüber Sorgen? Ich bin keine ausgebildete Sub. Ich weiß nicht, wie ich mich verhalten soll. Ich bin keine Lügnerin, obwohl ich seit unserer Ankunft hier besser geworden bin."

Sein Gesicht fiel und er sah traurig aus. „Das tut mir leid. Wirklich. Ich denke, einer der Gründe für meine Wut war, dass ich zornig auf mich bin, weil ich dir und meiner Familie das antue. Und ich habe keine Ahnung, wie zum Teufel ich es wiedergutmachen soll."

Ich holte tief Luft, um eine Antwort auf sein Dilemma zu geben. Ich konnte keine finden. „Jett, lass den Dingen einfach ihren Lauf. Du wirst wissen, was das Richtige ist, wenn die Zeit reif ist. Du wirst sehen."

Er streichelte meine Wange, rollte sich dann mit mir herum und nahm mich sanft, während er auf mich herunterschaute. „Als Sub musst du noch viel lernen, Asia. Als Frau bist du meine Welt."

Ich war mir nicht sicher, wie ich das verstehen sollte. Ich hatte mich als Sub angemeldet, nicht als seine Ehefrau. Keines von beidem war eine Rolle, die ich jemals gespielt oder in Betracht gezogen hatte. Jett war in mein Leben gekommen und hatte es auf den Kopf gestellt. Im Guten wie im Schlechten.

Ich wusste nur sicher, dass dieser Mann seine Spuren bei mir hinterlassen würde. Er würde für immer einen Platz in meinem Herzen und meinem Kopf haben, den kein anderer Mann je einnehmen könnte.

23

JETT

Mit Asia an meiner Seite begann ich mich besser zu fühlen. Die Schuld war immer noch da, aber sie war eine Last, an die ich mich gewöhnte. Und als die Nachbarn in der vierten Nacht zu einer kleinen Dinnerparty kamen, erinnerte ich mich genau daran, warum ich überhaupt eine Scheinehefrau hatte.

Meine Mutter, die Kupplerin!

Fünf sehr anspruchsvolle reiche junge Frauen waren mit ihren Familien zu Moms Soiree gekommen. Drei von ihnen waren groß, elegant und hochnäsig, zwei kurz, klobig und unsicher. Alle drei waren bei Asias Anblick grün vor Neid. Keine von ihnen war nett zu ihr, was mich unendlich erboste.

Madison von der Greenberg-Familie war die gemeinste Schlampe von allen. Sie war eine der großen Frauen und überragte alle anderen. Mit ihren Händen auf ihren mageren Hüften musterte sie Asia, als ich nach draußen kam und feststellte, dass die fünf meine kleine Frau umringt hatten. „Und woher kommst du? Und wie hast du es geschafft, einen der begehrtesten Junggesellen in deine Klauen zu bekommen, Kleine?"

Asia sah zu der Frau hoch. „Ähm, er und ich haben uns in

Los Angeles getroffen, während ich dort Urlaub gemacht habe. Es war Liebe auf den ersten Blick."

Es waren viele Leute auf der Party. Ich hatte Schwierigkeiten, zu der Gruppe zu gelangen, da ich mich durch die Menge schlängeln musste und viele mich stoppten und fragten, wie das Eheleben sei. Meine Antwort war kurz und knapp: „Großartig, ich muss jetzt zu meiner Frau."

Die Frauenschar lachte, als ob das, was Asia gesagt hatte, niemals wahr sein könnte. Eine der kleineren Frauen sagte: „Ich kann mir nicht vorstellen, wie das passiert sein soll. Du bist nicht einmal annähernd die Frau, die Jett Simmons in seinem Leben braucht. Wie sollst du ihn in der besseren Gesellschaft weiterbringen?"

Ich trat heran und griff zwischen einer kleinen und einer großen Frau hindurch. Ich packte Asia am Arm und zog sie aus dem Kreis. „Baby, da bist du ja."

Asia sah mich mit großen Augen an. „Ich bin hier, Schatz."

Die fünf Frauen musterten mich, als ich meinen Arm schützend um Asias Taille legte und sie auf die Wange küsste. Madison, die größte und fieseste von allen, starrte Asia herablassend an, bevor sie mich anlächelte. „Jett, mein Vater gibt im Herbst einen Wohltätigkeitsball. Ich weiß, dass du jetzt verheiratet bist, aber denkst du, du könntest mich dorthin begleiten? Es würde dir nichts ausmachen, oder, Asia? Es ist für die Wohltätigkeit. Die reichen Gönner werden erwarten, dass ich einen Mann ihres Status als meine Verabredung mitbringe. Ich habe seit Monaten vorgehabt, Jett zu fragen. Sicherlich fühlst du dich in deiner Ehe sicher genug, dass dein Mann mich zu einer solchen Veranstaltung begleiten kann, Asia."

Ich wartete nicht darauf, dass Asia antwortete, und sagte: „Tut mir leid, Madison. Ich gehe nicht mit anderen Frauen aus. Meine Frau kann das nicht für mich entscheiden."

„Aber ich brauche dich, Jett." Madison runzelte die Stirn. „Kannst du mir nicht helfen?"

„Was ist das Problem, Madison?", fragte Asia. „Kannst du keinen einzigen Mann finden, der mit dir zum Ball will? Oder bist du schon alle Männer hier durchgegangen?"

Die Frauen warfen Asia giftige Blicke zu. Meine arme Asia hatte gegen sie keine Chance. *Sie waren geboren worden, um zickig zu sein!*

„Komm, Asia, wir müssen noch andere Gäste begrüßen." Ich drehte sie um und spürte die kalten Blicke der Frauen, als wir weggingen. Ich küsste Asia auf die Seite ihres Kopfes. „Baby, du hast dein Bestes gegeben, aber diese Frauen hätten dich bei lebendigem Leib gefressen. Am besten bleibst du für den Rest des Abends direkt neben mir."

„Oh, sie waren nicht so schlimm. Ich bin mit ihnen klargekommen." Sie lachte, legte ihre Hand auf meine Brust und küsste mich kurz. „Aber danke, dass du mich gerettet hast."

Janice Duncan, die Party-Planerin, tauchte vor uns auf. „Hallo! Freuen Sie sich schon auf Ihre Party am Wochenende?"

Ich war alles andere als begeistert darüber. „Oh, ich hatte sie ganz vergessen."

Asia warf mir einen finsteren Blick zu. „Er macht Witze, Janice. Natürlich freuen wir uns. Keiner von uns kann erwarten zu sehen, was Sie sich ausgedacht haben."

Janice lächelte und schüttelte den Kopf. „Jett, Sie Schlingel. Am Freitag werden die Kleider, die Sie beide tragen sollen, geliefert. Ihre Mutter hat mir die Größen gegeben. Es wird ausgefallen sein. Sie werden das sehen, wenn die Sachen ankommen. Wir möchten Ihrer Ehe einen guten Start geben. Und der Ostküsten-Hochadel wird da sein, um Sie in seine Mitte aufzunehmen. Sie werden es lieben." Sie blickte über ihre Schulter, als ein Mann etwas über seine Tochter sagte, die nächsten Monat 16 wurde. „Wir sehen uns später." Sie wandte sich der Planung einer anderen Party zu und ich führte meine Scheinehefrau auf die Tanzfläche.

„Jett, ich kann nicht tanzen. Ich habe noch nie getanzt." Asia sah besorgt aus, als sie die anderen Paare beobachtete, die über den Tanzboden schwebten, den meine Mutter für ihre Party organisiert hatte. Eine Dreimann-Band spielte auf einer Bühne daneben.

„Es wird von uns erwartet werden, dass wir auf unserer Party tanzen. Wir sollten es jetzt schon üben." Ich fand eine dunkle Ecke und hielt sie fest. „Spürst du meine Füße direkt neben deinen?" Ich platzierte ein Bein zwischen ihren Beinen und sorgte dafür, dass sich unsere Füße berührten.

„Ja." Sie sah nervös aus und ich musste lachen.

„Es ist nur ein Tanz, Baby. Keine Angst." Ich bewegte einen Fuß. „Lass deine Füße meinen folgen. Ich werde keine ausgefallenen Bewegungen machen. Ich werde es sehr einfach halten."

„Ich werde versuchen, dir nicht auf die Zehen zu treten." Sie bewegte ihren Fuß neben meinem.

„Das ist richtig, halte deine Füße auf dem Boden, hebe sie nicht an, sondern gleite mit ihnen über den Boden. Es ist ganz einfach, verstehst du?" Bevor sie wusste, wie ihr geschah, tanzten wir. „Du lernst schnell, Asia."

Sie lächelte und legte dann ihren Kopf an meine Schulter. „Mein Körper scheint dir in jeder Hinsicht zu folgen, Jett."

Das tat er wirklich. Wir waren unheimlich kompatibel. Wo ich aufhörte, begann sie. Wir bewegten uns über die ganze Tanzfläche. Ich machte schwierigere Schritte und sie folgte mir mühelos. Als das Lied zu Ende war, stellten wir fest, dass die Leute aufgehört hatten zu tanzen, um uns zu beobachten, und alle klatschten.

„Oh, meine Güte!" Asia errötete und vergrub ihren Kopf an meiner Brust. „Alle haben uns gesehen, Jett!"

„Und du hast einen fantastischen Job gemacht, Baby. Wir

sollten uns verbeugen." Ich zog sie neben mich und sie verbeugte sich mit mir vor unserem Publikum. „Danke."

Ich führte Asia vom Tanzboden und entdeckte einen Mann, der meine angebliche Frau musterte. Asia trug ein dünnes, dunkelblaues Seidenkleid und schwarze Ballerinas. Ihre Haare waren schlicht hochgesteckt. Sie sah strahlend aus und die Röte auf ihren Wangen machte sie nur noch schöner. Die Hand des jungen Mannes ergriff Asias Hand, bevor ich wusste, was geschehen war. „Entschuldige, ich bin Sebastien Greenberg. Ich wollte mich vorstellen, Asia. Es scheint, dass Jett hier ein kleines Stück vom Himmel gefunden hat. Gibt es noch mehr von dir?"

Asia lächelte ihn an. „Freut mich, dich kennenzulernen und nein, meine Schwestern sind verheiratet, Sebastien."

Ich konnte mich nicht erinnern, den Mann zu kennen. „Sebastien? Oh, warte, hast du nicht gerade die High-School abgeschlossen?"

Seine dunklen Augen blieben auf Asia gerichtet. „Das College, Jett. Ich habe gerade meinen Abschluss an der Harvard Law School gemacht." Er sah mich an. „Stört es dich, wenn ich deine Frau auf die Tanzfläche mitnehme? Ich verspreche dir, dass ich sie direkt zu dir zurückbringe."

Asia sah mich mit besorgten Augen an. Ich wusste, dass sie dem Mann nicht sagen wollte, dass sie zum ersten Mal getanzt hatte. Und ich wollte nicht mitansehen, wie ein anderer Mann sie festhielt. „Tut mir leid, sie und ich wollten gerade etwas trinken gehen. Vielleicht ein anderes Mal, Sebastien." Ich nahm meine Hand von Asias Taille, ergriff ihre Hand und entfernte mich mit ihr von dem Mann, der meine Frau viel zu intensiv ansah.

„Danke, Jett", flüsterte Asia. „Ich hatte Angst, dass die Etikette dich zwingen würde, ihm zu erlauben, mit mir zu tanzen."

„Normalerweise würde sie das. Aber das ist eine ungewöhnliche Situation, in der wir uns befinden." Wir blieben an der ersten Bar stehen. „Zwei Manhattans, bitte." Ich nahm ihr Kinn zwischen Daumen und Zeigefinger. „Nichts an dir und mir ist normal. Ich kann mir nicht vorstellen, dich in den Armen eines anderen Mannes zu sehen. Du machst mich eifersüchtig. Warum ist das wohl so?"

„Ich weiß es nicht, Jett." Sie grinste schief. „Vielleicht verliebst du dich in mich."

Ich konnte nur in ihre Rehaugen starren. „Glaubst du das, hm? Und was ist mit dir? Verliebst du dich in mich, meine kleine Asia?"

Der Barkeeper stellte unsere Drinks auf die Theke, und ich nahm ein Glas, reichte es ihr, nahm dann das andere und stieß mit ihr an. Asia trank einen Schluck, dann funkelten ihre Augen. „Vielleicht tue ich es, Jett Simmons. Was denkst du darüber?"

Ich dachte, es wäre das Erschreckendste, das ich je gehört hatte!

Liebe? Mit einer Sub?

In was war ich da hineingeraten?

24

ASIA

Der Abend unserer Party war nahe. Janice ließ mich ein fließendes weißes Kleid tragen, das bis zum Boden reichte. High Heels waren darunter verborgen. Jett war in einen Smoking gekleidet, der ihn wie den Bräutigam aussehen ließ, der er zu sein vorgab. Alle standen auf und jubelten klatschend, als wir im Ballsaal eines schicken Hotels in der Nähe unseren großen Auftritt hatten.

Es war alles ein bisschen zu viel für mich. Ich konnte nicht behaupten, dass ich nicht beeindruckt war. Aber es war nicht mein Stil. Ich fühlte mich wie eine andere Person. Eine Person, die eitel und innerlich leer war.

Aber ich hielt für Jetts Mutter durch. Die Frau war fest entschlossen, ein Teil der wohlhabenden Gesellschaft zu sein. Sie hatte ihren Platz darin erst gewonnen, als sie ihre kleine Bäckerei in ein Milliardengeschäft verwandelt hatte.

Jett verbeugte sich und ich tat es ihm gleich. Dann begann die Band zu spielen und wir tanzten, während uns alle zusahen. Ich musste meine Augen schließen und meinen Kopf an seine Schulter legen. *Das war ich nicht.*

Irgendwie hatte ich in all der Hektik die Asia verloren, das ich gewesen war. Ich trug teure Kleidung, fuhr luxuriöse Autos und aß Dinge, von denen ich nicht einmal gewusst hatte, dass sie existierten.

Das Einzige, was an mir echt war, waren meine Gefühle für Jett. Bei ihm fühlte ich mich immer zu Hause. Er brauchte mich, um eine bestimmte Frau zu porträtieren, und das tat ich für ihn.

Nach dem Tanz betraten seine Mutter und sein Vater die Bühne. Jett und ich standen auf der Tanzfläche und sahen zu ihnen auf, als sein Vater das Mikrofon nahm. „Jett und Asia, wie schön, euch beide so glücklich zu sehen. Wie ihr wisst, haben Mom und ich euch gesagt, dass wir eine Überraschung für euch haben. Die Zeit ist gekommen, sie euch zu geben."

Seine Mutter nahm das Mikrofon. „Asia, du bist die bemerkenswerteste Frau, die ich jemals getroffen habe. Unter deinem Einfluss hat sich unser Sohn zu dem Mann entwickelt, von dem wir immer wussten, dass er mit der richtigen Frau an seiner Seite in ihm steckte. Wir lieben dich." Applaus ertönte, während meine Wangen vor Verlegenheit brannten.

Als ich Jett ansah, waren seine Wangen ebenfalls rot. Er beugte sich vor, um zu flüstern: „Gott, es tut mir leid, Asia."

Ich nickte verstehend. Die Dinge waren außer Kontrolle geraten.

Wenn Jett alles besser durchdacht hätte, wäre das nicht passiert. Aber nun konnten wir nichts mehr dagegen tun.

Sein Vater ergriff wieder das Wort. „Es ist kein Geheimnis, dass ich schon lange in den Ruhestand gehen wollte. Und jetzt, da Jett bereit ist, ist es an der Zeit für ihn, meinen Job als CEO von Sin-a-buns Sweetshop zu übernehmen."

Jett stand der Mund offen, als Applaus durch den großen Ballsaal donnerte. Ich drehte mich um, um Jett zu umarmen, wohlwissend, dass er das nie erwartet hatte. Das würde alles radikal verändern. Sein Leben in Los Angeles wäre vorbei. „Oh,

Gott, Jett. Es tut mir so leid", flüsterte ich in sein Ohr. „Wir werden eine Lösung finden."

„Scheiße, Asia. Wie ist das alles außer Kontrolle geraten?" Er hielt mich fest.

„Ich weiß es nicht. Tu so, als wärst du glücklich."

„Ja, du hast recht." Wir ließen uns los und er winkte seinen Eltern zu. „Ich werde mein Bestes geben. Vielen Dank."

Seine Mutter und sein Vater kamen von der Bühne direkt auf uns zu und umarmten uns beide. Seine Mutter hielt mich fest und sah mich mit Tränen in ihren grünen Augen an. „Wir wollten nicht, dass jede Woche so viele Meilen zwischen euch liegen. Jetzt siehst du deinen Mann jeden Abend, so wie es in einer Ehe sein sollte. Los Angeles gehört für Jett der Vergangenheit an. Seine Zukunft ist hier an der Ostküste bei dir und euren zukünftigen Kindern."

Ich lächelte, obwohl ich innerlich um Jett weinte. Er hatte keine Ahnung gehabt, dass unsere Scheinehe ihn so viel kosten würde. Seine unbeschwerten Tage fernab von allem in Los Angeles schienen hinter ihm zu liegen. Jetzt hatte er die Verantwortung dafür, dass im Unternehmen alles reibungslos funktionierte.

Er und ich hatten nie über seine Arbeit gesprochen. Ich hatte keine Ahnung, ob er diese Art von Verantwortung schon wollte. Aber ich war mir ziemlich sicher, dass es nicht so war. Nicht im Moment.

Die Band fing an zu spielen und Jett nahm mich in die Arme. Ich spürte, wie er zitterte, und er tat mir leid. Er hatte nicht geahnt, was kommen würde. Ich wusste, dass er sich übernommen hatte.

„Ich denke, du wirst ein großartiger CEO sein, Jett."

Er sah mich mit einem Stirnrunzeln auf seinem schönen Gesicht an. „Denkst du, das war etwas, das ich wollte? Das war es nicht. Ich wollte nie, dass diese Sache mein ganzes Leben verändert, Asia. Ich habe einen Fehler gemacht."

Mein Herz schmerzte für ihn, aber auch für mich. Er sah aus wie ein Tiger, der gerade in einen Käfig gesteckt worden war, und er würde alles tun, um aus diesem Käfig herauszukommen und wieder in die Freiheit der Wildnis zu gelangen.

Ich wusste nicht, was ich dem Mann sagen sollte. Lügen waren die Wurzel allen Übels, genau wie Geld. Wenn wir die Zeit hätten zurückdrehen können, hätte ich ihn vor dem gewarnt, was passieren könnte. Ich hatte keine Ahnung, dass seine Eltern ihm den CEO-Job geben würden, nur weil er sagte, er sei verheiratet, und ich wusste, dass Jett das auch nicht gedacht hatte.

Nachdem das Lied vorbei war, nahm mich Jett an der Hand und führte mich zu einer entfernten Ecke des großen Raumes. Er und ich nahmen Platz und uns wurde schnell Champagner serviert. Er kippte sein hohes Glas hinunter, dann reichte ich ihm meines. „Hier. Du brauchst es mehr als ich."

„Danke." Er nahm es und leerte es. „Was ist passiert, Asia? Wie sind die Dinge so völlig außer Kontrolle geraten?"

„Ich bin mir nicht sicher. Ich denke, du solltest morgen mit deinen Eltern reden und ihnen erklären, dass du dazu nicht bereit bist."

Sebastien Greenberg und seine ältere Schwester Madison kamen auf uns zu. Sebastien streckte mir die Hand entgegen. „Ein Tanz mit der Braut, bitte."

Ich sah Jett an, der nickte. „Es ist Tradition für Braut und Bräutigam, mit jedem zu tanzen, der sie auffordert."

Ich zwang mich zu einem Lächeln. „Natürlich, Sebastien." Ich wollte nicht mit ihm tanzen. Ich wollte Jetts Seite nicht verlassen, aber ich musste es. *Verdammte Etikette!*

Sobald ich von ihrem Bruder weggeführt wurde, stürzte sich Madison auf Jett wie ein Falke auf seine Beute. Er stand auf, nahm ihre lange, knochige Hand und folgte uns auf die Tanzfläche.

Ich konnte meine Augen nicht von ihnen abwenden. Ich war eifersüchtig. Jetts Hand ruhte auf ihrem Rücken. Er ließ Platz zwischen ihnen, aber im Verlauf des Liedes schaffte es die Schlampe, sich Stück für Stück näher zu ihm zu bewegen, bis ihre Körper aneinandergedrückt waren.

Sebastien zog mich an sich. „Du bist eine großartige Tänzerin, Asia."

„Jett hat es mir beigebracht. Darum bin ich jetzt ganz gut."

„Oh, ich wette, du warst schon immer gut. Er würde diesen Verdienst sicher nicht für sich allein beanspruchen wollen." Er wirbelte mich herum und wir landeten neben Jett und Madison, die miteinander flüsterten.

Es war wie Folter, die beiden zu beobachten!

„Das sollte er aber. Er hat mir alles beigebracht."

Sebastien drehte mich in die andere Richtung und führte mich von den beiden weg, gerade als das Lied endete. „Wie wäre es mit noch einem Tanz, Asia?"

Jett sah sich um und seine Augen landeten auf mir. Er lächelte und ließ Madisons Hand los, als er auf mich zukam. „Nein danke, Sebastien."

Ich traf Jett in der Mitte des Raumes. „Ich hasse das." Er zog mich in seine Arme. „Vergiss die Tradition. Ich ändere sie. Meine Frau tanzt nur mit mir."

Ein tiefes Seufzen drang aus mir heraus. „Und mein Mann tanzt nur mit mir."

Wir tanzten den Rest der Nacht, genau wie in der erfundenen Geschichte über den Abend, an dem wir uns kennengelernt hatten. Die Dinge entwickelten sich weiter, vielleicht nicht so, wie wir es erwartet hatten, aber es ging unaufhaltsam voran.

Vielleicht war das Tempo zu schnell, aber wir schienen ihm hilflos ausgeliefert zu sein.

25

JETT

Es war unsere letzte Nacht im Ferienhaus meiner Eltern. Die Party war vorbei und damit auch der erste Grund für eine Scheinehefrau. Dinge waren passiert, die nicht hätten passieren sollen.

Mir war die Rolle des CEO übertragen worden. Das bedeutete, dass ich in New York bleiben musste. Mein Strandhaus in Malibu würde ein Ferienhaus werden. Mein Leben, wie ich es gekannt hatte, war vorbei.

Irgendwann hatte ich mich in meine Sub verliebt. Was dumm war.

Asia war jung, schön und hatte eine glänzende Zukunft vor sich. Und sie war unglaublich naiv. Am nächsten Morgen verabschiedeten wir uns und fuhren zurück nach Harrison. Es gab drei weitere Veranstaltungen, für die ich sie brauchte, dann würden wir sehen, was zwischen uns noch passierte.

Meine Mutter hatte Tränen in den Augen, als wir wegfuhren. Sie ließ uns versprechen, sie anzurufen, sobald Asias Eltern zu einer Dinnerparty kommen konnten. Sie wollte sie unbedingt kennenlernen.

Ich wollte unbedingt mit dem Lügen aufhören. Aber ich

wusste nicht, wie. Ich musste bis Ende August meinen Urlaub fortsetzen. Am 1. September sollte ich mich in unserem Hauptquartier in New York City melden, um mit der Übertragung der Macht im Unternehmen von meinem Vater an mich zu beginnen.

War ich bereit dafür?

Nein, verdammt nochmal!

Aber ich hatte noch nicht herausgefunden, wie ich daraus herauskommen konnte. Das Einzige, was mir einfiel, war, dass Asia und ich uns trennten. Dann könnte ich sagen, ich wäre zu verzweifelt, um mit dieser Verantwortung fertigzuwerden.

Wenn ich bei Asia blieb, bedeutete das, dass ich meinen Vater beerben musste. War ich bereit dafür?

Ich glaubte es nicht.

„Würdest du das Verdeck herunterlassen, Jett?" Asia fuhr mit den Fingerspitzen über meine Wange. „Frische Luft wäre schön."

Ich fuhr an den Straßenrand, klappte das Verdeck herunter und fuhr dann weiter. „Meine Mutter hat mir gesagt, dass sie ihre Meinung geändert hat und wir nicht mit dem Kinderkriegen warten sollen. Sie denkt, wir haben etwas wirklich Außergewöhnliches. Sie würde gern bis Weihnachten im nächsten Jahr Enkelkinder haben."

Asia lachte und warf ihre Hände in die Luft, so dass der Wind an ihnen vorbeisauste. „Oh, das Leben ist verrückt, Jett!" Sie drehte ihr hübsches Gesicht und lehnte ihren Kopf an die Kopfstütze. „Wir könnten einfach nach Las Vegas gehen, um wirklich zu heiraten, und genau das tun, Jett."

Ich schaute sie an und dachte, dass sie scherzen musste. Aber ihr Gesicht war ernst. „Asia, Heiraten ist eine große Sache für mich."

Sie seufzte und wandte den Kopf, um in den Nachmittagshimmel zu sehen. „Ich weiß. Ich sage nur, es wäre möglich.

Dann würden wir deiner Familie niemals erzählen müssen, dass wir sie angelogen haben. Es sind sehr nette Leute, Jett. Sie behandeln mich wie eine von ihnen. Es war so ... wunderbar." Sie schaute weg von mir.

Ich strich mit der Hand über ihre Schulter. „Man sollte nicht heiraten, nur um Lügen zu vertuschen."

„Du hast recht." Sie sah mich wieder an. „Kann ich ehrlich sein?"

„Ja." Ich legte beide Hände auf das Lenkrad, während ich versuchte, mich auf ihre Ehrlichkeit vorzubereiten. Ich war mir nicht sicher, was sie sagen wollte, wusste aber, dass ich wahrscheinlich ein Problem damit haben würde.

„Ich hätte nie erwartet, dass ich sie mögen würde. Ich dachte, sie wären typische hochnäsige Leute. Aber das sind sie nicht. Sie sind bodenständig und bedeuten mir wirklich etwas. Sogar die nervigen Zwillinge, Jett. Wenn das, was wir haben, endet, wird es ein Loch von der Größe des Grand Canyon in meinem Herzen und meiner Seele hinterlassen."

Und da war es!

Ich würde sie ungemein verletzen, wenn ich die Sache beendete.

„Wow, kein Druck, Asia." Meine Stimme war streng. Ich hatte es nicht so gemeint, aber ich hörte darin Schärfe und Bitterkeit.

Sie schaute weg, ohne ein weiteres Wort zu sagen. In der Tat sagte sie nichts auf der restlichen Heimfahrt. Schweigen ist Gold, heißt es. Dieses Schweigen war alles andere als Gold. Es war dunkel, bedrohlich und tief wie ein Abgrund.

Als wir zu Hause in der Garage parkten, stieg Asia aus. Sie ging hinein, während ich im Auto saß, das Lenkrad festhielt und versuchte, nicht zu schreien.

Ich fühlte mich wie auf einer Wippe. Ständig ging es auf und ab. Ich liebte Asia, das wusste ich. Aber war meine Liebe für sie von Dauer? Und wenn ja, würde sie genügen, um mich davon abzuhalten, wieder der selbstsüchtige Mann zu werden, der ich immer gewesen war?

Ich war mir nicht sicher. Und ich wusste nicht, ob ich es jemals sein würde.

Die Lüge über unsere Ehe war wie ein Drache, der in mir Feuer spuckte und wollte, dass ich ihm seine Freiheit gab.

Wir mussten in einer Woche auf eine Hochzeit gehen. Greg Blankenship, mein College-Mitbewohner, wollte Sandra Goldenbloom zu seiner rechtmäßig angetrauten Ehefrau machen. Vor ihren Familien und Freunden würden sie es Wirklichkeit werden lassen.

Und ich wollte meine Scheinehefrau dabeihaben, wenn sie ihre echte Ehe eingingen. Es schien alles sehr erbärmlich zu sein.

Ich stieg aus dem Auto und ging ins Haus. In der Küche holte ich mir ein Bier und setzte mich ins Wohnzimmer, um allein zu trinken. Ein Bier wurde zu zehn, als ich dort saß und aus dem Fenster auf den gepflegten Rasen starrte. Bei Sonnenuntergang gingen die Lichter an und füllten die dunklen Ecken, damit Eindringlinge sich in unserem Hof nicht sicher fühlen konnten.

Ich hatte mir nicht die Mühe gemacht, das Licht im Zimmer einzuschalten. Die Dunkelheit schien besser zu meiner Stimmung zu passen.

Auf einem Stuhl vor einem Fenster saß ich vollkommen still. Weiche Hände umschlangen mich von hinten und ein leichter Atemzug wärmte mein Ohr. „Du solltest ins Bett kommen."

Ich strich mit der Hand über ihren Arm und murmelte: „Hasst du mich nicht?"

„Ich könnte dich niemals hassen. Komm ins Bett. Morgen ist ein neuer Tag. Im Licht der Sonne sieht alles leichter aus." Sie schlüpfte um die Stuhllehne und setzte sich auf meinen Schoß.

Ihr dunkles Haar hing in feuchten Strähnen herab. Ich fuhr mit meiner Hand hindurch. „Asia, ich bin nicht der, der ich zu sein scheine. Ich bin ein sehr egoistischer Mann. Ich würde einen furchtbaren Ehemann abgeben. Kannst du das verstehen? Du verdienst einen großartigen Ehemann. Ich kann das nicht für dich sein."

„Jett, du und ich haben einen Vertrag abgeschlossen. Ich werde bis zum 31. August so sein, wie du willst. Wenn du eine Sub willst, werde ich das sein. Wenn du eine Scheinehefrau willst, werde ich das sein. Ich werde sein, was immer du willst. Lass die wirklich wichtigen Dinge vorerst außen vor."

Meine Kehle wurde immer enger und Tränen füllten meine Augen, als ich die schönste und verständnisvollste Frau auf der ganzen Welt ansah. „Ich liebe dich, Asia."

Ihr Lächeln zerrte an meinem Herzen. „Und ich liebe dich, Jett. Jetzt komm ins Bett und lass uns schlafen. Wir hatten eine lange, harte Woche. Wir müssen uns für das kommende Wochenende und alles, was dazugehört, ausruhen. Lass uns diese Woche in unserem Pool entspannen, vielleicht einen Film ansehen und normale Dinge tun. Was sagst du dazu?"

„Das klingt großartig, Baby. Besonders der Teil, wo du mir gesagt hast, dass du mich liebst. Du meinst das ernst, oder?"

Sie nickte, stieg von meinem Schoß und nahm mich an der Hand. „Ich liebe dich, Jett Simmons. Egal, was die Zukunft für uns bereithält, ich liebe dich wirklich."

Sie führte mich die Treppe hinauf zu unserem Schlafzimmer. Als sie mich durch die Tür zog, stellte ich fest, dass ich es vermisst hatte. Es roch, als würden sie und ich uns miteinander vermischen. *Es roch nach Zuhause.*

Konnte ich wirklich ein Zuhause mit ihr haben? Würde sie sich für immer mit mir und meinen Eigenarten abfinden wollen?

Es gab viele Zweifel in meinem Kopf darüber, ob sie mich ertragen wollte.

Ich setzte mich auf ihre Aufforderung hin auf die Bettkante, und sie zog mich aus und half mir, unter die Decke zu kommen. Sie streifte ihren Morgenmantel ab und legte sich nackt in unser Bett.

Asia schmiegte ihren Kopf an meine Schulter, dann zog sie meinen Arm um sich herum. So schliefen wir seit der ersten Nacht zusammen. „Ich will nicht, dass wir jemals wütend ins Bett gehen, okay?"

„Okay, Baby." Ich drehte meinen Kopf und sie küsste mich sanft. „Gute Nacht, mein Liebling."

„Gute Nacht, Jett. Ich liebe dich. Süße Träume."

Mit einem Seufzen schloss ich meine Augen und sank in einen tiefen Schlaf.

26

ASIA

Es war die Nacht vor der Hochzeit. Jett und ich hatten uns die ganze Woche gut verstanden. Wir machten normale Dinge, während wir zusammen waren, und das Leben war einfach.

Als wir in dieser Nacht zu Bett gingen, wurde es seltsam.

„Wir müssen mittags fertig sein. Der Fahrer kommt und bringt uns nach New York. Dieses Mal möchte ich, dass du still wie eine Kirchenmaus bist. Ich möchte nicht, dass dir jemand zu nahe kommt. Ich will nicht, dass Greg und Sandra denken, dass wir als Ehepaare zu viert zusammen ausgehen. Verstanden?" Er zog seine Shorts aus und kletterte ins Bett.

„Okay, ich soll also niemanden kennenlernen. Ich verstehe. Es wird sich nicht wiederholen, was mit deiner Familie passiert ist, Jett. Ich verspreche es." Ich zog mich aus und kletterte auch ins Bett.

Wir liebten uns normalerweise, bevor wir schlafengingen, aber Jett drehte sich um, machte seine Lampe aus und wandte sich nicht wieder zu mir zurück. Ich lag auf dem Rücken und starrte an die Decke.

Warum war er plötzlich so besorgt? Warum ließ er mich nicht an sich heran?

Jett war ein komplizierter Mann. Seine Eltern schienen es nicht zu bemerken, aber ich tat es. Er war in vielerlei Hinsicht unreif. Dass es niemals etwas Ernstes mit einer Frau gehabt hatte, ließ ihn vermutlich auf dem Beziehungsspektrum hin- und herpendeln.

An manchen Tagen war er emotional in unsere Beziehung involviert. Dann wieder schottete er sich völlig von mir ab.

Ich hatte nie eine Beziehung gehabt, mit der ich unsere vergleichen konnte, aber ich wusste, dass er darüber nachdachte, diese Sache mit mir real zu machen. Obwohl ich darauf achtete, kein Wort darüber zu verlieren, dass ich nach dem 31. August irgendetwas von ihm wollte.

In dieser Nacht schlief ich schrecklich, und am nächsten Morgen machte Jetts Verhalten mich ängstlich und nervös. Er war so kalt zu mir. Während der ganzen Fahrt war er mit seinem Handy beschäftigt. Ich wusste nicht, was er tat. Ich wusste nur, dass er versuchte, sich abzulenken und mir fernzubleiben.

Dann trafen wir in der Kapelle ein, und er legte den Arm um mich und wurde zu dem Mann, der er normalerweise bei mir war. Da war ein Mann in einem blauen Anzug, der uns an der Tür traf. „Jett Simmons, hi." Er griff nach Jetts Hand und schüttelte sie. „Lange nicht gesehen."

„Jason, das ist meine Frau Asia." Jett sah mich an, als ich seinem alten Freund die Hand schüttelte. „Wir waren zusammen im College." Er richtete seine Aufmerksamkeit wieder auf Jason. „Wie geht es Greg? Ich wette, er ist nervös."

„Nein, es geht ihm gut." Jason lächelte mich an. „Sandra ist ein großartiges Mädchen, das weiß er und wollte sie deshalb schon länger heiraten. Sie ließ ihn ein ganzes Jahr warten. Von euch beiden habe ich ganz andere Dinge gehört." Er schlug Jett spielerisch auf den Arm. „Ihr beide habt euch in kürzester Zeit kennengelernt und geheiratet, heißt es. Ihr müsst mir auf dem Empfang alles erzählen."

„Wie hast du von uns erfahren?", fragte Jett und sah seinen Freund neugierig an.

„Die Greenbergs sind hier. Sebastien und Madison. Madison war Sandras College-Mitbewohnerin und ist jetzt ihre Brautjungfer." Jason zwinkerte mir zu. „Sebastien hat mir erzählt, dass du großartig bist. Wie recht er hat. Aber wir wussten alle, dass Jett sich nicht mit irgendeinem Mädchen begnügen würde."

Jett warf mir einen Seitenblick zu. „Sebastien hat das gesagt? Scheint, als hättest du einen guten Eindruck auf den Jungen gemacht, Baby. Wir sollten uns einen Platz zum Hinsetzen suchen. Wir sehen uns, Jason."

Er bewegte seinen Arm meinen Rücken hinab und nahm meine Hand. „War ich still genug oder zu still?"

„Du hast es gut gemacht. Seltsam, dass keiner der beiden erwähnt hat, dass sie zu einer Hochzeit eingeladen sind, nicht wahr?" Wir gingen in die bereits überfüllte Kapelle und Jett sah sich um. Genauso wie Sebastien. Er winkte uns zu und deutete auf den leeren Platz neben sich. „Sieh dir das an. Scheint so, als hätte dein Freund dir einen Platz freigehalten. Wie süß von ihm."

„Du klingst eifersüchtig, Jett." Ich folgte ihm. Er sah aus, als würde er direkt auf den Mann zusteuern, der diese Eifersucht provozierte.

Jett blieb zwei Reihen hinter Sebastien stehen, der lächelte, als er mich ansah. Er zerrte mich hinter eine Gruppe älterer Frauen und wir setzten uns ans andere Ende der Reihe. Sebastien drehte sich mit einem Stirnrunzeln um. „Idiot", knurrte Jett. „Kein Tanzen auf dem Empfang, außer mit mir."

„Verstanden." Ich schaute nach unten und strich mein Kleid glatt. Jett trug einen schwarzen Anzug und sah außerordentlich heiß aus. Ich schlang meinen Arm um seinen. „Ich liebe Hochzeiten."

„Hm!" Das war alles, was ich aus ihm herausbekam.

Die Musik begann, und drei kleine Mädchen kamen den Gang hinunter und warfen Margeriten auf den Boden. „Sind sie nicht süß?"

Jett gab keinen Ton von sich. Er schaute sie nicht einmal an, wie ich herausfand, als ich mich umdrehte, um zu sehen, was er tat. Jett blickte auf die Fenster. Sie waren glasklar und wunderschön, aber ich dachte nicht, dass sie allzu spektakulär waren.

Sein Körper war angespannt und er fühlte sich offenbar sehr unwohl. Seine Hand war klamm. Ich beugte mich vor und flüsterte: „Geht es dir gut?"

Er drehte sich um, um mich mit einem grimmigen Gesicht anzusehen, dann flüsterte er zurück: „Mir ist irgendwie schlecht. Ich habe mich in meinem ganzen Leben nie erbärmlicher gefühlt als in dieser Scheinehe."

Ich konnte ihn in diesem Moment nicht trösten. Die einzigen Worte, die mir durch den Kopf gingen, waren: ‚*Vielleicht hättest du das durchdenken sollen, bevor du so weit gegangen bist, eine Sub zu kaufen, um sie zu deiner angeblichen Ehefrau zu machen.*' Aber das hätte es nur noch schlimmer gemacht.

Die Musik änderte sich und ich konzentrierte mich auf die Hochzeit, anstatt auf den grüblerischen Mann, der neben mir saß. Die Brautjungfern und die Freunde des Bräutigams kamen den Gang hinunter. Die hübschen Mädchen trugen gelbe Chiffon-Kleider und die Männer hatten alle schwarze Smokings an. Madison kam als Letzte. Ihr Kleid war weiß und viel schöner als die Kleider der anderen Mädchen.

Ihre Augen wanderten umher und sie nickte uns zu, obwohl

sie mich größtenteils ignorierte. Aus dem Augenwinkel sah ich, dass Jett seine Aufmerksamkeit wieder der Hochzeit zugewandt hatte und Madison ebenfalls zunickte.

Ich biss mir auf die Unterlippe und versuchte, meinen Mund zu halten. Ich wusste nicht genau, was es an den beiden war, das mich Rot sehen ließen. Aber ich hasste es, wie eindeutig sie hinter Jett her war. Obwohl sie dachte, er sei verheiratet.

Die Frau wartete förmlich darauf, unsere Beziehung zu zerstören. Vielleicht wäre eine Dosis Abführmittel in ihrem Drink auf dem Empfang genau das, was sie verdiente. Ich nahm mir vor, unseren Fahrer zu bitten, bei einer Apotheke anzuhalten. Ich würde sagen, dass ich Aspirin gegen Kopfschmerzen brauchte und stattdessen das Abführmittel besorgen. Zumindest würde es die Schlampe für den Abend außer Gefecht setzen.

Die Musik änderte sich noch einmal, der Brautmarsch setzte ein und wir alle standen für den Auftritt der Braut auf. Mit einem weißen Schleier, der ihr Gesicht verhüllte, kam Sandra, eine Frau, die ich noch nie getroffen hatte, langsam den Gang hinunter.

Starke Hände strichen um meine Taille, als Jett mich an seine Brust zog. Seine Lippen berührten mein Ohr. „Du verdienst so etwas, Baby."

Ich fuhr mit meiner Hand über seine Wange und seufzte. Da war er wieder, der romantische Mann, der er meistens bei mir war. Seine Lippen drückten sich gegen meinen Kopf und Funken sprühten durch mich hindurch.

Als Sandra es zu ihrem Bräutigam geschafft hatte, setzten wir uns alle wieder hin. Jett nahm meine Hand und hielt sie fest. Wir sahen zu, wie das Paar seine Gelübde ablegte, und Jett betrachtete mich, als sie sich küssten. Ich lächelte und flüsterte dann: „Ich liebe dich."

Er beugte sich vor und gab mir einen Kuss. „Ich liebe dich auch."

Vielleicht würde der Empfang am Abend nicht so schlimm sein, wenn er nicht mehr in schlechter Stimmung war. Vielleicht brachte die Hochzeit Jett auf gute Ideen.

Als Braut und Bräutigam den Gang entlangschritten, standen wir alle auf und klatschten. Jett hielt mich fest und küsste mich auf die Seite meines Halses. „Ich will dich, Asia. Im Auto."

Ich drehte mich um und war mir nicht sicher, was er meinte. Ich sagte aber kein Wort. Mein Körper wurde heiß, als ich an ihn und mich auf der Rückbank der Limousine dachte.

Wir verließen mit der Menge die Kapelle. Das frischvermählte Paar war bereits in ein Auto gestiegen und fuhr zum Hotel, wo der Empfang bald stattfinden würde.

Jett und ich gingen zu unserem Auto, dessen Fahrer an der Hintertür wartete. Ich stieg gefolgt von Jett ein. Er drückte auf den Knopf, der das dunkle Sichtfenster hob, das uns vom Fahrer trennte. Ich zitterte vor Verlangen.

Der Sitz war lang und lief an der Rückseite der Limousine entlang. „Auf die Knie", befahl er mir, bevor wir überhaupt anfingen.

Freudig gehorchte ich und ging auf die Knie, bevor er mein Kleid hochschob und mein Höschen herunterzog. Ich war schon feucht für ihn. Die Fenster waren dunkel getönt und ich wusste, dass niemand hineinsehen konnte, aber ich konnte Leute sehen, die um das Auto herumgingen.

Mein Herz klopfte, als er von hinten seinen Schwanz in mich stieß. Er knurrte bei jedem harten Stoß. Ich ballte die Fäuste und bewegte mich zurück, um ihm zu begegnen. Es fühlte sich schmutzig an und ich liebte es!

Meine Aufmerksamkeit wurde geweckt, als Madison und

Sebastien direkt auf das Auto zukamen. Ich hielt den Atem an, als ich beobachtete, wie sie sich näherten. „Jett, fahren sie mit uns mit?"

Er schaute auf, stellte fest, dass Madison die Hand nach dem Türgriff ausstreckte, und schloss schnell ab. „Was zum Teufel denkt sie sich dabei?"

Sie klopfte ans Fenster. „Jett, bist du da drin?"

„Was zur Hölle will sie?", fragte ich, als mich Wut erfüllte.

„Keine Ahnung. Scheiße!" Er zog sich aus mir heraus und ich versuchte, mein Höschen hochzuziehen. Ich setzte mich schnell auf den Sitz und vergewisserte mich, dass mein Kleid ordentlich aussah.

Jett ließ das Fenster ein wenig runter. „Kann ich dir helfen, Madison?"

„Sebastien und ich brauchen eine Mitfahrgelegenheit. Stört es euch sehr, wenn wir mit euch beiden zum Empfang fahren?"

Er blickte mich an und ich sah rohen Zorn in seinen Augen. Dann schloss er die Tür auf, nahm meine Hand und zog mich auf den Sitz gegenüber von seinem.

Sie stiegen lächelnd ein. „Danke, Mann." Sebastien nickte Jett zu und sah mich dann an. „Wie hübsch du bist. Reserviere einen Tanz für mich, Asia."

Mein Magen verkrampfte sich, als Jett meine Hand drückte. „Oh, das wird sie. Madison, reserviere auch einen für mich."

„Ganz sicher!" Sie sprang vor Freude fast von dem verdammten Sitz.

Ich griff hinter mich, um an das getönte Sichtfenster zu klopfen, und unser Fahrer ließ es herunter. „Ja?"

„Können wir auf dem Weg kurz bei einer Apotheke anhalten? Ich habe schreckliche Kopfschmerzen und muss etwas kaufen, um sie loszuwerden."

„Natürlich, Mrs. Simmons." Er ließ das Sichtfenster wieder hoch und ich lächelte, als würde mich nichts stören.

Tatsächlich gab es jemanden, der mich störte. Aber bald würde sie auf die Toilette rennen. Und ihr riesiges Kleid würde es noch schwieriger für sie machen.

Die arme Madison Greenberg war im Begriff herauszufinden, was passierte, wenn man meine Geduld überstrapazierte!

27
JETT

Ich wollte nicht auf dem Empfang sein. Irgendetwas an dieser Hochzeit reizte mich. Schuldgefühle, Gewissensbisse, Wut und sogar ein bisschen Selbstverachtung vermischten sich in mir und verursachten Chaos.

Asia sah aus wie eine Puppe in ihrem dunkelblauen Kleid und passenden Highheels. Der U-Boot-Ausschnitt des knielangen Kleides erinnerte an den Stil, den Frauen in den fünfziger Jahren getragen hatten. Sie trug eine Perlenkette, die sich eng an ihren Hals schmiegte. Ihr dunkles, seidiges Haar war sanft gelockt. Jeder bemerkte sie, obwohl sie züchtig auftrat.

Diese Frau hatte keine Ahnung, wie schön sie wirklich war. Innerlich und äußerlich. Sie trug ein süßes Lächeln, als sie uns etwas von dem Kuchen holen ging, der angeschnitten worden war, nachdem der Hauptgang vorbei war.

Ich beobachtete Asia, als sie hinter der kunstvollen Hochzeitstorte stand. Sie kam mit drei Tellern zurück. Ich legte den Kopf schief und fragte mich, warum sie drei Kuchenstücke dabeihatte. Dann sah ich zu, wie sie zu dem Tisch ging, an dem das frisch verheiratete Paar und seine Hochzeitsgesellschaft saßen.

Erstaunlicherweise ging sie zu Madison und gab ihr eines der Kuchenstücke. Die beiden tauschten ein Lächeln aus und ich konnte sehen, dass Madison ihr dankte. Dann kam Asia zu mir. Wir saßen an einem Tisch mit sechs Leuten, die ich nicht kannte.

Das war einer der Gründe, warum ich es hasste, allein auf Hochzeiten zu gehen. Wer auch immer für die Sitzordnung verantwortlich war, schien es zu lieben, wenn Leute, die sich nicht kannten, zusammensaßen. Es war ein vergeblicher Versuch, den Freundeskreis zu erweitern, nehme ich an. Was auch immer der Grund war, ich hasste es. Ich hasste es, Smalltalk zu machen, und wenn man mit einem Haufen Fremder zusammensitzt, ist es unmöglich, irgendetwas anderes zu tun.

Asia setzte sich neben mich und stach mit einer kleinen Plastikgabel in mein Kuchenstück. Sie hielt den Bissen an meine Lippen und ich aß ihn, während ich sie ansah. Dann nahm ich ihre Gabel und tat es ihr gleich. Anscheinend würden wir uns gegenseitig füttern.

„Ziemlich gut." Sie nahm das frische Glas Champagner, das uns serviert worden war, nachdem sie den Tisch verlassen hatte.

„Ich habe bemerkt, dass du ein Stück zu Madison gebracht hast." Ich gab ihr noch einen Bissen. „Denkst du daran zu versuchen, ihre Freundin zu werden?"

„Oh, ich weiß es nicht." Sie fütterte mich mit einem weiteren Stück des trockenen Schokoladenkuchens. Das war auch etwas an Hochzeiten, das ich hasste. Der Kuchen war immer trocken.

Wurden Hochzeitstorten einen Monat im Voraus gebacken?

„Nichts mehr für mich, danke." Ich schob meinen Teller weg und nahm mein Glas.

Asia grinste und beugte sich vor, um zu flüstern: „Er ist ziemlich übel."

„Trocken wie die Sahara."

Sie schob auch ihren Teller weg und lächelte mich an. „Die

Band wird bald anfangen zu spielen. Sie geht jetzt auf die Bühne. Du erwartest nicht wirklich, dass ich mit Sebastien tanze und du mit Madison, oder?"

„Ich war gereizt im Auto. Ich weiß nicht, warum ich das gesagt habe. Ich bin jetzt auch gereizt. Ich bin mir nicht sicher, warum das so ist, aber so fühle ich mich." Ich lehnte mich auf meinem Stuhl zurück und legte meinen Arm um ihren Rücken.

Sie lehnte sich zurück und sah mich an. „Möchtest du gehen? Unser Zimmer ist im Obergeschoss."

Wir hatten ein Zimmer im Hotel gebucht, um die Nacht dort zu verbringen, anstatt nach Hause zu fahren. Ich wollte gehen, aber ich wusste, dass es unhöflich sein würde. „Wir müssen bleiben, Asia."

Sie nickte und schaute sich in dem großen Raum um, der in Goldtönen dekoriert war. „Alles ist so hübsch. Ich frage mich, wie lange es gedauert hat, das Ganze zu planen."

„Ein Jahr", kam die Antwort einer Frau.

Asia sah die Frau an, die an unserem Tisch saß. „Meine Güte, das ist eine lange Zeit."

Die ältere Frau mit dem blauen Schimmer in ihren schwarzen Haaren nickte. „Ja. Aber das ist ungefähr der Zeitrahmen, den die meisten Hochzeiten für die Planung brauchen. Hatten Sie beide keine traditionelle Hochzeit?"

„Wir haben in Vegas geheiratet." Asia legte ihre Hand auf mein Bein, als sie die Lüge erzählte. „Wir konnten einfach nicht länger warten. Ist das nicht so, Schatz?"

„Ja." Ich war nicht in einer gesprächigen Stimmung.

Die Lügen blieben in meiner Brust stecken, irgendwo zwischen meinem Herzen und meiner Seele. Asia schien jedoch gut damit umzugehen. Sie unterhielt sich weiter mit der Frau, die sie nicht kannte und auf die sie ihre Zeit nicht hätte vergeuden dürfen. „Wir haben uns in einem Nachtclub in Los Angeles kennengelernt."

„Ach ja?" Die Frau legte ihr Kinn auf ihre verschlungenen Finger. „Ich habe meinen Mann auf einer Kreuzfahrt nach Alaska kennengelernt. Er und ich trafen uns an einem der Buffets und saßen zusammen. Wir trafen uns die ganze Woche und auch noch nachdem die Kreuzfahrt vorüber war. Ich lebte im Mittleren Westen und er lebte an der Ostküste. Wir haben lange gedatet. Zwei ganze Jahre. Dann zog ich zu ihm und er bat mich, ihn zu heiraten, nachdem wir ein Jahr zusammengelebt hatten. Es dauerte ein Jahr, unsere Hochzeit zu planen. Es war so schön. Haben Sie es jemals bereut, dass Sie das verpasst haben?"

Asia schüttelte den Kopf. „Überhaupt nicht." Sie klopfte auf mein Bein. „Ich liebe es, wie schnell alles bei uns gegangen ist. Es war so, wie es sein sollte, und es gab kein Halten mehr für den Zug unserer Liebe, als er die Gleise hinunterraste."

Ich verdrehte die Augen, als jemand auf der Bühne anfing zu reden und das Gespräch, das mich nervte, unterbrach. Die Lüge fühlte sich an, als würde sie größer werden und zu einer Bestie heranwachsen, die uns beide töten könnte.

Das erste Lied wurde gespielt und das Brautpaar tanzte, während wir alle zusahen. Dann kam das nächste Lied und andere schlossen sich den beiden auf der Tanzfläche an. Meine Augen trafen Sebastien, als er hinter Asia herankam. „Darf ich um diesen Tanz bitten?"

Asia sah mich fragend an. Aus Gründen, die ich nicht erklären konnte, ärgerte es mich. Warum sagte sie nicht einfach Nein? Warum sah sie mich an, als fragte sie, ob sie mit dem Mistkerl tanzen könnte? Und warum knurrte ich „Tanze mit dem Mann, Asia"?

Sie runzelte die Stirn. „Bist du sicher?"

Sebastien strich mit der Hand über ihre Schulter und ihren Arm und nahm ihre Hand in seine. Die Hand, die meine Ringe trug. Die Hand, die mir gehörte. „Keine Sorge. Madison ist schon auf dem Weg, um ihn auch auf die Tanzfläche zu zerren."

Ich schaute auf und stellte fest, dass Madison auf mich zuging und dann Asia anblickte. „Ja, geh einfach, Asia." Mein Kiefer verkrampfte sich. Mein Körper war angespannt.

Asia konnte selbst entscheiden. Dennoch tat sie so, als ob sie mich brauchte, um ihr zu sagen, sie solle nicht mit dem kleinen Arschloch tanzen. Und so intensiv ich sie auch ansah, um ihr das zu verstehen zu geben, verstand sie es nicht.

Sie stand auf und ging mit ihm, und ich blieb alleine sitzen. Madison kam mit einem Lächeln auf mich zu und kräuselte ihre dünnen roten Lippen. „Hast du Lust auf einen Tanz, Jett?"

Ich stand auf, packte sie an der Hand und ging auf die Tanzfläche. Als ich mich direkt hinter Asia und Sebastien begab, hörte ich ihn, als er sich näher zu Asia beugte und flüsterte: „Mein Gott, du siehst heute Abend wunderschön aus."

„Danke", lautete Asias Antwort.

„Ich werde heute Abend deinem Mann Konkurrenz machen. Dich zu entführen ist alles, woran ich denken kann." Seine Worte trafen mich wie ein Ziegelstein.

Ich kann mich nicht daran erinnern, wie es passierte. Reine Wut raste durch mich und im nächsten Moment sah ich auf Sebastien Greenberg hinab, der auf der Tanzfläche lag. Seine Augen waren geschlossen und eine Beule an seinem Kinn wurde von Sekunde zu Sekunde rötlicher.

„Jett!", schrie Madison. Dann drehte sie sich um und hielt sich den Bauch. „Was zum Teufel ist das?" Sie drehte sich um und rannte los. Ich sah Asia grinsen.

Ich stieg über Sebastiens regungslosen Körper, nahm Asia an der Hand und verließ den Raum. „Soll ich überhaupt nach einer Erklärung fragen, Jett?"

„Nein."

Ohne ein Wort zu sagen führte ich sie in unser Hotelzimmer, schloss die Tür und lehnte mich zurück. Mein Kopf drehte sich. Ich war noch nie so impulsiv gewesen. Ich hatte so etwas noch nie gemacht.

Was passierte mit mir?

28

ASIA

Jett verhielt sich unmöglich. Ich war mir sicher, dass er gehört hatte, was Sebastien zu mir gesagt hatte. Aber es war unangebracht, den Typen dafür zu schlagen.

So wenig ich mit seinen Handlungen einverstanden war, musste ich doch zugeben, dass ich beeindruckt war. Und ich hatte selbst etwas genauso Schlechtes getan. Der Kuchen, den ich Madison gebracht hatte, hatte etwas in sich gehabt, das wie ein Stück Schokolade aussah, aber tatsächlich ein schnell wirkendes Abführmittel war. Und es schien in dem Moment zu wirken, als Jett ihren Bruder verprügelte.

In unserem Hotelzimmer stand ich regungslos da und beobachtete Jett, der sich gegen die Tür lehnte und auf den Boden schaute. „Das funktioniert nicht für mich, Asia."

Alles in mir kam zum Stillstand – mein Herz, meine Lunge, mein Leben. Ich wusste nicht, was ich sagen sollte. Ich taumelte zurück, bis meine Beine das Bett trafen, dann setzte ich mich darauf und versuchte, nicht ohnmächtig zu werden.

Es war vorbei. *Er wollte mich nicht mehr.*

Ich konnte nur meinen Kopf schütteln und versuchen, nicht zu weinen. Ich hatte keine Ahnung, was ich falsch gemacht hatte. Ich wusste nicht, was ich tun konnte, um die Dinge in Ordnung zu bringen. „Ich werde gehen."

„Was?" Er kam zu mir, kniete sich vor mich hin und nahm meine Hände. „Warum?"

Meine Augen waren voller Tränen. „Wegen dem, was du gesagt hast. Dass es nicht für dich funktioniert." Ein Schluchzen brach aus mir heraus und ich beherrschte mich, so gut ich konnte.

Ich war seine Sub. Ich sollte ihm keine Schuldgefühle für das, was er tat, machen. Er wollte mich nicht und das war sein Recht.

„Das habe ich nicht gemeint. Ich meinte die Lüge." Er nahm mein Kinn in die Hand und rieb mir mit dem Daumen über die Lippen. „Du verdienst echte Liebe. Du verdienst viel mehr, als ich dir gebe. Dich über unsere angebliche Ehe lügen zu lassen, fühlt sich für mich jetzt falsch an."

Ich verstand überhaupt nichts. „Warum ist es okay für dich, deine Familie zu belügen, aber bei einem Haufen Fremder stört es dich?"

„Ich kann es nicht erklären. Die Hochzeit hat mich zum Nachdenken gebracht. Du verdienst eine echte Hochzeit. Du verdienst es, eine ehrliche Beziehung zu haben. Ich habe dir das alles genommen, Asia."

„Das ist nicht so schlimm, Jett. Ich habe den Vertrag unterschrieben. Ich wusste, was ich tat. Und ich war glücklich darüber, dass du mich gekauft hast. Ich könnte jetzt in irgendeinem Kerker hängen und in die Unterwerfung gepeitscht werden. Stattdessen bin ich in einem schicken Hotel mit einem Mann, der sich sehr gut um mich kümmert. Es könnte viel schlimmer sein."

Er sah mich mit Gewitterwolken in seinen meergrünen Augen an. „Asia, du bist zu gut, um wahr zu sein. Ich weiß nicht, wie du das machst. Du kannst mir meine schlechte Laune nehmen und mich alles anders sehen lassen. Vielleicht ist das, was mich so sehr aufregt, dich lügen zu hören. Ich mag es nicht, dass ich es bin, der dich dazu gebracht hat. Ich mag es nicht, dass ich es bin, der dich zur Lügnerin macht."

„Fühlst du dich wie ein Lügner, Jett?" Der Gedanke irritierte mich.

Er nickte. „Du spielst deine Rolle als meine Frau fast zu perfekt. Es ist, als ob du wirklich die Lügen glaubst, die aus deinem Mund kommen. Dazu deine Berührungen ... Es scheint alles so wahr zu sein, wenn du es sagst oder mich berührst. Du bist ein bisschen zu gut darin. Als ob es die ganze Zeit in dir gesteckt hätte." Er zog seine Hand von meinem Gesicht, stand auf und drehte mir den Rücken zu. „Habe ich dich zu einer Lügnerin gemacht?"

Ich wusste nicht, was zum Teufel ich darauf sagen sollte. Er bezahlte mich dafür, seine Scheinehefrau zu sein, damit die Leute seine ausgedachte Geschichte glaubten. Und ich tat, was er wollte. „Du warst es, der die Dinge nicht richtig durchdacht hat, Jett. Gib mir nicht die Schuld daran, dass ich mitgemacht und Dinge gesagt habe, die du mir befohlen hast."

Er wirbelte herum. „Asia, das Wichtigste, was ich dir befohlen habe, war still zu sein. Du solltest nichts sagen, außer ich bitte dich darum. Und du plauderst mit irgendeiner Fremden über falsche Erinnerungen. Diese Frau brauchte nichts über uns zu wissen. Sie ist niemand für mich."

„Okay, ich gebe zu, ich habe vergessen, still zu sein. Verdammt, Jett!"

Ich stand auf, zog meine Schuhe aus und ging zu dem Mini-Kühlschrank, um zu sehen, was für Alkohol er enthielt. Ich wusste nicht, was ich denken sollte. Wenn Jett mir sagte, ich solle nach links gehen, ging ich nach links. Wenn er mir sagte, ich solle springen, sprang ich. Aber jetzt war das Problem nicht, dass ich tat, was er mir befohlen hatte, sondern dass ich es zu ausgiebig tat.

Ich hatte es satt.

„Und warum zur Hölle hast du mich fragend angesehen, als dieser Idiot dich zum Tanzen aufgefordert hat? Hast du keinen eigenen Willen, Asia?" Seine Hand lag auf meiner Schulter und drehte mich um, gerade als ich den Kühlschrank erreicht hatte.

„Du verwirrst mich, Jett. Deshalb habe ich dich fragend angesehen. Du hast ihm im Auto gesagt, dass er mit mir tanzen kann. Du hast mir später gesagt, dass ich nicht mit ihm tanzen soll. Und als er mich fragte, dachte ich, du wärst derjenige, der Nein zu ihm sagen würde. Ich wusste nicht, was ich tun sollte. Dann hast du mir gesagt, ich solle mit ihm tanzen, und ich habe es getan."

„Und er hat dir gesagt, dass er dich entführen will. Und du hast nichts getan." Sein intensiver Blick durchdrang mich.

„Du hast ihn geschlagen, bevor ich auch nur ein Wort sagen konnte."

„Was hättest du zu ihm gesagt?"

Ich schüttelte den Kopf. „Ich weiß es nicht. Ich hatte keine Chance, darüber nachzudenken. Du hast ihn so schnell von mir weggerissen, dass ich beinahe hingefallen wäre. Ich habe mich darauf konzentriert, auf den Beinen zu bleiben. Und dann hast du ihn geschlagen und ich war schockiert. Ich hätte ihm wahrscheinlich gesagt, das sei unangemessen, und wäre von der Tanzfläche verschwunden."

„Ich war noch nie so wütend." Er wandte sich von mir ab. „Ehrlich gesagt mag ich es nicht."

Als ich mich wieder dem Kühlschrank zuwandte, fand ich kleine Flaschen mit allen möglichen Dingen und holte eine Flasche Wodka heraus. Ich brauchte etwas, um mich zu beruhigen, und zwar schnell.

Der Mann machte mich verrückt.

„Tut mir leid, dass ich dir etwas bedeute, Jett."

„Eifersucht ist nicht gerade angenehm, Asia. Was machst du da?" Er streckte seine Hand aus und wollte, dass ich ihm die winzige Flasche, aus der ich trank, reichte. „Machen dich meine Handlungen nicht nur zu einer Lügnerin, sondern auch zu einer Alkoholikerin? Ich bin sehr schlecht für dich."

Vielleicht hatte er recht. *Vielleicht war er schlecht für mich.*

Sicher, mein Leben mit ihm war luxuriös und grandios. Aber er hatte recht. Das Lügen fiel mir mittlerweile zu leicht. Und ich hatte nie zuvor zu Alkohol gegriffen, um meine innere Unruhe zu lindern.

Vielleicht war es zu schön, um wahr zu sein.

Vielleicht versuchten wir beide zu sehr, eine Beziehung aufzubauen, obwohl keiner von uns eine suchte.

Eine erlogene Ehe schien zu viel Druck auf zwei Menschen aufzubauen, die in der Vergangenheit nicht einmal normale Beziehungen gehabt hatten. „Wir sollten aufhören, Jett. Wir sollten zu einer normalen Dom/Sub-Beziehung übergehen und nur dann ein Ehepaar spielen, wenn es unbedingt nötig ist. Wir leben, als ob wir verheiratet wären. Wir teilen dasselbe Bett und tun Dinge, die Paare miteinander machen, anstatt das zu sein, was wir wirklich füreinander sind. Du bist mein Besitzer. Jedenfalls für einen weiteren Monat. Mehr nicht. Alles andere macht uns nur Druck."

Ich reichte ihm die halb leere Flasche. Er stellte sie hin, nahm mich in seine starken Arme, wiegte mich hin und her und küsste mich auf den Kopf. „Ich bin mehr als nur dein Besitzer, Baby. Und das weißt du auch. Ich denke, diese Scheinehe bringt nur Stress. Du hast keine Ahnung, wie schuldig ich mich jetzt fühle. Aber ich möchte keine normale Dom/Sub-Beziehung mit dir. Du bist meine Freundin. Nicht meine Ehefrau und nicht meine submissive Partnerin. Du bist meine erste echte Freundin. Und ich bin dein erster Freund. Die Lüge beraubt uns einer normalen Beziehung. Und es ist alles meine Schuld. Ich wollte den vermeintlich einfachen Weg aus Situationen, die ich als unangenehm empfand, nehmen. Deshalb brachte ich ein unschuldiges Mädchen zum Lügen und nahm ihm die Chance auf eine nette, normale Beziehung. Das tut mir leid. Aber es tut mir nicht leid, dass ich dich gefunden habe. Das wird mir nie leidtun."

Seine Worte ergaben für mich Sinn. Wir hatten allerdings von Anfang an auf ‚normal' verzichtet. Wie kann man zu einem Ort zurückkehren, an dem man noch nie war?

29
JETT

Ich wusste nicht, wie ich die Dinge ändern sollte, aber ich wurde langsam immer entschlossener, einige drastische Änderungen vorzunehmen. Als ich Asia in meinen Armen hielt, wurde mein Herz weich und ich wollte ihr zeigen, dass sie mir mehr bedeutete als irgendjemand sonst.

Ich drehte sie um, löste die Kette von ihrem Hals und zog dann den Reißverschluss ihres Kleides auf. „Wie wäre es, wenn wir ins Bett gehen?"

Es war noch nicht einmal fünf Uhr abends, aber ich war müde. In so vieler Hinsicht müde. Wer hätte ahnen können, dass eine Scheinehe so verdammt anstrengend sein konnte?

Als ich das Kleid herunterzerrte und ihre zarte Schulter freilegte, strich ich mit meinen Lippen darüber. „Ich liebe dich, Asia." Mein Herz war erfüllt von dieser Liebe.

Ich hasste die heftigen Reaktionen, die ich bei ihr hatte, aber ich liebte diese Frau. Ich würde für sie töten oder offenbar zumindest einen Mann verletzen. So starke Emotionen für jemanden zu haben war mir neu. Und ich fühlte mich nicht wohl dabei.

Ihre Hände vergruben sich in meinen Haaren, als sie flüsterte: „Ich liebe dich, Jett." Sie schob ihre Hände unter mein Jackett und streifte es mir ab. Es fiel zu Boden zu ihrem Kleid.

Meine Hände streichelten ihre Schultern und ihren Rücken, und ihre Haut war seidenweich. Ihr Körper fühlte sich so gut in meinen Armen an. Ich hob sie hoch, trug sie zum Bett, legte sie darauf und sah sie an. Ich verdiente sie nicht, aber ich würde sie nicht gehen lassen.

Ich bewegte einen Finger über ihren Bauch, schob ihn in den Spitzenstoff ihres blauen Satinhöschens und zog es ihr herunter. Ihr BH war alles, was noch übrig war, und ich entfernte ihn ebenfalls. Ihr nackter Körper war wunderschön. Mein Schwanz zitterte vor Verlangen, sie zu spüren. Ich zog mich aus, legte mich seitwärts neben sie, stützte mich auf meine Hand und streichelte ihren Bauch.

Der Ehering an meinem Finger glitzerte und ich dachte darüber nach, was ich mit dem Ding anfangen sollte. Ich nahm ihn ab, genauso wie die Ringe an ihrem Finger. Wir würden das sein, was wir wirklich waren. Nicht das falsche Ehepaar, das alles, was wir tatsächlich ineinander gefunden hatten, langsam ruinierte.

Das Lächeln, das sie mir schenkte, sagte mir, dass sie begriff, was ich tat. Sie strich mit den Händen über meine Brust. „Hi, ich bin Asia und Single."

„Hi, ich bin Jett und auf der Suche."

„Bist du das?" Sie hob ihre Hände und nahm mein Gesicht zwischen sie. „Was suchst du?"

„Eine Frau mit einem wunderschönen Körper, einem atemberaubenden Gesicht und einem wundervollen Herzen. Und es würde nicht schaden, wenn sie eine Wildkatze im Bett wäre. Kennst du zufällig so jemanden?"

Ihre Wangen wurden rosa. „Das sind süße Worte."

„Ich sage nur die Wahrheit, meine kleine Asia." Ich beugte

mich vor, küsste ihren Schmollmund und sah sie dann wieder an.

Ich hätte sie wirklich für immer ansehen können. Ihre Augen waren geschlossen, dann öffnete sie sie. „Jetzt, da ich darüber nachdenke, bin ich auch auf der Suche. Weißt du, wo ich einen starken, gutaussehenden, süßen, fürsorglichen Mann finden kann, der sich mit dem Körper einer Frau auskennt?"

„Vielleicht." Ich streichelte ihre Brust, während ich in ihre braunen Augen sah. „Wenn ich einen finde ... was soll ich ihm sagen, dass du mit ihm tun willst?"

„Du kannst ihm sagen, dass ich nach einem Mann suche, mit dem ich Spaß haben, wie mit einem alten Freund sprechen und alberne Dinge machen kann. Einen Mann, mit dem ich die große Liebe finden kann." Sie legte ihre Hand auf meine und zog sie hinunter zu ihrer empfindlichsten Stelle. „Und mit dem ich neue, aufregende Möglichkeiten im Bett entdecken kann."

„Oh, Baby. Ich kenne einen Typen, der so gut zu dir passen würde. Momentan ist er ein bisschen finster und selbstsüchtig, aber ich hoffe, du kannst ihn mit all seinen Fehlern akzeptieren. Er kann töricht, dickköpfig und stur sein ..."

Sie brachte mich mit einem Kuss zum Schweigen, als sie ihren Kopf vom Kissen hob. „Und wunderbar. Meistens ist er wunderbar."

„Findest du?" Ich grinste sie an, als ich meine Hand so bewegte, wie es ihr gefiel. Ihre Klitoris pulsierte unter meiner Fingerspitze.

Sie nickte. „Ja."

Asia war unglaublich. Eine Frau, die mein Herz stehlen könnte. Und ich fing an, sie genau das tun zu lassen. Es war so leicht, ihr nachzugeben. Der schwierige Teil war zu lernen, wo wir die Grenzen ziehen sollten, die wir beide brauchten.

Während ich sie küsste, bewegte ich meinen Körper über ihren und drückte meinen Schwanz in ihren warmen Eingang.

Sie zog ihre Beine hoch und beugte ihre Knie. Ihre Hände wanderten über meinen Rücken, als wir beide stöhnten. Es gab keinen besseren Ort auf der Welt.

Meine Lippen verließen ihre, um ihren Hals zu liebkosen und die weiche Stelle hinter ihrem Ohr zu küssen. Unsere Körper bewegten sich in langsamen Wellen und brachten uns an einen Ort, mit dem wir immer vertrauter wurden. Einen Ort, an den nur sie und ich gelangen konnten.

Hitze strahlte von ihr und mir aus, als wir anfingen, uns schneller zu bewegen, und die Dringlichkeit, Erlösung zu finden, uns überrollte. Das Biest in mir brüllte. Sanfte Küsse waren nicht mehr genug. Ich biss in die Stelle zwischen ihrer Schulter und ihrem Hals, während ich ihre Hände nahm und sie über ihrem Kopf festhielt.

Sie stöhnte und wölbte sich zu mir, als ich mich zurückzog, um zu sehen, wie sie mir gab, was ich wollte. „Ich möchte, dass du es mir gibst, Asia. Gib mir alles."

Ihr Körper zitterte, als sie mich ansah. „Zusammen, Jett. Lass uns das zusammen machen. Ich werde mich zurückhalten, bis du bereit bist."

Und ich wusste genau, was sie meinte. Sie hielt sich zurück, bis ich emotional bereit zu mehr war. Sie wartete geduldig darauf, dass ich mich so entwickelte, wie es für mich erforderlich war. Wie lange das dauern würde wusste ich nicht, aber ich hatte das Gefühl, dass sie so lange warten würde, bis ich der Mann wurde, den sie verdiente.

Als ich in ihren weichen Körper stieß, war mir klar, wie zerbrechlich sie war und wie stark ich war. Ich hatte die Macht, sie zu zerstören, aber sie hatte die gleiche Macht.

Sie könnte mich so leicht zerstören.

Es wäre so einfach, dass es mir Angst machte.

Aber als ich in ihre Augen schaute, die eine Kraft in sich hatten, von der sie selbst wohl keine Ahnung hatte, sah ich darin ihre Liebe für mich. Sie würde mich nicht zerstören. Wenn sie es täte, würde sie sich auch dabei verletzen.

Ich war bei ihr in Sicherheit. Angst war unnötig. Bei ihr war ich immer in Sicherheit. Und sie bei mir. Ich würde dafür sorgen.

Meine inneren Dämonen, die danach strebten, Zweifel in meinen Gedanken zu säen, wurden still, als ich mich in sie stürzte, ihre Kraft in mich aufnahm und ihr meine Kraft gab. Wir mussten unsere Stärken teilen. Ich war nicht ihr Herr oder ihr Besitzer. Sie und ich waren uns ebenbürtig mit unseren unterschiedlichen Attributen, die zusammen Großes bewirken konnten.

Ich stieß in sie und versuchte mein Bestes, dorthin zu gelangen, wo sie war. Ich wollte mit ihr zusammen sein. Ich wollte diesen Seelenfrieden. Diese Gelassenheit der Seele, die sie vor mir erreicht hatte.

Und gerade als mir dieser Gedanke durch den Kopf ging, spannten sich die Muskeln in ihrem Inneren um meinen Schwanz herum an und führten mich über den Rand der Ekstase. Sie kam auch und wir schrien beide laut auf, als unsere Körper zu etwas verschmolzen, das fast unwirklich zu sein schien.

Ich fiel auf sie und konnte kaum atmen. Wir zitterten beide bei unseren Orgasmen. Ich konnte ihren spüren und sie meinen. Ich hatte beim Sex noch nie so viel gespürt. Niemals.

Es fühlte sich an, als wären unsere Seelen miteinander verbunden. Die Falschheit, die uns zusammengebracht hatte, war verschwunden. Asia war keine Frau, mit der ich einen Vertrag hatte. Sie war nicht meine Sub oder meine Scheinehefrau. Aber sie gehörte mir und ich gehörte ihr.

In diesem Moment, zu dieser Zeit, waren wir einfach wir selbst. Zwei Menschen, die herausfanden, dass sie vieles miteinander verband. Ich entdeckte einen neuen Teil von mir und dachte, sie hätte vielleicht auch etwas Neues in sich gefunden.

Als ich wieder zu Atem gekommen war, hob ich meinen Kopf. Mein Haar war feucht und klebte an meinem Gesicht. „Hallo, ich bin Jett Simmons. Es ist schön, deine Bekanntschaft zu machen."

„Hi, Jett Simmons. Ich bin Asia Jones. Ich denke, wir sollten daten. Was denkst du?"

„Ich denke, das ist eine großartige Idee. Ich würde dich liebend gern meine Freundin nennen."

„Okay." Sie lachte. „Mein Freund."

Ich küsste sie wieder und es war besiegelt. Wir waren normal. Ein nettes, normales Paar. Kein Lügnerpaar. Keine Partner in einem seltsamen Vertrag. Nur ein Paar. *Ein nettes, normales Paar.*

30

ASIA

Wir schmiegten uns aneinander, als wir den Rest des Abends im Hotel verbrachten. Bis zum nächsten Morgen schliefen wir. Als ich meine Augen öffnete, sah ich die drei Ringe auf dem Nachttisch neben mir.

Das Gewicht der schweren Ringe lastete nicht mehr auf mir. Und ich mochte das sehr.

Ein Teil von mir fragte sich, ob das falsch war. Ich liebte Jett schließlich. Seinen Ring zu tragen, wenn auch unter falschen Vorwänden, sollte sich großartig anfühlen, oder?

Aber ich konnte nicht ignorieren, wie es ohne die Ringe war. Das Gefühl war großartig. Ich fühlte mich leicht, frei und normal.

Jetts Arm und sein Bein waren über mich gelegt. Es war so wie immer seit der ersten Nacht, in der wir zusammen geschlafen hatten. Nichts war anders, aber es fühlte sich so an.

Sein Körper zuckte, dann rollte er sich herum und streckte sich, bevor er laut gähnte. „Verdammt, wir haben die ganze Nacht geschlafen."

„Wir müssen sehr müde gewesen sein." Ich drehte mich auf meine andere Seite, damit ich ihn ansehen konnte.

„Ich denke, du hast recht." Er rollte sich zu mir herum und küsste meine Nasenspitze. „Hey, Freundin."

„Hey, Freund." Ich lachte, warf meinen Arm über ihn und küsste ihn auf die Wange.

Er stand auf. „Wir sollten uns duschen und anziehen, dann rufe ich das Auto, das uns nach Hause bring. Ich will niemanden sehen, der uns den Tag verderben könnte."

„Okay. Ich dusche nach dir."

Er blieb stehen und drehte sich um, um mich anzusehen. „Warum?"

„Nun, ich glaube nicht, dass Paare in der Dating-Phase miteinander duschen." Ich zwinkerte ihm zu.

„Steh auf und komm mit mir in die Dusche. Oder muss ich dich tragen?"

Ich lachte, als ich aufstand und ihm ins Badezimmer folgte. Seit fast zwei Monaten spielten wir ein Ehepaar. Wir hatten keine Badregeln, sondern verhielten uns tatsächlich wie ein verheiratetes Paar. Wir verzichteten auf unsere Privatsphäre, um uns ganz in diesen Lebensstil zu vertiefen.

Es war anfangs schwer für mich gewesen, aber ich begann es zu mögen. Mit Jett zusammen zu sein war einfach.

Wir putzten unsere Zähne an den zwei Waschbecken und gingen dann in die Dusche. Sie war relativ klein, anders als die Dusche in unserem Haus.

Als ich darüber nachdachte, spürte ich ein wenig von dem Gewicht, das ich mit mir herumgetragen hatte, verschwinden. Er und ich teilten ein Zuhause. Wir waren wirklich so gut wie verheiratet. Selbst wenn alles mit einer Lüge begonnen hatte.

Seine Hände strichen durch meine Haare, als er sie shampoonierte, während meine seifigen Hände über seinen Oberkörper strichen. Wir waren wirklich in eine Routine gefallen.

Ich wusch seinen Rücken, dann wusch er mir meinen. Wir mussten nicht einmal reden, sondern taten es einfach so wie immer.

„Wie ist das passiert, Jett?", fragte ich, als könnte er meine Gedanken lesen.

Aber irgendwie hatte er es getan. „Ich bin mir nicht sicher. Die Täuschung ist irgendwann real geworden, was keiner von uns zu bemerken schien."

Ich fing an, seine Haare zu waschen, während er Conditioner in seine Handfläche gab und ihn dann in meine Haare einmassierte. „Wir sind einfach nicht normal." Das war alles, was ich denken konnte.

Er nickte, sagte aber nichts. Ich dachte darüber nach, was zu all dem geführt hatte. All die zaghaften Momente am Anfang, die sich schnell zu dem entwickelten, was nun unsere Norm war.

Würden wir wirklich jemals mehr sein können?

Manche Leute sagen, dass man kriechen muss, bevor man geht, rennt und fliegt. Wir hatten alle Schritte übersprungen. Was passierte mit Leuten, die ans Ende gelangten?

Was würde mit uns passieren?

Würden wir verlöschen wie eine Flamme, die zu hell brannte?

Ich hatte davon gehört. Es war schwer, eine Intensität zu halten, wie wir sie hatten. Und dann war da noch die Tatsache, dass wir uns nach nur zwei Monaten Beziehung wie ein altes Ehepaar verhielten.

Wollte ich, dass es so war? Und wenn nicht, gab es einen Weg, etwas daran zu ändern?

Ich wusste es nicht. Ich wusste nur, dass ich Jett liebte. Und er liebte mich.

Nach unserer Dusche trockneten wir uns ab. Ich nahm ein

Sommerkleid aus dem Schrank, während Jett Shorts und ein T-Shirt aus der obersten Schublade holte. Wir zogen uns an, ohne ein Wort zu sagen. Es war ziemlich offensichtlich, dass wir beide darüber nachdachten, was wir tun könnten, um alles wieder in Ordnung zu bringen. Nicht, dass sich irgendetwas falsch anfühlte, aber wir wussten beide, dass es nötig war, langsamer zu machen.

Gerade als ich mich fertig angezogen hatte, klingelte mein Handy. Ich hob es von der Kommode auf und sah den Namen meiner Schwester auf dem Bildschirm. „Es ist Spring." Ich nahm ihren Anruf entgegen.

Bevor ich überhaupt Hallo sagen konnte, rief sie: „Er ist hier, Asia. Wir haben einen Jungen."

Ich keuchte und setzte mich auf den Stuhl, der mir am nächsten war. „Einen Jungen!"

„Wir haben ihn Ray genannt. Ich weiß, das hört sich nach einem lahmen Namen an, aber ein Sonnenstrahl drang durch das Fenster des Krankenhauses, als er geboren wurde. Der Arzt hob ihn hoch und das Licht traf mein Baby, so dass es wie ein winziger, strahlender Engel aussah. Deshalb ist sein Name Ray. Er ist mein kleiner Sonnenstrahl."

„Wie süß", rief ich. „Ich kann es kaum erwarten, ihn kennenzulernen."

„Er kann es auch kaum erwarten, dich kennenzulernen, Tante Asia. Wann kannst du kommen? Wir verlassen heute Nachmittag das Krankenhaus. Du bist jederzeit willkommen."

Ich sah Jett an, der versuchte so auszusehen, als wäre er beschäftigt, anstatt zu lauschen, worüber wir sprachen. „Ich werde meinen Terminplan überprüfen. Es ist gerade ziemlich hektisch."

Jett sah mich an und schüttelte den Kopf, während er die Stirn runzelte und flüsterte: „Sag ihr, du kannst morgen kommen. Ich werde dich dorthin bringen."

„Ich hoffe, du kannst Zeit für uns finden, Asia", schnappte meine Schwester.

Ich hatte ihre Gefühle verletzt, wenn auch unbeabsichtigt. „Oh, Spring. Ich scherze nur. Ich werde morgen aufbrechen."

Jett schüttelte den Kopf. „Du wirst morgen da sein."

„Oh, ich wollte sagen, dass ich morgen da sein werde."

„Wie kommst du so schnell hierher?", fragte Spring.

„Wie komme ich so schnell dorthin?", fragte ich Jett.

„Ich werde dir einen Privatjet buchen." Er gab mir einen Kuss.

Ich dachte daran, wie es wäre, ihn allein zurückzulassen, und traf eine Entscheidung. „Ähm, Spring, ich date jemanden. Wäre es okay, wenn ich ihn bitten würde mitzukommen?"

„Du datest jemanden? Ist das dein Ernst? Sieht er gut aus? Habt ihr es getan? Du weißt schon. Sex. Ist meine kleine Schwester endlich keine Jungfrau mehr?"

„Himmel! Spring, wirklich! Also, ist es okay oder nicht?"

„Natürlich. Ich muss den Mann treffen, der aus meiner kleinen Schwester eine Frau gemacht hat."

„Oh, sei still! Ich werde ihn fragen. Also, bis morgen. Wie wäre es, wenn ich Abendessen mitbringe. Rippchen sind immer noch euer Lieblingsessen, oder?"

„Oh ja! Und Kartoffelsalat und Pintobohnen. Das wäre fantastisch. Ruf mich an, wenn du ankommst. Ich liebe dich und der kleine Ray auch. Bye."

Ich legte das Handy beiseite und musterte Jett, der alles mitgehört hatte. „Also, wirst du mit mir kommen?"

Er kam zu mir und legte seine Hände auf meine Schultern, während er mir in die Augen sah. „Asia, willst du wirklich, dass ich mitkomme und deine Familie kennenlerne? Das ist ein großer Schritt, weißt du."

„Äh, im Ernst? Ich meine, ich war mit deiner Familie im

Urlaub. Das ist ein großer Schritt." Ich schüttelte den Kopf, weil ich nicht glauben konnte, was er sagte.

„Aber das war alles nur gespielt. Das hier ist echt. Bist du sicher, dass du es so echt werden lassen willst? Alles, was ich dir bisher angeboten habe, sind Lügen. Das, was du mir anbietest, ist völlig echt."

Das Lächeln, das meine Lippen rechts anhob, fühlte sich genauso natürlich an wie meine Entscheidung. „Ich will dich bei mir haben. Ich mag es echt."

„Verdammt, Mädchen. Machen wir das wirklich?"

„Wenn du dabei bist, bin ich es auch."

Er küsste mich mit sanften Lippen. „Als dein Freund wäre ich stolz darauf, mit dir zu kommen."

Und somit war es entschieden. Ich würde Jett meiner Familie vorstellen. Ich wusste, dass sie alle da sein würden, begierig darauf, den neuesten Familienzuwachs zu sehen. Und wenn Spring ihnen von meinem neuen Freund erzählte, würden sie auch ihn treffen wollen. Ich fragte mich, ob Jett für all das bereit war.

Ob er bereit war oder nicht, er hatte sich darauf eingelassen.

Jett

Ich hatte die Eheringe in den Safe im Haus gelegt, bevor wir am nächsten Tag nach South Dakota aufbrachen, um die Familie von Asias Schwester zu besuchen. Ohne sie fühlte sich wie durch Magie alles anders an.

Die Lüge trat in den Hintergrund. So weit, dass ich sie ganz vergaß. Asia und ich fühlten uns ohne diese Last freier. Und wir gingen an einen Ort, an dem es ehrlich zuging.

Nun, nicht ganz ehrlich. Sie durften nicht wissen, dass ich sie gekauft hatte und dass sie in einem Dom/Sub-Vertrag war. Und sie wussten, dass Asia nie Urlaub in Los Angeles gemacht hatte. Also waren wir darauf vorbereitet, eine Version der Wahrheit zu erzählen. Wir hatten uns online getroffen. Auf einer

Dating-Seite. Dann hatte ich sie nach Portland fliegen lassen, wo wir uns trafen, und dann waren wir zusammen zurückgeflogen, um den Sommer in einem Haus zu verbringen, das ich gekauft hatte, kurz nachdem sie und ich miteinander geredet hatten.

Wir würden den Rest improvisieren. Aber fürs Erste lebten wir als Freund und Freundin zusammen, exklusiv und langsam auf dem Weg in eine gemeinsame Zukunft. Eine Zukunft, über die wir keine vorgefassten Meinungen hatten.

Ich fühlte mich ziemlich gut dabei. Es gab einige Lügen, aber hauptsächlich Wahrheiten. Ich vermute, wir hätten ihnen die ganze Wahrheit sagen können, aber Asia meinte, sie würden es nie verstehen. Und sie würde sie nicht wissen lassen, dass sie ihr Stipendium verloren hatte.

Es wurde offensichtlich, dass einige Wahrheiten unaussprechlich waren, aber so ist das Leben.

Asia hielt meine Hand, als das Flugzeug landete. „Jett, das ist so aufregend. Ich habe noch nie jemanden meiner Familie vorgestellt. Ich freue mich und habe irgendwie auch Angst."

„Ich auch. Ich bin noch nie der Familie einer Freundin vorgestellt worden. Das ist auch für mich neu."

Als wir aus dem Flugzeug stiegen, mietete ich ein Auto, dann fuhren wir zum Haus ihrer Schwester. Jetzt war ich wirklich nervös. Wir standen vor einem bescheidenen Haus in einem Vorstadtviertel in Sioux Falls, South Dakota. Ein älteres Auto war in der Einfahrt, die mit Rissen übersät war, geparkt.

Asia klopfte an die Tür, als ich mich fragte, wie schlecht es ihrer Schwester und ihrem Mann wohl finanziell ging. Das Haus und das Auto zeigten mir, dass sie keine hohen Löhne hatten. Es schürte dieses Feuer in mir, das fast erloschen war und mich glauben ließ, dass Frauen mich nur für mein Geld wollten.

Würde Asia mich bitten, ihrer Schwester, ihrem Schwager und ihrem Neffen mit etwas Geld auszuhelfen? Und wenn sie es tat, würde es das, was ich für sie empfand, ändern?

Das Knarren einer Tür holte mich aus meinen Gedanken. Ein großer Mann öffnete die Haustür. „Asia, hi!" Er schob die quietschende Fliegengittertür auf und wich zurück, damit wir hereinkommen konnten. „Und das ist dein Freund, oder?" Er streckte mir seine Hand hin. „Ich bin Max Johnson, willkommen in unserem bescheidenen Zuhause."

„Ich bin Jett Simmons. Danke, dass ihr mich in euer bescheidenes Zuhause eingeladen habt." Ich mochte den Händedruck des Mannes. Er war fest, kurz und freundlich.

„Schick sie hierher, Baby", ertönte der Ruf einer Frau.

Max zeigte mit dem Daumen über seine linke Schulter. „Und das ist die Königin dieses Schlosses. Spring. Folgt mir. Der Kleine schläft, aber es macht ihm nichts aus, währenddessen gehalten zu werden."

„Asia sagt, dass es euer erstes Kind ist. Wie läuft es?", fragte ich, als wir durch einen kleinen dunklen Flur gingen. Es gab nur drei Türen. Das Haus war winzig.

„Ich muss zugeben, dass ich es noch gar nicht richtig begriffen habe. Ich schätze, er ist zu ruhig. Es scheint nicht real zu sein. Ich bin Vater. Mit 30 bin ich endlich Vater." Er schüttelte den Kopf und lächelte. „Spring und ich sind seit fünf Jahren zusammen. Das war eine lange Zeit. Wir konnten einfach nicht genug Geld zusammenbekommen. Wir wollten warten, bis wir gut verdienen, und haben harte Zeiten erlebt. Ich habe als Trainer an der High-School gearbeitet und sie im Einzelhandel. Das hier war eine geschäftige Stadt, als wir vor drei Jahren hierhergezogen sind. Dann wurde es plötzlich ruhiger und unsere Jobs verschwanden. Spring konnte nichts finden und alles, was ich bekommen konnte, war ein Hausmeisterjob im Gefängnis. Aber das Baby wollte nicht warten. Der Storch kam unangemeldet zu uns."

Eine weitere tragische Unglücksgeschichte. Ich hatte schon viele davon gehört. Aber dieser Mann hatte keine Ahnung, ob ich Geld hatte oder nicht. Asia hatte kein Wort darüber verloren. Mir wurde bewusst, dass die Leute oft von ihren Geldproblemen sprachen. Es war nicht immer direkt darauf ausgerichtet, mich dazu zu bringen, ihnen etwas zu geben.

Wir gingen in ein kleines Schlafzimmer, in dem ihre Schwester, die ihr sehr ähnlich sah, mit einem winzigen weißen Bündel saß. „Hi, Leute." Ihre Augen waren Asias Augen ähnlich. „Und du bist Asias Freund. Ich bin Spring. Freut mich, dich kennenzulernen."

„Jett Simmons." Ich nickte ihr zu. „Es ist schön, dich kennenzulernen."

Asia nahm schnell das Baby aus den Armen ihrer Schwester, als sie ihr einen Kuss auf die Wange gab. „Oh, gib ihn mir." Sie trat neben mich. „Meine Güte. Er ist so süß."

Als ich auf das Baby hinunterschaute, beschleunigte sich mein Herzschlag aus Gründen, die ich nicht begreifen konnte. Asia dieses Baby halten zu sehen war wundervoll. „Er ist ein bemerkenswerter kleiner Kerl."

Asia sah mich an. „Hier, halte ihn."

„Ich?" Ich schüttelte den Kopf. „Oh ..."

Sie legte mir das Baby schnell in die Arme. „Er ist so leicht, nicht wahr?", fragte mich Asia.

„Er ist wirklich leicht. Fast so, als ob ich gar nichts halte." Das Baby kuschelte sich an meine Brust und das Aroma, das zu mir aufstieg, war himmlisch. Babypuder mischte sich mit seinem brandneuen Duft. „Hi, Ray. Es ist wunderbar, dich kennenzulernen."

„Mom und Dad sind auf dem Weg. Sie werden morgen früh hier sein. Ihr zwei könnt das Gästezimmer haben, bis sie ankommen, dann könnt ihr die Sofas im Wohnzimmer nehmen." Spring glättete die Decke und zog ihr Nachthemd zurecht.

Asias Gesichtsausdruck war zögerlich. „Nun, wir bleiben nicht hier, Spring. Wir haben bereits ein Zimmer gebucht."

„Oh." Spring sah mich an. „Das war mir nicht klar. Ich meine, es ist okay. Normalerweise hat meine kleine Schwester kein Geld. Ich bin es gewöhnt, dass sie bei mir übernachtet."

„Es ist sehr nett von dir, das anzubieten. Ich könnte auch deinen Eltern ein Zimmer in unserem Hotel besorgen, wenn du möchtest." Ich stieß Asia an. „Macht dir das etwas aus, Liebling?"

Sie nahm mir das Baby lächelnd aus den Armen. „Mom und Dad werden hierbleiben wollen, Jett. Bei solchen Dingen sind sie komisch." Sie streichelte das kleine Gesicht das Babys. „Er ist so klein und kostbar. Ich bin noch nicht weg, aber ich vermisse ihn schon."

„Du kannst so oft herkommen, wie du willst, Asia", sagte ich und es brachte mir neugierige Blicke von ihrer Schwester und ihrem Schwager ein. „Ich kann dafür sorgen, dass sie die Mittel hat, euch alle zu sehen. Das ist es, was ich damit meine."

„Wie nett von dir", sagte Max. „Asia, kannst du das Baby ins Wohnzimmer bringen, während ich deiner Schwester dabei helfe, in die Dusche zu steigen?"

„Sicher." Asia ging aus der Tür und ich folgte ihr. „Oh, und das Essen wird in etwa 30 Minuten geliefert. Ich habe es kurz vor unserer Ankunft bestellt."

„Wer liefert es?", fragte Spring.

„Mach dir darüber keine Sorgen. Dusche einfach und wenn du fertig bist, sollte das Essen bereit sein." Asia lächelte sie an, dann schloss ich die Tür hinter uns, um ihnen etwas Privatsphäre zu geben.

Das Hotel, in das wir eingecheckt hatten, hatte einen ausgezeichneten Concierge, obwohl ich es nicht als richtiges Hotel betrachtete. Das Marriott war eines der provinziellsten Hotels, in denen ich je übernachtet hatte. Das Restaurant hatte viereinhalb Sterne, was nicht schlecht für South Dakota war, und das

Personal war für ein gutes Trinkgeld gerne bereit, die Rippchen und alle Beilagen zu uns zu bringen.

Asia saß auf dem Sofa und ich setzte mich neben sie. Wir sahen beide das Baby an und sie seufzte. „Ich liebe Babys. Ich war dabei, als Bow ihr erstes und drittes Baby bekam. Das zweite wurde mitten in einer stürmischen Nacht geboren. Ich habe es nicht rechtzeitig geschafft."

„Kein Wunder, dass du mit diesem kleinen Kerl in deinen Armen so natürlich aussiehst. Du bist als Tante bereits Profi." Ich küsste ihre Wange. „Es steht dir übrigens gut."

Sie errötete und es sandte Impulse reiner Liebe durch mich. Asia und dieses Baby machten etwas mit mir. Der Gedanke daran, Kinder zu zeugen, machte mich heiß.

Wir würden mit ihrer Familie zu Abend essen, dann wollte ich meine kleine Asia ins Hotel bringen, wo wir die ganze Nacht lang Babys machen konnten.

Was zum Teufel war in mich gefahren? Seit wann machten mich solche Gedanken scharf?

Die Veränderungen, die Asia in meinem Leben bewirkt hatte, waren endlos. Was würde als Nächstes passieren? Würde es mich erregen, ihr beim Bügeln zuzusehen?

31

ASIA

Jett war verrückt, als wir in unser Hotelzimmer kamen. Er küsste mich immer und immer wieder, als wir die Treppe hinauf zu unserem Zimmer stiegen. Als wir drinnen waren, riss er mir die Kleider vom Leib.

Ich hatte keine Ahnung, was in ihn gefahren war. Aber ich musste zugeben, dass ich es mochte.

„Baby, oh Baby, du schmeckst so gut. Ich werde dich verschlingen." Er knabberte an meinem Hals und ließ mein Inneres schmelzen.

„Jett, was um alles in der Welt hat dich so heiß gemacht?"

Er drückte mich auf das Bett und zog sich aus. Er hatte mich schon von all meiner Kleidung befreit. „Du machst mich heiß, Baby. Ich will dich. Ich will dich die ganze Nacht lang."

Sein Gesichtsausdruck war seltsam. Lust kombiniert mit Liebe. Es war anders. Ich dachte, vielleicht hatte die Art, wie wir die Lügen hinter uns gelassen hatten, etwas damit zu tun. Jedenfalls bis er auf mich kletterte, meine Hände in seine nahm und sie neben meinem Kopf festhielt. „Jett, warum schaust du mich so an?"

Seine Augen wanderten über mein Gesicht. „Du hast eine

großartige Knochenstruktur." Er bewegte seine Hände auf meine Hüften. „Du hast auch schöne, runde Hüften."

„Danke." Ich war mir nicht sicher, worauf er hinauswollte.

„Du bist bezaubernd, liebevoll, fürsorglich und verdammt süß, wenn du ein Baby in deinen Armen hältst."

Oh Scheiße!

„Jett, was zum ..." Sein Mund krachte auf meinen, als er mich wild küsste.

Er küsste mich, bis wir beide außer Atem waren. Dann sah er mich an. „Ich will dich so hart und lange ficken, dass du eine Woche kaum gehen kannst."

Ich war benommen von dem Kuss. „Okay."

„Ich will, dass du so oft kommst, dass du nicht mehr denken kannst."

„Oh Gott!"

„Ja, Baby. Oh Gott." Er küsste mich wieder und hob mich hoch. Er setzte sich auf und ließ mich dann auf seine Erektion herunter, wobei wir einander ansahen.

Er bewegte mich auf und ab, so dass ich seinen Körper stimulierte. Der Kuss musste enden, weil ich mich zu sehr bewegte. Meine Brüste hüpften und er vergrub sein Gesicht zwischen ihnen und küsste sie. Ich schrie vor Lust.

„Ich komme", sagte ich ihm, als das Verlangen mich überwältigte.

Er legte mich auf den Rücken und stieß wieder in mich. „Tu es. Ich komme mit dir."

Jetts Zunge wanderte meinen Hals hinauf und er knabberte daran, während er kräftige Stöße machte. In kürzester Zeit wölbte ich mich ihm entgegen, als die Welle mich einholte und er mit mir kam. Sein Stöhnen war tief, als er sich in mich ergoss.

Er lag lange Zeit auf mir. Dann begann er sich wieder zu bewegen und sein Schwanz wurde hart in mir. „Oh, du hast es wirklich ernst gemeint, als du gesagt hast, du würdest mich lange und hart ficken. Ich dachte, das wäre nur Dirty Talk als Vorspiel."

„Hmm." Er machte weiter, bis sein Schwanz wieder ganz aufgerichtet war, dann drehte er mich um und nahm mich von hinten. Er schob meinen Kopf und meine Schultern auf das Bett und hielt mich dann an den Hüften fest.

Ich stöhnte vor Erregung und Vergnügen. Dann schrie ich bei einem weiteren Orgasmus und er kam ebenfalls und füllte mich noch einmal mit seinen heißen Säften. Er hielt wieder still, als ich keuchte.

Nach ungefähr fünf Minuten zog er sich aus mir heraus und stand vom Bett auf. „Willst du etwas Wasser, Asia?"

„Hm?" Meine Augen hatten sich geschlossen und ich drehte mich mühevoll um. „Ja, ich habe Durst." Ich schaffte es, mich aufzusetzen, und er kam mit einer Flasche Wasser zu mir und setzte sich neben mir auf das Bett.

„Wann möchtest du ein Baby haben?"

Ich verschluckte mich beinahe an dem Wasser. Er nahm es mir aus der Hand, während er darauf wartete, dass ich aufhörte zu husten. „Ich habe keine Ahnung, Jett. Darüber habe ich nie nachgedacht."

„Ich früher auch nicht. Erst vor einer Weile." Er fuhr mir mit der Hand über den Bauch. „Du würdest verdammt gut aussehen mit meinem Baby in deinem Bauch."

„Jett, wir haben gerade erst angefangen zu daten."

Er schüttelte den Kopf. „Tu nicht so, als hätten wir anderen Paaren nicht schon Jahre voraus, Asia. Wir haben ein gemeinsames Zuhause. Du bedeutest mir viel. Wir könnten alles haben, du und ich."

„Ja. Und eines Tages werden wir das vielleicht haben. Aber nicht so bald."

Er trank die Flasche leer und machte sich daran, sie wegzuwerfen. „Du hast Mom gesagt, dass wir bald Kinder bekommen."

„Ja, als wir darüber gelogen haben, verheiratet zu sein, Jett."

Er warf die Flasche in den Mülleimer und kam dann zurück zu mir. „Ich weiß." Er legte sich neben mich und seufzte. „Ich dachte, ich wüsste, wie ich mich deinem Tempo besser anpassen kann. Ich weiß es nicht."

„Lerne es." Ich schloss die Augen und versuchte nicht zu denken, dass der Mann verrückt war, aber es war nicht leicht.

„Weißt du, ich kenne einen Typen aus dem Club, der eine Sub dafür bezahlt hat, sein Baby zu bekommen. Sie kannten sich überhaupt nicht. Sie hatten ein Baby und nur wenige Monate nach seiner Geburt heirateten sie. Sie sind jetzt sehr glücklich."

„Großartig", murmelte ich, als der Schlaf mich überwältigte. „Ich freue mich für sie. Gute Nacht, Jett. Lass uns jetzt nicht über Babys reden. Ich liebe dich."

Es war verblüffend, wofür Milliardäre bezahlten. Die Liste wurde immer länger. Männer, die eine völlig Fremde dafür bezahlten, ihr Baby zu bekommen? Wofür würden sie sonst noch bezahlen?

Jetts Lippen berührten meine Wange. „Okay, ich habe es verstanden. Du brauchst alles. Du brauchst zuerst einen echten Antrag von mir."

Ich drehte mich zu ihm um und schaffte es, meine Augen zu öffnen. „Ich will keinen Antrag, nur damit du ein Baby bekommst. Wenn wir zu diesem Stadium kommen, möchte ich, dass du mich bittest, dich zu heiraten, weil du es nicht ertragen könntest, ohne mich zu leben."

„Ich verstehe." Er küsste meine Nasenspitze. „Nun, das ist wahrscheinlich jetzt schon so."

„Wahrscheinlich. Siehst du, du weißt es noch nicht und ich auch nicht. Zeit, Jett. Wir brauchen Zeit."

Er drehte sich um und schloss die Augen. „Verdammte Zeit!

Die Wurzel allen Übels. Gute Nacht. Ich werde dich jetzt in Ruhe lassen."

Ich wusste, dass ich recht damit hatte, kein Baby zu bekommen. Ich wusste, dass das, was ich sagte, vernünftig, rational und sogar sehr klug war. Aber Jett enttäuscht zu sehen war schwer zu ertragen.

Da war er und hätte entspannt einschlafen sollen. Stattdessen war sein Körper starr, seine Arme waren über der Brust verschränkt und seine Lippen bildeten eine harte Linie. Er war alles andere als entspannt.

Als ich neben ihm lag, konnte ich spüren, wie die Anspannung von ihm ausging. Ich hasste es.

Ich schmiegte mich an ihn, zog einen seiner Arme um mich und legte meinen Kopf auf seine breite Brust. „Ich liebe dich."

„Ich liebe dich auch." Er holte tief Luft. „Schlaf jetzt. Wir haben morgen einen harten Tag. Ich lerne deine Eltern kennen. Das wird seltsam werden."

„Ja, das wird es. Gute Nacht."

Er war eine Minute still. Aber sein Körper war nicht entspannt. Ich war mir nicht sicher, warum das so war, bis er flüsterte: „Falls du noch wach bist, nicke, wenn du dir vorstellen kannst, in nicht allzu ferner Zukunft über ein Baby zu sprechen."

Was sollte ich tun?

Ich könnte so tun, als würde ich schlafen. Er konnte sich nicht sicher sein, ob ich schlief oder nicht. Ich könnte nicken, aber wäre das mir selbst gegenüber fair?

Meine Pläne involvierten keine Babys. Zumindest in der nahen Zukunft. Ich wusste, dass ich eines Tages Kinder haben wollte. Nicht jetzt. Ich hatte noch ein Jahr am College vor mir. Und jetzt war auch noch Jett in meinem Leben. Eine Schwangerschaft und ein Baby zu dieser Arbeitsbelastung hinzuzufügen wäre dumm und wirklich schwierig.

Aber ich nickte. Ich nickte, weil ich von Anfang an Jett glücklich gemacht hatte. Dafür hatte er mich gekauft. Nur weil wir ein paar Worte gesagt hatten, die diese Tatsache verschwinden lassen sollten, war sie nicht aus meinem Gehirn gelöscht worden.

Mach, was Jett will. Mach ihn glücklich. Das ist dein Job.

Aber das sollte eigentlich nicht mehr mein Job sein. Wir dateten. Wir waren ein Paar, kein Dom und seine Sub. Doch da war es. Ich nickte, um ihn glücklich zu machen.

Und als er seufzte und mich fester hielt, fühlte ich mich großartig. Ich hatte ihn glücklich gemacht.

Braves Mädchen.

Aber ich hatte nicht das Gefühl, dass es für mich geistig gesund war, danach zu streben, ein braves Mädchen zu sein. Nicht, wenn es bedeutete, meine Träume und Wünsche beiseite zu stellen, um ihn oder irgendjemand anderen glücklich zu machen.

Ich musste tun, was für mich richtig war. Und das war, mein Studium zu beenden und meine Karriere voranzutreiben, bevor ich mich zu etwas anderem verpflichtete. Sei es eine Ehe oder ein Baby.

Jett Simmons würde sich bald mit einigen harten Tatsachen auseinandersetzen müssen. Meine Agenda war wichtig. Ich hatte viel vor. Er war ein Sommerprojekt, das meine finanzielle Lage verbessern sollte.

Es war schlimm genug, dass ich mich in einen Mann verliebt hatte, den ich nie hätte lieben sollen. Aber ich würde mein Leben nicht wegwerfen, indem ich mich dem Mann hingab.

Hier ist mein Körper, Jett. Mach damit, was du willst. Stecke mir einen Ehering an. Schenke mir ein Baby. Alles, was du willst.

Er schmiegte sich an mich und flüsterte: „Ich wünschte, es gäbe einen Weg, dir zu zeigen, wie sehr ich dich liebe. Ich wünschte, es gäbe einen Weg, uns sofort an den Ort zu bringen, der perfekt für alles ist, was ich mit dir haben möchte. Aber das ist nicht möglich. Alles, was ich tun kann, ist, dir die Worte zu sagen und zu hoffen, dass du sie glaubst. Wir haben beide Lügen erzählt, aber niemals einander. Ich werde dich niemals gehen lassen. Es sei denn, du zwingst mich dazu."

Ich versuchte, seine Worte nicht auf mich wirken zu lassen, aber ich scheiterte und küsste seine Brust. „Ich werde dich nie dazu zwingen, mich gehen zu lassen, Jett. Ich liebe dich. Und ich weiß, dass die Wartezeit schwer zu ertragen ist. Vor allem, wenn man so gelebt hat, als wäre man verheiratet. Aber ich will nicht erlöschen. Wir brennen zu heiß. Ich will nicht zu schnell verbrennen."

Er küsste mich auf den Kopf. „Ich weiß. Du hast recht. Ich bin verwöhnt."

Vielleicht war er verwöhnt. Vielleicht war er einfach zu sehr daran gewöhnt, zu bekommen, was er wollte, wann immer er es wollte. Geld machte das mit Menschen.

„Sprich nicht so über dich. Du bist nicht verwöhnt."

„Ich bin es, Asia. Und ich bin verdorben, obsessiv, zwanghaft und kontrollierend."

Ich hasste es, als er das tat. Er war so hart mit sich selbst. „Süß, fürsorglich, gutaussehend, lustig, wunderbar, großzügig."

„Ich bin sonst nicht so großzügig. Nur bei dir. So war ich noch nie bei jemand anderem. Bei dir bin ich ein besserer Mann. Ich weiß nicht, wie du diesen Mann in mir gefunden hast. Ich wusste nicht, dass er dort war. Ich war selbstbezogen, eigennützig und einfach egoistisch. Und es tut mir leid, dass ich versucht habe, dich zu bedrängen. Ich werde mich bemühen, das nicht mehr zu tun. Das ist der egoistische Mann in mir, der das macht."

Ich sah zu ihm auf und war traurig. „Es ist mir egal, was du sagst. Ich weiß, dass du ein guter Mann bist. Wir sollten schlafen gehen, weißt du. Das ist nicht die richtige Zeit zum Nachdenken."

„Ja, Mom." Er küsste mich süß auf die Lippen. „Ich gehe jetzt schlafen. Und obwohl ich weiß, dass ich das nicht sagen sollte, werde ich es trotzdem tun. Du wirst eine großartige Mutter sein. Wann immer du entscheidest, dass die Zeit dafür richtig ist."

Mit einem kleinen Lächeln legte ich meinen Kopf zurück auf seine Brust. Zuerst fühlte ich mich großartig. Ich dachte, wir hätten gute Fortschritte gemacht. Dann fühlte ich mich irgendwie schlecht. Irgendwie selbstsüchtig.

Ich dachte nicht wie ein Paar. Ich dachte wie ein Single, so wie ich es immer getan hatte. Seine Wünsche, Bedürfnisse und Meinungen waren genauso wichtig wie meine.

Ein Paar zu sein war schwer. Ich dachte, ich sollte mit meinen Schwestern darüber sprechen. Sie waren seit Jahren verheiratet. Sicherlich hatten sie einen guten Einblick in das Thema.

Aber ich konnte ihnen nicht sagen, dass Jett wollte, dass wir ein Baby bekamen. Nicht so bald. Sie würden ausflippen.

Ich war in einer schwierigen Lage. Ich brauchte Leute, mit denen ich reden konnte, durfte aber nicht verraten, was Jett und ich wirklich getan hatten und was dafür gesorgt hatte, dass wir uns so verdammt schnell so nahe gekommen waren.

Ich war todmüde und kurz vor dem Einschlafen gewesen. Jetzt war ich hellwach und dachte, ich hätte niemanden, mit dem ich darüber reden konnte.

Wie war ich in eine Situation geraten, die so schwer zu erklären war, ohne schreckliche Blicke und harte Worte zu bekommen? Meine Familie würde mir das nie verzeihen.

Was sollte ich jetzt tun?

32

JETT

Die Fahrt zum Haus von Spring und Max am nächsten Tag war schwer für mich. Asias Eltern waren eingetroffen und ich wollte sie kennenlernen. Der Gedanke, ihrem Vater und ihrer Mutter in die Augen zu sehen, wohlwissend, dass ich ihre Tochter gekauft hatte, verzehrte mich.

„Okay, also haben wir uns online kennengelernt, auf einer Dating-Seite." Ich drückte den Knopf, um das Fenster herunterzulassen. „Ich brauche frische Luft."

„Warum bist du so nervös, Jett?" Asia warf ihr Haar über ihre Schulter und sah mich an, als wäre ich verrückt. „Es sind nur meine Eltern. Sie sind nette Leute."

„Oh, ich bin mir sicher, dass sie das sind. Und ich bin nicht nett. Ich bin ein Mann, der ihre Tochter von einem verdammten BDSM-Club gekauft hat." Ich wischte mir den Schweiß von der Stirn.

„Das werden sie nie erfahren. Hör auf, dir Sorgen zu machen." Sie griff in ihre Handtasche, zog ein paar Taschentücher heraus und wischte mir damit über die Stirn. „Ich habe dich noch nie so gesehen."

Ich warf ihr einen Seitenblick zu und spürte einen Knoten in meinem Bauch. „Die Schuldgefühle setzen mir zu. Ich kann sie nicht aufhalten."

Ich wollte nicht zu diesem Haus gehen. Ich wollte weiterfahren, bis wir wieder zu Hause waren. Unser Zuhause, der Ort, an dem Asia und ich ganz allein sein konnten und niemandem begegnen mussten, wenn wir es nicht wollten. Ein Ort, an dem wir uns verstecken konnten. Ein Ort, an dem ich mich sicher bei ihr fühlte.

Warum hatten wir uns unter Umständen getroffen, von denen niemand etwas wissen durfte? Warum hatte ich nach einer Scheinehefrau gesucht? Warum hatte ich mir eine Sub genommen? Warum war ich so verdammt schlecht?

„Jett, lass dich nicht von Schuldgefühlen überwältigen. Du warst so nett zu mir. Du bist der am wenigsten dominante Dom, von dem ich je gehört habe."

„Es ist wirklich sehr verletzend, so etwas zu hören. Ich war ein guter Dom. Ich war streng, streng wie die Hölle, und ich habe mich nie emotional mit meinen Subs oder den Frauen im Club, mit denen ich Sessions hatte, befasst."

„Das ist alles vorbei. Du brauchst das nicht mehr, seit du die Liebe gefunden hast." Sie schaute aus dem Fenster und bemerkte, dass ich direkt am Haus ihrer Schwester vorbeifuhr. „Jett, halt! Es ist genau hier."

Ich trat auf die Bremse. „Oh." Ich fuhr zurück, parkte neben dem Bordstein und zögerte, bevor ich ausstieg. Meine Hände umklammerten das Lenkrad.

Asia streckte die Hand aus und legte sie auf meine Hand. „Es wird alles gutgehen, Jett. Ich verspreche es dir."

Der Klang ihrer Stimme war überzeugend. Die Berührung ihrer Hand beruhigte mich. Die Schuldgefühle zogen sich etwas zurück. „Ich kann das schaffen, oder? Ich kann deinen Eltern in die Augen sehen. Ich habe dich nie verletzt. Ich habe dich nie dazu gebracht, dich kontrolliert oder beherrscht zu fühlen. Ich war gut zu dir."

Sie nickte. „Ja, du warst sehr gut zu mir. Du kannst ihnen gegenübertreten. Du hast mich nie verletzt, Jett. Du hast nur nette Dinge für mich getan."

Ich schluckte hart. „Ich habe dich zum Lügen gebracht."

„Ich finde das nicht so schlimm. Du hattest deine Gründe dafür. Und sie müssen nichts von all dem Chaos wissen. Hier, bei meiner Familie, sind du und ich die echten Versionen von uns. Du kannst dich bei ihnen frei und leicht fühlen. Du musst ihnen nichts vortäuschen. Komm schon. Es wird gutgehen."

Nickend musste ich ihr zustimmen. „Danke. Das hilft mir sehr, Baby. Komm, lass uns reingehen."

Als wir aus dem Wagen stiegen, wurde die Haustür aufgerissen und Asias Mutter stürzte heraus, um uns zu begrüßen. „Da ist ja mein kleines Mädchen!"

Asia war in den Armen ihrer Mutter gefangen, während ich darauf wartete, dass ihre Umarmung endete. Dann war ich in den Armen ihrer Mutter gefangen. „Hallo", sagte ich überrascht.

„Hallo!" Ihre Mutter ließ mich los und hielt mich auf Armeslänge, um mich anzusehen. „Meine Güte, Asia, du hast dir einen Gewinner geschnappt!"

Asia lachte und zog mich von ihrer Mutter weg. „Ja, das habe ich. Wie geht es meinem kleinen Neffen heute, Mom?"

„Großartig. Er schläft." Ihre Mutter folgte uns hinein und schloss die Tür hinter uns.

Auf dem Sofa saß ein großer Mann mit muskulösen Armen. Er wollte aufstehen, aber ich trat schnell zu ihm. „Hallo. Sie müssen Mr. Jones sein. Ich bin Jett Simmons, Sir. Es ist mir eine Ehre, Sie und Ihre reizende Frau kennenzulernen." Ich schüttelte ihm die Hand und versuchte, nicht nervös zu werden.

„Jett, schön, dich kennenzulernen." Er nickte seiner Tochter zu. „Asia, du siehst gut aus."

Sie lächelte und umarmte ihren Vater. „Daddy, du auch."

„Asia, kannst du hierherkommen?", rief ihre Schwester aus dem Schlafzimmer.

„Ich komme." Sie küsste meine Wange, eilte davon und ließ mich ganz allein bei ihren Eltern zurück, die mich musterten.

„Du trainierst bestimmt", sagte ihre Mutter.

Ich setzte mich auf den Stuhl in der Ecke. „Ja. Jeden Morgen."

„Hat dir jemand beigebracht, wie man das macht?", fragte ihr Vater.

„Ich habe einen Personal Trainer, mit dem ich in Los Angeles zusammenarbeite. Ich folge seinem Programm." Ich überkreuzte meine Beine und legte meine Hände auf mein Knie. Ich war nicht sicher, worüber ich reden sollte.

„Max war Trainer an der High-School", sagte ihre Mutter und schaute dann in den Flur.

„Ja, das hat er gestern erwähnt." Ich schaute auch auf den Flur und hoffte, dass irgendjemand kommen und diese unangenehme Unterhaltung unterbrechen würde.

Ihr Vater rutschte herum und versuchte, es sich auf dem alten Sofa bequem zu machen. „Ich frage mich, ob er Personal Trainer werden könnte."

„Warum nicht? Wenn er sich mit dem menschlichen Körper und all seinen Muskeln auskennt, ist er ein großartiger Kandidat für diesen Job." Ich dachte, ich hörte, wie sich die Schlafzimmertür öffnete, und hob den Kopf, während ich betete, dass jemand zu uns stoßen würde.

Ihre Mutter flüsterte: „Du solltest Max davon erzählen, Jett. Er braucht Hilfe bei der Arbeitssuche. Ich wette, er würde dir zuhören."

„Sicher, ich werde etwas dazu sagen."

Dann öffnete sich die Tür, Asia kam mit dem Baby heraus und mein Herz machte einen Sprung. „Er ist wach, Jett. Du kannst seine Augen sehen." Sie kam direkt zu mir und ich stand auf, um das niedliche Baby anzuschauen.

„Hi, Ray. Es ist schön, dich wiederzusehen." Ich fuhr mit dem Finger über sein winziges Kinn, während er mich mit mandelförmigen Rehaugen ansah. „Er hat die Augen der Jones-Familie."

„Die hat er wirklich", stimmte ihre Mutter zu.

„Er ist ein hübsches Kind", fügte ihr Vater hinzu.

Ich traf Asias Augen, als sie von ihrem Neffen aufblickte. „Er ist das erste Baby mit diesen Augen. Bows Kinder sehen aus wie ihr Vater."

Ich küsste sie und flüsterte: „Ich frage mich, wie unsere Kinder aussehen werden."

Röte bedeckte ihre Wangen und ließ mein Herz schneller schlagen.

Mach langsam, Jett!

33

ASIA

„Wir können etwas zum Grillen besorgen, Max. Glaubst du, du kannst Feuer in der Grube im Hinterhof machen?", fragte ich meinen Schwager. Die Abendessenszeit näherte sich, und es galt, ein Haus voller Leute satt zu bekommen.

„Natürlich. Lass mich etwas Bargeld für euch holen, damit ihr etwas kaufen könnt."

Bevor er zwei Schritte machen konnte, hielt Jett ihn auf. „Ich übernehme das. Kein Problem. Wie wäre es mit ein paar Bier dazu?"

„Das ist nett von dir. Ich würde gerne ein paar Bier mit dir trinken. Wenn wir zurückkommen, bringe ich dir bei, wie man ein perfektes Hühnchen brät." Max gab Jett eine High-Five und ich musste lächeln.

Jett kam gut mit meiner Familie aus. Und als er etwas darüber erwähnte, dass Max eine Art Personal Trainer werden könnte, war ich überrascht darüber, wie begeistert Max von der Idee war.

Als wir zum Supermarkt gelangten, schob Jett den Einkaufswagen, während ich Sachen aus dem Regal nahm. „Ich bin gerne bei dir zu Hause, Asia. Ich mag alles, was wir zusammen machen. Und ich mag deine Familie."

„Sie mögen dich auch, Jett." Ich log nicht. Meine Eltern fanden ihn großartig. Genauso wie meine Schwester und Max. Sogar das Baby fühlte sich in seinen Armen wohl.

Er trat neben mich und stieß meine Schulter mit seiner an. „Es fühlt sich natürlich an, oder?"

Ich lächelte ihn an und strich mit meiner Hand über seine Wange. „Ja."

„Ja." Er betrachtete mich mit weichen Augen. „Ich könnte das immer und immer wieder zu dir sagen, meine kleine Asia."

Ich wusste, worauf er hinauswollte. Eine Ehe. Eine echte Ehe.

Aber darauf wollte ich heute nicht eingehen. Ich wollte eine schöne Zeit mit meiner Familie verbringen. Am nächsten Tag würden wir zurück nach Hause fahren, um uns auf sein High-School-Treffen in Jersey vorzubereiten.

Zurück zu einem Abend voller Lügen. Ich freute mich nicht darauf. Dann würde es noch eine Hochzeit geben, auf der wir auch lügen mussten.

Wenn wir zusammenblieben, würden wir irgendwann mit der Wahrheit herausrücken müssen. Aber darüber wollte ich noch nicht sprechen. Ich wollte, dass sich erst alles beruhigte.

Die Dinge waren so verdammt kompliziert. Vielleicht zu kompliziert, um sie wieder in Ordnung zu bringen. Ich war mir nicht sicher, wie die Leute uns betrachten würden, wenn die Wahrheit herauskäme.

Ich dachte, dass eine angebliche Scheidung gefolgt von einer Wiederheirat vielleicht bei seiner Familie funktionieren würde. Aber wir würden immer Probleme damit haben, unsere Familien zusammenzubringen. Etwas, woran beide Elternpaare interessiert waren.

Das war das Erste, was meine Mutter zu mir gesagt hatte –

dass sie seine Eltern treffen wollte. Und seine Eltern wollten meine treffen. Ich wusste nicht, wie wir damit umgehen sollten.

Es war ein einziges Chaos.

So sehr ich auch wollte, dass die Dinge funktionierten – ich wusste, dass es sehr unwahrscheinlich war. Es wäre sicherlich einfacher, nach der letzten Veranstaltung auseinanderzugehen und uns zu trennen. Die Lüge war zu groß, um sie zu überwinden.

Mein naives Herz sagte mir, dass alles überwunden werden konnte. *Die Wahrheit wird dich freimachen.*

Das mochte sein, aber diese Freiheit würde einen hohen Preis haben. Niemand würde Jett oder mich je wieder auf die gleiche Weise betrachten.

Als wir an der Kasse standen, schlang Jett die Arme um mich und küsste mich auf die Seite meines Kopfes. „Ich denke, ich würde gerne etwas für deine Schwester und ihre kleine Familie tun, Asia. Denkst du, es wäre zu viel, ihnen ein Haus zu schenken?"

Ich verschluckte mich an dem Lachen, das aus mir herauskam. „Jett, das ist viel zu viel!"

Er nickte. „Ja, ich hatte Angst, dass du das sagen würdest. Aber ich habe das Gefühl, dass ich etwas tun könnte, um ihnen zu helfen, aus dem Loch herauszukommen, in dem sie feststecken. Ich bin niemand, der normalerweise über solche Dinge nachdenkt."

„Meine Familie braucht kein Geld von dir." Ich war zunehmend beleidigt. „Arm zu sein ist nicht so schlimm, wie es scheint."

„Ich habe es nicht so gemeint." Er ließ mich los und begann, den Inhalt unseres Einkaufswagens auf das Band zu laden. „Ich halte mich zurück. Es tut mir leid."

Ich war wütend und nicht sicher, warum das so war. Jett hatte Geld, meine Familie nicht. Er war nett. Warum war ich so wütend? Und wer war ich, ihm zu sagen, dass er etwas nicht tun konnte?

Aber ich sagte kein Wort. Ich hielt den Mund. Es war viel zu kompliziert, um darüber zu sprechen oder es zu verstehen. Ich wollte nicht, dass Jett zu sehr mit meiner Familie verflochten war. Ich wusste schließlich nicht, was aus uns werden würde.

Einer Schwester ein Haus zu kaufen bedeutete, dass er bald auch eines für meine andere Schwester kaufen würde. Mom und Dad würden auch eines bekommen und das würde mich für immer in der Schuld des Mannes stehen lassen.

Nein, es war das Beste, nichts zu tun. Er sollte überhaupt nichts für meine Familie kaufen. Das war es.

Als wir die Lebensmittel in das Auto luden, bemerkte ich, wie still Jett geworden war, und ich fühlte mich schlecht deswegen. „Hey, du weißt, dass ich dich liebe, oder?"

Er nickte und schloss den Kofferraum. „Ja. Und du weißt, dass ich keine deiner Grenzen überschreiten wollte, oder?"

Mit einem leisen Lachen stieg ich ins Auto und er folgte mir. „Es war eine Grenze, von der ich selbst nicht wusste, dass ich sie hatte. Aber sie ist da. Definitiv."

„Okay." Er startete den Wagen. „Keine großen Geschenke für deine Familie. Verstanden."

Ich nickte, als er den Parkplatz verließ und zurückfuhr. Vielleicht lag ich falsch, aber die Entscheidung fühlte sich richtig an. Es war nicht gut, Jett zu sehr mit meiner Familie in Kontakt zu bringen.

Es war einfach zu riskant.

Jett

Auf der Fahrt nach Maplewood, New Jersey, hielt ich Asias Hand. Wir mussten wieder lügen, auch wenn wir uns dabei nicht wohlfühlten. Die Sonne hing tief am Himmel, als ich an den Ort fuhr, den wir unser Zuhause genannt hatten, bevor wir reich geworden waren. Es war ein bescheidenes Haus mit zwei

Schlafzimmern und Holzwänden, das einst weiß gestrichen gewesen war und jetzt hellgelb. „Das ist es, Asia. Dort bin ich aufgewachsen."

„Wow. Du bist weit gekommen. Verrückt, was?" Sie schüttelte den Kopf, als sie das kleine Haus betrachtete. „Und alles nur, weil deine Mutter ein tolles Rezept entwickelt hat und dein Vater herausgefunden hat, wie man es verkauft. Der amerikanische Traum."

Die Erinnerungen, die das alte Haus geweckt hatte, füllten meinen Kopf. Bald würde ich Leute sehen, mit denen ich aufgewachsen war. Leute, die mich kannten, bevor ich der Mann wurde, der ich heute war.

Ich hatte mich lässig angezogen und wollte nicht auf meine finanzielle Situation aufmerksam machen. An diesem Abend wollte ich einfach der alte Jett von früher sein.

Asia hakte sich bei mir unter. „Fühlst du dich ein bisschen melancholisch?"

Der Verlobungsring und der Ehering an ihrem Finger erregten meine Aufmerksamkeit. Ich nahm ihre Hand und küsste die Ringe. „Ja. Und ich habe das Gefühl, dass sich die Dinge ändern müssen. Ich bin ein Schwindler, Asia. Ein riesiger Schwindler."

Sie schaute auch auf die Ringe und seufzte. „Wenn ich wüsste, was du tun sollst, würde ich es dir sagen. Aber ich weiß es nicht. Nicht ohne uns wie Lügner aussehen zu lassen."

„Das bin ich ja auch. Du aber nicht. Ich habe dich erst dazu gebracht, zu lügen." Ich sah nach unten, während ich den Kopf schüttelte.

Ich musste mich von den Lügen befreien. Aber ich hatte keine Ahnung, wie ich das erreichen sollte, ohne alles noch schlimmer zu machen.

So schwer es auch war, darüber nachzudenken – das Einzige, was funktionieren würde, war mein ursprünglicher

Plan. Eine angebliche Scheidung. Das würde bedeuten, Asia für eine gewisse Zeit alleinzulassen. Und das wollte ich nicht.

Als ich vor der Turnhalle meiner alten High-School anhielt, sah ich Leute durch die Doppeltür gehen, die ich kaum erkannte. „Verdammt, wir sind alle so alt geworden."

„Es ist erst zehn Jahre her, Jett. Ihr seid noch jung. Komm schon. Ich kann es kaum erwarten, deine alten Freunde kennenzulernen. Ich wette, sie haben alle möglichen Geschichten zu erzählen." Asia stieg aus dem Auto und sah aufgeregt aus.

Ich stieg aus und fühlte mich deprimiert.

Wir gingen Hand in Hand auf die Tür zu, während ich mich auf das vorbereitete, was kommen würde. Eine Frau, die ich nicht kannte, deren Namensschild sie aber als Julie identifizierte, saß an einem kleinen Tisch. „Hi, Jett. Es ist lange her, dass ich dich gesehen habe. Und das ist wohl deine Frau. Tragt euch hier ein und schreibt eure Namen auf die Namensschilder dort. Ihr könnt sie an eure Kleidung heften, so wie ich auch."

„Hallo, Julie. Wie geht es dir?" Ich hatte keine Ahnung, wer zum Teufel sie war. Aber ich wusste, dass ich mit ihr zur Schule gegangen war. Ich war damals vermutlich auch schon ziemlich selbstzentriert gewesen.

Nachdem wir unsere Namensschilder korrekt angebracht hatten, gingen wir durch die nächste Tür und fanden verschiedene Leute vor, die in kleinen Gruppen herumstanden. „Wow, so sieht also ein Klassentreffen aus." Asia schaute sich um. „Irgendwie deprimierend. Genau wie damals in der High-School, hm? Jeder ist in seiner alten Clique."

Sie hatte recht. Meine kleine Gruppe war um den Punschtisch versammelt. „Komm. Da drüben sind meine Leute und trinken Punsch, der bestimmt schon mit Hochprozentigem angereichert worden ist." Ich nahm Asia an der Hand und führte sie zu meinen alten Freunden.

„Hey, Jett!", rief eine vertraute Frauenstimme.

„Verdammt", murmelte ich und drehte mich dann um. „Sandy."

Meine einstige Freundin machte sich auf den Weg zu mir. Sie hatte zugenommen und wurde von einem Mann begleitet, der bereits kahlköpfig war. „Und wer ist sie?", flüsterte Asia.

„Meine High-School-Freundin."

„Oh wow!"

„Ja."

Sandy lächelte, als sie zu mir kam, eine Umarmung verlangte und mir einen Kuss auf die Wange gab. „Oh, Jett, du siehst so gut aus."

„Du auch, Sandy." Angesichts all der Lügen, die ich an diesem Abend erzählen würde, kam es auf eine mehr nicht an.

„Danke. Das ist Doug, mein Ehemann. Und wer ist das?"

Ich legte meinen Arm um Asia. „Das ist Asia, meine Frau."

Asia nickte ihnen zu. „Freut mich, euch kennenzulernen, Sandy, Doug."

Sandys Gesicht erstarrte. „Ich habe nicht gehört, dass du geheiratet hast. Wann ist das passiert?"

„Zu Beginn des Sommers." Ich blickte an ihr und ihrem Ehemann vorbei, um zu sehen, wie meine früheren Kumpels alberne Gesten machten. Sie fanden es wohl amüsant, dass meine ehemalige Freundin sich vor mir aufgebaut hatte.

Idioten.

„Oh, also seid ihr beide frisch verheiratet?", fragte Sandy lächelnd. „Herzlichen Glückwunsch. Doug und ich sind seit Jahren verheiratet. Ich habe ihn gleich nach der High-School kennengelernt. Wir haben vier Kinder." Sie klopfte Doug auf die Schulter, als hätte er eine große Leistung vollbracht. „Wir lieben unsere Familie. Doug, hol dein Handy und zeige Jett unsere Kinder."

Der pflichtbewusste Ehemann nahm sein Handy heraus und reichte es mir. „Dave, Donald, Davin und Darla. Das sind sie."

Ich schaute das Foto an und gab ihm sein Handy zurück. „Hübsche Kinder, die ihr da habt." Ich wies mit dem Kinn zu meiner Gruppe. „Sieht so aus, als ob meine Kumpels mich rufen. Es hat mich gefreut, dich wiederzusehen, Sandy. Ich bin froh, dass es dir gutgeht."

„Ich habe mich auch gefreut, Jett. Schön, dich kennenzulernen, Asia."

Als ich wegging, empfand ich Erleichterung darüber, dass es vorbei war. „Sie ist nett." Asia sah über ihre Schulter zu Sandy zurück. „Warum habt ihr euch getrennt?"

„Sie hat versucht, mich in die Ehe zu zwingen, indem sie Löcher in meine Kondome gestochen hat."

„Oh, verdammt!", lachte Asia. „Wow. Gibt es wirklich Leute, die das tun?"

„Sie hat es getan. Für mich war es ein Glück, dass ich es bemerkte, bevor irgendetwas passierte, das mein Leben ruiniert hätte." Ich trat zu den Leuten, die ich einst Freunde genannt hatte. „Hey, danke für die Unterstützung, Jungs."

„Was?", fragte Josh lachend. „Hat Sandy dich überfallen, Alter?"

„Kann man so sagen." Ich nahm den Punsch, den er mir reichte, als ein anderer alter Freund mir auf die Schulter klopfte. „Hey, Todd. Wie geht's?"

„Wie immer. Und dir? Ist das deine Frau?" Todd reichte ihr auch etwas zu trinken.

„Oh ja. Asia, das sind meine ältesten Freunde. Das ist Josh, das ist Todd und die beiden da drüben sind Larry und Clyde. Jungs, das ist Asia."

Sie lächelte sie alle an. „Ich wette, ihr habt großartige Geschichten über diesen Kerl hier. Ich bin bereit, sie alle zu hören."

Josh zog seine Frau von der Punschschüssel und ihrer Plauderei mit den anderen Frauen weg. „Das ist Tammy, Asia. Meine

Frau. Sie hat jahrelang versucht, Jett zu verkuppeln. Aber sie hat nie jemanden gefunden, der so hübsch ist wie du."

Tammy schüttelte Asias Hand. „Es ist schön, dich kennenzulernen, Asia. Ich weiß nicht, wie du es geschafft hast, dass dieser Typ dich heiratet, aber du musst eine schlaue Frau sein. Ich konnte ihn nicht einmal dazu bringen, jemanden zu daten."

„Ja, er ist sehr wählerisch." Asia legte ihren Arm um mich und ich küsste sie auf die Wange.

„Ich bin wirklich wählerisch. Als ich sie gefunden habe, habe ich aber nicht gezögert, sondern sie sofort geheiratet."

Tammy nickte. „Habt ihr schon Pläne für Kinder?"

„Ja", sagte ich.

„Nein", sagte Asia.

Alle außer mir lachten. Ich wollte ein Baby. Ich wollte so sehr ein Baby mit Asia, dass ich an fast nichts anderes denken konnte. Und sie hatte mich damit abblitzen lassen.

Josh zeigte mir Bilder seiner beiden Kinder und glühte vor Stolz. Die anderen Jungs hatten auch alle Kinder. Ich war der Einzige mit einer Scheinehefrau und ohne Kinder. *Ich war erbärmlich.*

Die Lichter wurden gedimmt und Musik begann zu spielen. Ich zog Asia auf die Tanzfläche, um von den anderen wegzukommen. „Du musstest nicht so ehrlich über die Sache mit den Kindern sein, Asia."

„Tut mir leid, es ist einfach so aus mir herausgeplatzt."

„Siehst du nicht, dass alle hier Frauen und Kinder haben, nur ich nicht? Es ist peinlich. Demütigend."

„Sei nicht so dramatisch. Ich bin mir sicher, dass einige Leute hier kinderlos und unverheiratet sind. Es besteht keine Eile, das alles zu machen, Jett."

„Wenn nicht, warum fühlt es sich dann so an? Warum fühle ich mich so, als hätte ich mein ganzes Leben falsch geführt und Dinge verpasst, die meine Freunde bereits erlebt haben?"

„Du wirst auch eines Tages diese Erfahrungen machen." Sie lehnte ihren Kopf an meine Schulter. „Zeit, Jett. Erinnerst du dich?"

„Oh ja, wie könnte ich die Zeit vergessen, die du so sehr willst."

Ich war wütend. Verletzt. Und fühlte mich erschöpft.

Ich hatte das Gefühl, etwas tun zu müssen. Ich wollte ohnehin, dass es endete. Die Lüge, die Liebe, etwas musste enden.

Ihre Hand bewegte sich um meinen Nacken, als sie mir in die Augen sah. „Wir müssen noch eine Veranstaltung durchstehen, Jett. Dann werden du und ich uns hinsetzen und herausfinden, was wir machen."

Ich hatte keine Ahnung, wann ich die Kontrolle verloren hatte. Aber ich hatte sie verloren. Asia erzählte mir, wie es sein würde. Und ich stolperte hinter ihr her.

„Asia, das gefällt mir nicht."

„Mir auch nicht."

„Nein, ich meine, es gefällt mir nicht, wenn du so tust, als ob du hier das Kommando hast. Ich habe immer noch das Kommando." Es hätte nicht nötig sein sollen, ihr das zu sagen. „Wir haben immer noch einen Vertrag."

„Ja. Und ich mache, was du willst."

Eine Macht drängte mich, die ich nicht kontrollieren konnte. Ich zog Asia aus der Turnhalle, weg von allen. Ich führte sie zum Footballfeld und lehnte sie gegen den Zaun, der es umgab. „Ich möchte vielleicht, dass du einem weiteren Vertrag mit mir einwilligst. Einem mit mehr Bestimmungen. Diese Freiheitssache passt nicht gut zu mir. Ich will dich, Asia. Es würde mehr Geld für dich bedeuten, wenn du zustimmst."

Ihre sanften Hände streichelten mein Gesicht, als sie mich mit Liebe in ihren Augen ansah. „Jett, ich werde nie wieder Verträge mit dir oder irgendjemand anderem abschließen. Du hast mich gelehrt, dass ich nicht die Art von Frau bin, die so leben kann. Ich will nicht noch mehr von deinem Geld. Ich will bei dir sein, aber ich will frei sein. Frei, mit dir zu unseren eigenen Bedingungen zusammen zu sein. Nicht zu Vertragsbedingungen. Verstehst du?"

Ich verstand es. Und ich wusste in diesem Moment, dass sie perfekt für mich war.

Ich begriff es erst, als sie mir die richtige Antwort gab. Asia benutzte mich nicht für mein Geld. Sie wollte mein Herz, mehr nicht.

Ich hielt ihr Kinn und fuhr mit dem Daumen über ihre Lippen. „Asia, du bist die Richtige für mich."

Sie war perfekt. Ich wusste, dass ich alles tun würde, um sie zu meiner richtigen Ehefrau zu machen. Sie hatte keine Chance, nicht wirklich Mrs. Jett Simmons zu werden.

34

ASIA

Die Nacht war lang und voller lustiger Geschichten über Jett und seine Freunde gewesen. Ich hatte das Gefühl, Jett um einiges besser zu kennen, nachdem ich die Leute getroffen hatte, die er in seinen jüngeren Tagen als Freunde bezeichnet hatte. Ich hatte auch das Gefühl, dass Jett unsere Beziehung übereilte, was ich für unklug hielt.

Noch etwas, das ich unserer Scheinehe anlasten konnte.

Als wir am nächsten Tag nach Hause fuhren, war Jett in einer ungestümen Stimmung. „Wenn ich dich zum Flughafen bringe und wir nach Las Vegas abhauen, was würdest du denken?"

„Das mache ich heute nicht, Jett."

Er sah mich an, während er vor einer Ampel stand. „Weißt du, es gibt jede Menge Frauen, die die Chance nutzen würden, einen gutaussehenden Milliardär zu heiraten."

„Das weiß ich." Ich strich mit der Hand über seine Schulter. „Aber du liebst keine von ihnen. Du liebst mich. Und ich will es langsam angehen." Mein Handy klingelte und ich sah den Namen meiner Mutter auf dem Bildschirm. „Es ist Mom." Ich ging ran. „Hi, Mom."

„Hey, Kleine. Rate, wo dein Vater und ich zufällig sind?"

„Wo?"

„In Harrison. Wir dachten, wir könnten bei euch vorbeikommen."

„Oh, ich verstehe." Ich sah Jett an und er lächelte.

„Sag ihnen, dass wir in etwa 30 Minuten zu Hause sind und ihnen die Adresse schicken."

Ich konnte sehen, dass er sich über ihren Besuch freute. „Mom, ich schicke dir die Adresse. Gib uns eine halbe Stunde, um nach Hause zu kommen."

„Sicher. Bye."

Ich legte mein Handy weg und kniff mir in den Nasenrücken. „Das gefällt mir nicht."

„Was? Deine Eltern kommen vorbei. Ich liebe es. Es bedeutet, dass sie ein gutes Gefühl haben, was unsere Beziehung betrifft. Denkst du das nicht?" Er strich mit der Hand über mein Knie.

„Bald wissen sie, wie viel Geld du hast und dass du mir ein Auto und teure Kleidung gekauft hast. Jett, das ist schlecht."

Ich konnte nicht verstehen, warum er das nicht begriff. Es würde jede Menge Fragen geben, und all unsere Antworten würden Lügen sein. Improvisierte Lügen. Wir mussten daran arbeiten, unsere Antworten aufeinander abzustimmen.

„Es ist okay, Baby. Sag ihnen einfach die Wahrheit über alles. Dass ich dich gebeten habe einzuziehen. Dass ich dir ein Auto und etwas zum Anziehen gegeben habe. Du musst ihnen nicht sagen, dass das Haus dir gehört." Er gab meinem Bein einen Klaps, ähnlich wie bei einem Hund.

Vielleicht hatte er recht. Vielleicht würden sie nicht allzu sehr ausflippen. Wir hatten bereits gesagt, dass wir den Sommer zusammen verbringen würden. Aber ich hatte keine Ahnung, wie sie darauf reagieren würden, dass Jett unheimlich reich war und ich nichts davon gesagt hatte.

Sie wussten nicht, dass wir in einem Privatjet nach South Dakota geflogen waren. Das Auto, das Jett gemietet hatte, war ein typischer Kleinwagen. Nichts Besonderes. Wir trugen Shorts und T-Shirts. Nichts Teures. Ich wusste, dass sie schockiert sein würden.

Als sie Jett gefragt hatten, was er beruflich machte, spielte er es herunter, indem er sagte, er sei im Management. Das könnten meine Eltern als Lüge interpretieren. Wir würden es bald herausfinden.

„Mein Bauch tut weh", jammerte ich.

„Es wird alles funktionieren." Jett grinste. „Wenn ich nervös bin, bist du es nicht. Und umgekehrt. Das ist lustig."

„Nichts ist lustig, wenn mir der Bauch wehtut. Ich weiß nicht, ob es die Aufregung oder dieser verdammte Punsch ist, den wir letzte Nacht getrunken haben, aber ich habe Krämpfe." Ich hielt meinen armen Bauch den ganzen Weg nach Hause und rannte ins Badezimmer, sobald wir dort ankamen.

Ich übergab mich umgehend und schob meine Übelkeit auf den Punsch. Dann spülte ich meinen Mund aus und ging zu Jett, der unsere Taschen ins Schlafzimmer trug. „Deine Freunde haben mich vergiftet."

„Hier, leg dich hin, Baby." Er kam zu mir und stützte mich, als er mich zum Bett brachte. „Hast du Kopfschmerzen, von denen du mir nichts erzählt hast? Anzeichen für einen Kater?"

„Nein. Es hat mich plötzlich erwischt. Mein Bauch tut jetzt nicht mehr weh. Ich fühle mich ein wenig schwach, aber die Krämpfe sind weg." Ich strich mit meiner Hand über meinen Bauch. „Vielleicht musste ich einfach den verdammten Punsch loswerden."

„Ich hole dir etwas Ginger-Ale. Das könnte helfen." Er ging weg und ich setzte mich auf, als die Klingel des Tors ertönte. Er lächelte mich an. „Sie sind hier."

Ich seufzte und stand auf. Offenbar hatte ich keine Zeit, mich auszuruhen. „Mist."

Jett umarmte mich. „So sollte es sich nicht anfühlen, wenn deine Eltern vorbeikommen. Soll ich etwas zum Mittagessen bestellen?"

„Ich denke schon."

„Ich werde das tun, während du sie unterhältst. Führe sie herum." Jett drückte meine Schultern. „Lade sie ein, heute Nacht zu bleiben."

„Bist du dir sicher?" Ich schüttelte den Kopf.

„Natürlich bin ich mir sicher. Ich möchte, dass sie sich hier zu Hause fühlen." Wir gingen zu dem Keypad im Wohnzimmer, und er gab den Code des Tors ein und öffnete die Haustür.

Wir standen da und warteten darauf, zu sehen, wie der alte Buick meiner Eltern die Auffahrt heraufkam. „Wenn sie ausflippen, sage ich, dass wir ihnen genau deshalb nicht gesagt haben, dass du reich bist. Ich fühle mich schon besser deswegen."

„Gut." Er umarmte mich fest. Dann lösten sich seine Arme. „Verdammt. Es sind *meine* Eltern."

Direkt hinter dem BMW von Jetts Eltern befand sich das alte Auto meines Vaters. „Verdammt! Jett, was zum Teufel sollen wir jetzt machen?"

„Weglaufen."

„Warum sind wir an die Tür gekommen? Wir hätten uns im Haus vor ihnen verstecken können." Ich bekam keine Luft. Mein Herz hatte aufgehört zu schlagen.

Ich schaute auf meine Hand und erkannte, dass wir immer noch unsere Eheringe trugen. Es gab nur eines zu tun. Es war nicht leicht, aber wir hatten keine Wahl.

Es gab keine Zeit zum Nachdenken oder zur Flucht nach Kanada, wo sie uns nie finden würden. Also holte ich tief Luft und winkte ihnen mit einem glücklichen Lächeln auf meinem

Gesicht zu. Dann nahm ich Jetts Hand in meine und trat vor.
„Folge meiner Führung, Jett."

„Okay. Scheiße, ich hoffe, du hast etwas Tolles geplant."

35

JETT

Jeder Schritt, den wir zu den Leuten machten, die unterschiedliche Geschichten von uns kannten, war quälend. Meine Ohren dröhnten, mir war schlecht und ich konnte überhaupt nicht denken. Asia aber anscheinend schon.

Sie nahm meine Hand und zerrte mich hinter sich her, während sie sich offenbar in Rekordgeschwindigkeit einen Plan überlegte. Meine Eltern stiegen aus dem Wagen. „Hi! Was für eine Überraschung." Asia ließ meine Hand los und umarmte meine Mutter. „Okay, ich muss ein Geständnis machen."

Meine Knie wurden schwach.

Was machte sie da?

Mom zog die Augenbrauen hoch. „Worüber, Liebes?"

„Die Leute hinter euch sind meine Eltern. Und ich habe Jett dazu gebracht, für mich zu lügen. Es tut mir wirklich leid." Asia hielt die Hände meiner Mutter. „Ich weiß, wir haben euch gesagt, dass sie von unserer Ehe wissen. Sie wissen aber nichts davon. Ich habe zu viel Angst gehabt, es ihnen zu sagen."

Mom lächelte. Es hatte funktioniert. Meine Mutter liebte es, über Geheimnisse Bescheid zu wissen. „Ich verstehe dich vollkommen. Es kam ziemlich unerwartet."

„Danke für dein Verständnis. Es bedeutet die Welt für mich." Ich war erleichtert und konnte endlich Luft holen. Ich beobachtete, wie Asias Eltern aus dem Auto stiegen, und lief auf sie zu, um sie zu begrüßen. „Hi. Wir haben heute ein paar Überraschungsgäste. Meine Eltern sind ebenfalls vorbeigekommen. Also werden sich alle kennenlernen können."

Asia brachte meine Eltern mit, um alle einander vorzustellen. Ich musste es ihren Eltern lassen, dass sie beim Anblick des luxuriösen Hauses nicht ausflippten. Ihre Mutter sah sich um. „Das ist sehr nett, Jett. Du hast es weit gebracht, nicht wahr?"

„Nun, meine Eltern können euch sagen, warum wir erfolgreich geworden sind." Ich drehte mich um, um Asias Hand zu nehmen, als sie neben mich trat.

Sie griff mit der linken Hand nach meiner rechten Hand und hielt unsere verschlungenen Hände hoch. Ihre Ringe glitzerten in der Sonne und ließen mich fast ersticken. Dann sagte sie etwas, das mich benommen machte. „Okay, ihr habt uns erwischt. Mom, Dad ... Jett wollte es euch gleich sagen, aber ich habe ihn nicht gelassen. Ich hatte Angst davor, wie ihr reagieren würdet. Er und ich haben am 1. Juni in Las Vegas geheiratet."

„Asia", zischte ich. „Nein."

Sie sah mich lächelnd an. „Es ist okay, Jett. Ich bin bereit, ihnen unser Geheimnis zu verraten. Es werden mir keine Lügen mehr über die Lippen kommen."

Ich schaute von ihr zu ihren Eltern, die uns mit offenem Mund und weit aufgerissenen Augen anstarrten. Ihr Vater räusperte sich und sah meinen Vater an. „Hast du davon gewusst?"

Meine Eltern nickten und Asias Eltern sahen einander an. Ihre Mutter nickte. „Okay. Du hast recht, Asia. Wir hätten wahrscheinlich überreagiert." Sie fächelte sich Luft zu.

Ich ging schnell auf das Haus zu. „Kommt rein. Setzt euch, ich hole euch etwas zu trinken. Ihr müsst fassungslos sein."

Sie waren wahrscheinlich genauso verblüfft wie ich. Ich konnte nicht glauben, was Asia für mich getan hatte. Es war zu viel.

Asia sorgte dafür, dass alle hereinkamen, während ich Wein und Schnaps holte. Ich brauchte etwas zu trinken und zwar schnell.

Ich kippte ein Glas Scotch hinunter und füllte es wieder. Dann nahm ich den Wein und ein paar Gläser mit ins Wohnzimmer, wo Asia alle versammelt hatte. Sie zeigte ihren Eltern gerade ihren Ehering und lächelte, als sie ihnen erzählte, dass sie auch darüber gelogen hatte, wie wir uns kennengelernt hatten. „Ich bin mit einer Freundin heimlich nach Los Angeles gegangen. Ich wollte nicht, dass ihr davon erfahrt. Und es tut mir leid. Wirklich. Ich dachte nicht darüber nach, was ich tat. Ich weiß nicht, warum ich glaubte, die Wahrheit würde mich nie einholen, aber sie hat es getan. Könnt ihr mir jemals verzeihen?"

Ihr Vater sah mich stirnrunzelnd an. „Könntest du in Zukunft unserer Tochter dabei helfen, ehrlicher zu uns zu sein?"

Ich fiel auf das Sofa und nickte, als ich noch etwas trank. Die Schuldgefühle versuchten, die Kontrolle zu übernehmen. Ich wollte jedem erzählen, dass ich der große Lügner war. Asia war ein unschuldiges Opfer meines Betrugs.

Aber sie hatte sich sozusagen auf das Schwert geworfen. Wie konnte ich ihr tugendhaftes Opfer in noch mehr Lügen verwandeln?

Ich konnte das nicht mit ihr machen. Aber ich würde alles tun, um es bei ihr wiedergutzumachen. Alles.

Der schwierige Teil war herauszufinden, was ich tun musste, um mich von der ungeheuren Schuld, die ich empfand, zu befreien. Asia übernahm für alles die Verantwortung, obwohl sie für gar nichts verantwortlich war.

Ich kippte meinen Drink hinunter. „Ich werde etwas zum Mittagessen bestellen."

„Das klingt fantastisch, Junge." Mom winkte mir zu, als ich den Raum voller fröhlicher Menschen verließ. Ich ging in die Küche, um die Lieferservice-Broschüren zu suchen, die wir seit dem Einzug gesammelt hatten.

Ich zog einen Barhocker neben die Kücheninsel, sah die Angebote durch und spürte plötzlich eine warme Hand auf meinem Rücken. „Alles okay?"

Ich drehte mich um und erblickte Asias süßes Gesicht. „Das hättest du nicht tun sollen. Ich hätte einfach die Wahrheit sagen können."

Sie schüttelte den Kopf. „Nein, das konnte ich nicht zulassen. Wir werden uns später etwas ausdenken. Fürs Erste sind wir in den Augen aller verheiratet. Wenn ich nicht nach South Dakota gegangen wäre, wären wir nie in diese Situation gekommen. Ich musste es tun. Ich musste unseren Deal aufrechterhalten."

„Es tut mir leid, Asia. Wirklich. Kann ich etwas für dich tun? Ich tue alles, was du willst. Willst du ein Strandhaus in Malibu? Ich habe zufällig eines. Es gehört dir, Baby."

Sie schlang ihre Arme um mich und rieb ihre Nase gegen meine. „Alles, was ich will, ist deine Liebe, Jett. Das ist alles, was ich jemals brauchen werde."

„Ich könnte dich wirklich zu meiner Frau machen." Ich hielt den Atem an und hoffte, dass sie zustimmen würde.

„Nein."

Mit einem Wort wies sie mich wieder ab. „Okay. Ich werde nicht mit dir darüber streiten. Ich werde mit dir über gar nichts streiten. Nicht nach dem, was du für mich getan hast. Ich weiß, das war nicht einfach."

„Nun, es war auch nicht allzu schwer."

Sie konnte mich nicht täuschen. Ich wusste, dass sie keine Lügnerin war. Ich wusste, dass sie ihrer Familie nie absichtlich Lügen erzählen würde. Ich hatte sie dazu gebracht. Jetzt log Asia nicht nur Fremde an, mit denen sie nie wieder etwas zu tun hatte, wenn sie es nicht wollte. Jetzt log sie die Leute an, die immer in ihrem Leben sein würden.

Ich hatte sie einen schlechten Pfad hinabgeführt. Man würde ihre Glaubwürdigkeit in Zukunft immer infrage stellen, wenn die Wahrheit jemals herauskam.

Aber es schien sie in diesem Moment nicht zu kümmern. Sie küsste mich und sagte mir, alles würde gut werden. Es würde klappen. Und ich glaubte ihr.

Ich weiß selbst nicht, warum. Das Netz der Lügen, das ich gesponnen hatte, wurde immer dichter. Es hielt uns in dieser Situation gefangen.

Ich wollte mich nicht gefangen fühlen und ich wollte definitiv nicht, dass sich Asia so fühlte. Ich wollte, dass unsere Liebe frei war. Aber ich begann mich zu fragen, ob sie jemals frei sein würde.

„Asia, wenn ich noch einmal zu dem Tag, als ich zum ersten Mal dein süßes Gesicht auf dieser Webseite gesehen und mit dir geredet habe, zurückkehren könnte, würde ich so vieles ändern." Ich erwiderte ihren Kuss.

Sie lehnte ihren Kopf an meinen. „Was geschehen ist, ist geschehen. Wir können nichts mehr daran ändern."

„Ich habe das Gefühl, dass wie feststecken."

Sie nickte. „Ja. Ich denke, wir werden mit der Zeit herausfinden, ob wir uns daraus befreien können oder ob es letztendlich das ist, was uns zusammenhält."

Mom kam in die Küche und klatschte kurz in die Hände, um uns mitzuteilen, dass sie da war. „Hey, wir haben eine tolle Idee. Lasst uns alle auswärts essen. Dad und ich laden euch ein. Jett, ich wollte dich daran erinnern, dass du mit unserer Personalabteilung in Kontakt treten und Asia in deine Versicherung aufnehmen lassen musst. Hast du sie schon von den Banken auf deine Konten setzen lassen? Das musst du auch tun. Als deine Ehefrau braucht sie diesen Schutz. Wenn dir etwas zustößt, wird es verdammt schwer für sie, all den Papierkram nachzureichen. Du bist jetzt verheiratet. Du musst sicherstellen, dass alles erledigt wird."

Ich schaute zu Asia, und sie lächelte mich und dann meine Mutter an. „Wir müssen uns damit beschäftigen, nicht wahr?"

Es wurde kristallklar. Ich hatte überhaupt nichts durchdacht. Vielleicht war ich nicht so schlau, wie ich immer geglaubt hatte.

Es schien so einfach zu sein. Eine kleine Lüge sollte mich davor bewahren, diesen Sommer mit irgendeiner Frau verkuppelt zu werden.

Ich konnte kaum glauben, wohin mich diese Lüge gebracht hatte!

36

ASIA

Also hatte ich es getan. Ich war losgegangen und hatte meiner Familie einen Haufen Lügen erzählt, nur um Jetts Täuschung aufrechtzuerhalten. Er hatte mich nicht darum gebeten. Ich wusste, dass er mich nie darum bitten würde, so etwas zu tun.

Aber das Bedürfnis, Jett glücklich zu machen, war tief in mir verankert.

Das Geld war nicht das Problem. Es war nicht die treibende Kraft hinter meiner drastischen Entscheidung. Es war meine Liebe zu ihm, die mich dazu zwang, etwas zu tun, das ich sonst nie in Betracht gezogen hätte.

Als wir vom Mittagessen zurückfuhren und unsere Eltern alle zu sich nach Hause zurückkehrten, hielten Jett und ich uns an den Händen. Mein Magen war voll von dem italienischen Essen, das wir genossen hatten. Ich war schläfrig und benommen.

Jett würde mich heiraten, wenn ich wollte. Warum hatte ich die Chance nicht sofort ergriffen?

Ich legte meinen Kopf auf die Kopfstütze und drehte mich zu

dem wunderschönen Mann um, der am Steuer saß. Jett war ein Meisterwerk. Seine dunklen Haare hingen in seidigen Wellen auf seine breiten Schultern und eine Ray-Ban-Sonnenbrille ließ ihn heiß und sexy aussehen. Er war der perfekte Mann.

War ich verrückt geworden?

Ich meine, wenn ich zurück zum College gehen, meinen Freundinnen ein Foto von diesem Mann zeigen und ihnen sagen würde, dass er mich gebeten hatte, ihn zu heiraten, würden sie den Notarzt rufen und ihm sagen, dass ich eine Gehirntransplantation brauchte. Dringend.

Die Worte wirbelten in meinem Kopf herum und drangen aus meinem Mund. „Jett, die Ehe ist mir heilig. Ich will mich niemals scheiden lassen. Meine Tante Shirley hat sich scheiden lassen. Sie und ihr Mann hatten drei Kinder, einen Hund und einen Ziegenbock. Als ihre Ehe endete, ging alles bergab. Das Haus, die Ziege und der Hund verschwanden. Die Kinder wurden kriminell. Meine Tante wurde eine Art Landstreicherin und mein Onkel niemals wiedergesehen."

„Das klingt beängstigend. Du sollst wissen, dass ich dich nicht leichtfertig darum bitte, meine Frau zu werden. Aber ich werde dich eine Weile nicht mehr fragen. Ich bin dir sehr dankbar für das, was du heute für mich getan hast. Ich würde es nicht wagen, dich mit irgendetwas zu belästigen." Er lächelte mich an. „Du gibst ständig alles für mich. Viel mehr als eine typische Sub tun würde. Ich habe dich zwar nicht die Tests machen lassen, die Doms normalerweise bei Subs durchführen, aber ich habe deine Grenzen reichlich getestet. Du hast all meine Erwartungen übertroffen. Und sexuell, nun, du weißt, wie sehr ich dich begehre, Baby."

Er würde mich also eine Weile nicht bitten, ihn zu heiraten. Ich hätte mich gut fühlen sollen. Erleichtert.

Warum fühlte ich mich stattdessen auf einmal so leer?

Die Emotionen, die ich hatte, sagten mir eines. Ich war wankelmütig.

Zuerst hatte ich ihm gesagt, dass ich ihn nicht heiraten würde, weil wir Zeit brauchten.

Dann sagte er mir, dass er mir Zeit geben würde, und ich war verletzt?

Ich fühlte mich wie eine Idiotin, weil ich bekommen hatte, was ich verlangt hatte, und nun nicht wollte, was ich bekam.

Ich schwieg. Jett sollte nichts von der emotionalen Achterbahn wissen, auf der ich mich befand. Er hielt meine Hand, als wir ins Haus gingen. Es war noch früh, aber ich fühlte mich aus irgendeinem Grund müde. Ich dachte, es wäre all der Stress.

„Hey, willst du dich mit mir hinlegen?", fragte ich ihn.

„Ich bin überhaupt nicht müde." Er legte seinen Arm um meine Schulter. „Aber ich könnte fernsehen und dich halten, während du dich ausruhst, wenn du möchtest."

„Nein, ich will Ruhe und Frieden. Ich werde in unser Schlafzimmer gehen und du kannst unten im Medienraum fernsehen."

Mit einem Kuss trennten wir uns und ich ging zu Bett. Ich hatte meinen Kopf kaum auf das Kissen gelegt, als ich in einen tiefen Schlaf fiel.

Ich hatte keine Ahnung, wie viel Zeit vergangen war, als ich von stechenden Magenschmerzen geweckt wurde. Ich rannte ins Badezimmer und übergab mich. Kalter Schweiß überzog meine Haut und ich zitterte, als ich die Toilette umklammerte.

Ich schaffte es, mich zusammenzureißen, während ich mein Gesicht wusch, mich abkühlte und mein Spiegelbild betrachtete. Ich hatte dunkle Ringe unter den Augen, obwohl ich gerade geschlafen hatte. Hatte ich mir einen Virus eingefangen?

Nach und nach verschwand die Übelkeit und ich fühlte mich wieder vollkommen in Ordnung.

Im Medienraum fand ich Jett auf dem Sofa vor. Er sah sich ein Sportprogramm an und trank Bier. „Hey."

Er drehte sich um und sah mich an. „Hey, Baby. Hast du geschlafen?"

Ich setzte mich neben ihn und nickte. „Ja. Ich fühle mich schon viel besser." Ich beschloss, nicht zu erwähnen, dass mir wieder schlecht geworden war. Ich wollte nicht, dass er sich Sorgen machte. „Basketball, hm? Magst du Sport?"

„Geht so. Ich bin kein Fan irgendeines Teams. Ich schaue mir die Spiele nur hin und wieder an, damit ich auf dem Laufenden bleibe. Willst du etwas anderes machen?"

Ich war ziemlich erregt, mir aber nicht sicher, wie ich ihm das mitteilen sollte. „Willst du schwimmen gehen?"

„Sicher. Komm, wir gehen uns umziehen." Er stand auf und nahm meine Hand, aber ich zog sie zurück.

„Willst du nackt baden?"

Er lächelte mich an und nickte. „Mit dir? Jederzeit."

Schnell gingen wir zum Pool hinaus, ließen unsere Kleidung fallen und sprangen ins kühle Nass. Ich fühlte mich frei, als wir im Kreis umeinander herumschwammen. Ich neckte ihn, indem ich knapp außerhalb seiner Reichweite blieb.

Er griff schnell nach mir und ich ließ mich von ihm einfangen. „Oh, nein", kicherte ich. „Was wirst du jetzt mit mir machen?"

Seine meergrünen Augen tanzten. „Alles, was ich verdammt nochmal will."

Verlangen schoss durch mich wie ein Blitz. „Ich gehöre dir."

Ich drückte mich gegen die Seite des Pools, schlang meine Beine um ihn und drängte ihn, mich zu nehmen. Er tat, was ich wollte, und drang tief in mich ein.

Funken schossen durch mich, als ich stöhnte und meinen Kopf an seine Schulter lehnte, während er sich bewegte. Mit ihm verbunden zu sein war das beste Gefühl, das ich je gekannt hatte. Irgendwie fühlte ich mich auf diese Weise lebendiger als je zuvor. Jedes Mal, wenn wir uns liebten, wurden meine Gefühle für ihn intensiver.

Sein Kuss berauschte mich und ich konzentrierte mich darauf, wie sich sein Körper anfühlte, als er sich mit meinem bewegte. Es war wunderbar langsam und stetig und als die Welle in mir aufstieg, stöhnte ich. „Jett, ich liebe dich so sehr." Dann stürzte die Welle zusammen und er knurrte, als er ebenfalls zum Orgasmus kam.

„Baby, ich liebe dich auch."

Wir waren eine Weile still und hielten uns einfach nur gegenseitig fest. Ich legte meinen Kopf an seine Schulter, während er mit seinen Fingern leicht über meinen Rücken strich. Wir brauchten nicht zu sagen, was wir füreinander empfanden. Es war alles in unseren Körpern. Ich wusste, dass ich für den Mann töten würde. Ich würde alles für ihn tun. Worauf wartete ich also noch?

„Jett?"

„Ja, Baby?"

Ich zog mich zurück, um in seine Augen zu blicken. „Willst du mich wirklich heiraten?"

Er drückte seinen Finger an meine Lippen. „Still. Ich weiß, ich war aufdringlich. Ich weiß, dass du alles tun wirst, was ich will. Und ich möchte nicht, dass du mich heiratest, nur weil ich es will. Ich möchte, dass du es auch willst. Tatsächlich möchte ich dich nicht jetzt heiraten. Nicht, weil ich dich nicht liebe. Ich liebe dich mehr als ich jemals jemanden geliebt habe. Sondern weil ich gesehen habe, dass du völlig selbstlos bist, wenn es mich betrifft."

Ich konnte nur nicken und meinen Kopf wieder an seine Schulter legen. Er wollte mich nicht mehr heiraten. Ich hatte keine Ahnung, ob er es jemals wollen würde.

Vielleicht war meine selbstlose Tat schlecht für uns. Vielleicht gab ich ihm zu viel von mir. Ich war mir nicht sicher, ob ich das Richtige getan hatte. Aber es war zu spät für Zweifel. Ich steckte so tief in unserer Scheinehe wie er auch.

Im Hinterkopf hatte ich eine nagende Vorstellung. Eine, die besagte, dass die Scheinehe und der Lügen-Turm zerbröckeln und uns in den Trümmern begraben würden.

Eine Träne glitt aus meinem Auge, als ich Jett fest in meinen Armen hielt und ihn nicht mehr loslassen wollte. Wenn ich mich nur an ihm festhalten könnte, würde es vielleicht nie enden. Nichts würde sich ändern. Er und ich würden genau wie die anderen Statuen werden, die unseren großen Hof zierten. In der Zeit erstarrt waren die Liebenden verloren, wenn sie sich bewegten.

So wie alle Dinge musste auch dieser Moment enden. „Ich denke, wir sollten zu Abend essen, Asia. Wie wäre es mit Chinesisch?"

Mein Magen knurrte bei dem Gedanken daran, und Jett half mir aus dem Wasser. „Ich denke, mein Bauch sagt Ja."

Er grinste, als er ein paar Handtücher nahm und mir eines reichte. Ich wickelte es um mich und folgte ihm hinein. Die ganze Zeit beobachtete ich ihn, wie er vor mir her schritt. Und ich fragte mich, ob ich das Richtige getan hatte.

Aber was sonst hätten wir in dieser Situation tun können?

Ich hatte keine Ahnung, was die Antwort darauf war. Ich hatte auch keine Ahnung, was wir tun würden, um die Dinge wieder in Ordnung zu bringen. Es schien, als hätte keiner von uns eine Antwort auf diese Frage.

37

JETT

Als ich sah, wie Asia in der Nacht vor der Hochzeit, die unsere letzte Veranstaltung zusammen sein würde, schlief, fühlte ich wieder diese Schuld, die mein ständiger Begleiter geworden war. Sie bewegte sich wie heiße Lava durch mich und erinnerte mich daran, dass ich eine unschuldige junge Frau genommen und sie in etwas anderes verwandelt hatte. Etwas, das sie nicht sein sollte.

Asia war meine Beschützerin geworden. Was sich gut anhörte, bis man wirklich darüber nachdachte. Sie riskierte, selbst verletzt zu werden, nur um mich zu retten. Ich wollte nicht, dass sie das tat.

Ich war ein Mann, der sich seinen Fehlern stellen und mit ihnen umgehen sollte. Ich durfte mich nicht hinter Lügen und einem Mädchen verstecken.

Ich musste mich schämen für das, was ich getan hatte. Ich verdiente es, diese Last zu tragen. Ich hatte etwas falschgemacht. Ich hatte jemanden genommen und dazu gebracht, alle anzulügen, selbst seine eigene Familie. Und am schlimmsten war, dass ich es getan hatte, um mich selbst zu retten.

Asia hatte einen guten Mann verdient. Und ich war kein

guter Mann. Ich war schlecht. Wohl schon immer. Moralisch krank und geistig unfähig, mich zu ändern.

Unsere Zeit war begrenzt. Obwohl wir uns mit allem, was wir in uns hatten, liebten, musste es enden. Ich war nicht gut für sie.

Ich wusste, dass sie niemals einer Trennung zustimmen würde. Sie würde weinen und verlangen, dass ich aufhöre, verrückt zu sein. Und höchstwahrscheinlich würde sie mich davon überzeugen, dass wir einen Ausweg aus den Lügen finden und das, was wirklich zwischen uns war, an die Oberfläche bringen könnten.

Aber ich wusste, dass sich die Leute fragen würden, warum sie das getan hatte. Weil ich mich das auch fragen würde. Wenn die Sache mit dem Dom/Sub-Vertrag herauskam, würde Asias Leben für immer ruiniert sein.

Alle würden sie schief ansehen. Ihre Familie bestand aus guten Menschen. Sie würden nie verstehen, warum sie so etwas getan hatte. Und sie würden mich für ein mieses Arschloch halten und recht damit haben.

Geld war der Grund, warum Asia zu mir gekommen war, und sie würde reichlich davon haben. Sie würde ein Haus, ein Auto und einen Schrank voller teurer Kleidung haben. Sie würde sich über meine Abreise aufregen, aber sie würde darüber hinwegkommen.

Irgendwann.

Und ich würde es auch, oder?

Ich tat es schließlich aus meiner immensen Liebe zu ihr. Es war die einzige selbstlose Tat, die ich jemals vollbringen würde. Aber es störte mich, dass sie durch meine selbstlose Tat verletzt wurde.

Allerdings würde sie auch verletzt werden, wenn die Wahrheit über uns herauskäme.

Asia würde verletzt werden, egal was passierte. Sie war in

jeder Hinsicht ein Opfer. Ich würde ihr Leben ruinieren, egal was ich tat.

Ich hatte mich noch nie so allein auf der Welt gefühlt. Ich war noch nie so traurig und deprimiert gewesen, während ich so viel Liebe fühlte, dass es wehtat. Es war so seltsam.

Asia rührte sich, öffnete ihre Augen und sah mich auf sich herabblicken. „Jett, was um alles in der Welt machst du da?"

„Ich präge mir nur ein, wie schön du bist, wenn du friedlich schläfst." Ich schob ihre Haare aus ihrem Gesicht und küsste sie auf die Wange. „Morgen endet unsere Scheinehe. Ich denke darüber nach, wie ich deswegen empfinde."

„Es kann nicht das Ende sein. Wir müssen uns etwas ausdenken. Unsere Familien glauben, dass wir wirklich verheiratet sind. Mach dir keine Sorgen deswegen. Geh einfach schlafen. Wenn die Zeit reif ist, wird einer von uns eine Idee haben, die funktionieren wird. Hab Vertrauen. So wie ich auch." Sie kuschelte sich unter die Decke und schloss die Augen.

Sollte ich etwas sagen, um ihr einen Hinweis darauf zu geben, was ich über die Lösung unseres Scheinehe-Problems erkannt hatte?

Sie sah so friedlich aus und ich wusste, dass ich ihr nichts sagen konnte. Wenn sie eine Ahnung davon hätte, was ich vorhatte, würde sie mich bekämpfen. Das war eines der besten Dinge an Asia. Sie hatte keine Angst vor einem Kampf.

Aber ich würde nicht um etwas kämpfen, von dem ich wusste, dass es das Richtige für sie war. Ich hatte ihr von Anfang an gesagt, dass ich das Richtige für sie tun würde, und ich wollte mein Wort halten.

Sie atmete ruhig, als sie wieder einschlief. Ich wusste, dass ich mich auch etwas ausruhen sollte, aber ich konnte nicht aufhören, sie anzusehen. Ich würde sie in der nächsten Nacht verlassen, wenn alles so lief, wie ich dachte.

Sie würde allein aufwachen und meine Nachricht finden.

Damit würde ich es ihr überlassen, unseren Familien zu erklären, was mit mir geschehen war. Damit würde ich sie von all diesen Lügen befreien.

Vielleicht konnte ich eines Tages in der fernen Zukunft zurückkommen, um zu sehen, ob wieder etwas zwischen uns aufblühen könnte. Aber ich war mir nicht sicher. Was ich vorhatte, würde sie bis ins Mark verletzen. Ich wusste das.

Das war eine Last, die ich tragen musste. Sie war es wert. Ich hatte ohnehin Schuldgefühle. Warum sollte ich ein Leben ohne Last auf meinen Schultern führen?

Asia brauchte mich nicht in ihrem Leben. Ich würde sie nur daran erinnern, wie sie eine Weile auf der dunklen Seite gewesen war. Sie würde ohne mich besser dran sein.

Nein, ich würde weggehen und nie zurückkommen. Das wäre das Richtige. Ich würde sie für immer verlassen. Es wäre besser so.

Ich legte meinen Kopf auf das Kissen, schloss die Augen und war bereit, nicht mehr darüber nachzudenken. Ich würde nie gehen, wenn ich zu viel darüber nachdachte. Und ich musste gehen. Um Asias willen musste ich es tun.

Gerade als ich mich entschlossen hatte, den Mund zu halten, warf Asia die Decken von sich und verschwand im Badezimmer. Ich stand auf, folgte ihr und fand sie mit dem Kopf in der Toilette vor. „Baby?" Ich hielt ihre Haare zurück und kniete mich neben sie.

Sie erbrach sich immer und immer wieder, bis ihr Magen leer war. Dann stöhnte sie und setzte sich mit dem Gesicht in den Händen auf den Boden. „Ich weiß nicht, was mit mir los ist, Jett."

Ich stand auf und holte einen feuchten Waschlappen. Dann hob ich sie hoch und setzte sie auf den Waschtisch. Ich wischte ihr Gesicht ab und spürte, wie sie zitterte.

Keiner von uns hatte etwas an, da wir nachts nackt schliefen.

Ich hob sie hoch, brachte sie zu Bett, deckte sie zu und strich ihr mit der Hand über die Stirn. „Du hast kein Fieber. Und du hast nicht gesagt, dass du Bauchschmerzen hast."

„Mir ist plötzlich schlecht geworden. Ich habe eben noch geschlafen, dann bin ich aufgewacht und losgerannt. Das war heute schon das dritte Mal."

„Ich bringe dich morgen zum Arzt. Ich werde meine Familie wissen lassen, dass wir nicht zu der Hochzeit gehen."

„Jett, nein. Mir wird es bald wieder gutgehen. Es ist wahrscheinlich nur ein kleiner Mageninfekt. Geh einfach wieder ins Bett. Morgen geht es mir besser. Du wirst sehen."

Ich ging zurück ins Bett und war nicht sicher, ob es ein Mageninfekt war, der sie plötzlich erbrechen ließ. Irgendetwas stimmte nicht und ich glaubte zu wissen, was es war.

Stress.

Der Stress, ihre Familie zu belügen, war zu viel für sie. Ihr Gehirn dachte, sie könnte damit umgehen. Ihr Körper widersprach.

Ich konnte es deutlich sehen, selbst wenn sie es nicht konnte. Die Lügen setzten ihr zu und machten sie krank.

Ich musste gehen. Ich war nicht gut für sie. Überhaupt nicht.

Aber ich hielt sie in dieser Nacht. Den Rest der Nacht klammerte ich mich an sie und wünschte mir höllisch, es gäbe noch einen anderen Weg, alles in Ordnung zu bringen. Ich schlief mit keinem anderen Gedanken in meinem Kopf ein.

Ich musste gehen. Ich war es ihr schuldig.

38

ASIA

Im Monat August übergab ich mich häufiger als in meinem ganzen Leben zuvor. Meistens wusste Jett nichts davon. Ich wollte nicht, dass er sich Sorgen um mich machte.

Ich war mir ziemlich sicher, dass es stressbedingt war. Ich dachte die ganze Zeit darüber nach, was wir tun könnten, um alles in Ordnung zu bringen.

Wenn ich mein ganzes Leben lang eine Lügnerin gewesen wäre, hätte es mir wohl geholfen, mit dem fertigzuwerden, was ich getan hatte. Lügen bekamen mir offenbar nicht. Daher das Erbrechen.

Jett drängte mich, zum Arzt zu gehen. Wir hatten noch eine Hochzeit, zu der wir gehen mussten, und ich wollte sie ihm nicht verderben. Ich versprach, dass ich am nächsten Tag einen Termin ausmachen würde, wenn mir dann immer noch schlecht war.

Ich hatte ein paar Anfälle von Übelkeit während des Tages, aber nichts Schlimmes. Vielleicht würde nach der letzten Hochzeit der Stress nachlassen. Ich hoffte es jedenfalls.

Tatsache war, dass ich mit Jett darüber sprechen wollte, wirklich zu heiraten. *Würde das nicht all unsere Probleme lösen?*

Wir könnten einfach nach Vegas gehen und unsere Ehe echt machen. Niemand musste davon erfahren. Wenn Jett zustimmte, würde der Stress bestimmt verschwinden.

Ich hoffte es. Und ich hoffte, dass er zustimmen würde. Seine Vorstellung, dass ich ihn nur heiraten wollte, weil er es sich wünschte und ich ihm gefallen wollte, war dumm.

Ich liebte den Mann!

Ich liebe Jett mehr als alles andere. Und ich wollte ihn heiraten. Der Hauptgrund war die Liebe. Der andere Grund war, dass ich die Lüge hinter uns lassen wollte. Wir würden verheiratet sein und der ganze Unsinn mit der Scheinehe wäre vorbei.

Es gab eine einfache Lösung. Der schwierige Teil bestand darin, Jett dazu zu bringen, diese einfache Lösung zu akzeptieren.

Es war verrückt. Der Mann hatte mich heiraten wollen und ich hatte mich darüber lustig gemacht. Dann wollte ich ihn heiraten und er reagierte wie ein Sturkopf.

Es war lächerlich. Aber jetzt war es an der Zeit, dass wir den Stier bei den Hörnern packten.

Wir mussten die Lüge stoppen, indem wir wirklich heirateten.

Es war der einzige Weg. Das einzige Hindernis war Jett. Wie konnte ich ihn zur Vernunft bringen?

39

JETT

Unsere letzte Veranstaltung war nahe. Meine Cousine Felicity und ihr Verlobter Ron feierten im Plaza Hotel in New York eine verschwenderische Hochzeit. Meine Eltern bestanden darauf, dass wir alle dort übernachteten. Es vereitelte meine Pläne, in dieser Nacht wegzugehen.

Ich würde noch eine Nacht mit Asia bekommen. Das war gut und zugleich schlecht. Jede Minute, die ich mit ihr verbrachte, machte es mir schwerer zu gehen. Es wurde immer schwieriger, das Richtige zu tun.

Die verdammte Hochzeit machte es auch nicht einfacher. Ich hielt Asias Hand, sah zu, wie die Braut ihrem Bräutigam entgegenging, und mein Herz schmerzte, weil Asia und ich diesen Moment nie bekommen würden.

Sie drückte meine Hand. „Sie sieht fantastisch aus."

Ich beugte mich vor, um zu flüstern. „Du würdest besser aussehen."

Sie wandte den Blick von meiner Cousine ab und lächelte mich an. Ich konnte meine Augen nicht von ihr lassen. Unsere Verbindung war tief und wahr. Und ich war ein Narr gewesen. Aber nichts konnte daran etwas ändern.

Die Musik hörte auf und wir setzten uns alle wieder. Ich schlang meinen Arm um Asia. Sie legte ihren Kopf an meine Schulter und wir beobachteten den Rest der Hochzeit.

Es gab ein Abendessen an einem anderen Ort, dann sollte im Plaza der Empfang stattfinden. Asia und ich fuhren mit meinen Eltern in ihrer Limousine zu diesem Teil der Veranstaltung. Mom plauderte, als wir alle ins Auto gestiegen waren. „War das nicht schön? Ich wünschte, wir hätten so etwas für euch beide machen können."

Asia seufzte. „So schön das auch war, ich würde sowieso nie etwas so Großes haben wollen. Das alles scheint eine Menge Planung zu erfordern."

Ich küsste sie auf die Seite ihres Kopfes. „Das sehe ich auch so. Ich denke, es wäre schön gewesen, wenn wir unsere Familien bei der Hochzeit dabeigehabt hätten, aber sonst niemanden."

„Ja, es informell und klein zu halten wäre gut gewesen." Asia lehnte ihren Kopf an meine Schulter. „Außerdem bin ich schon von der Teilnahme erschöpft. Wie müssen sich Braut und Bräutigam erst fühlen?"

Moms Gesichtsausdruck wurde besorgt. „Asia, meine Liebe, geht es dir gut? Ich frage nur, weil du scheinbar abgenommen hast, seit ich dich zuletzt gesehen habe."

„Sie hatte viel Stress", antwortete ich für sie.

Asia nickte. „Obwohl das Leben mit deinem Sohn wunderbar ist, habe ich viele Sorgen wegen meines Studiums. Im letzten Semester bin ich durch zwei Kurse gefallen und ich habe Angst, sie zu wiederholen. Ich denke, der Stress hat mir auf den Magen geschlagen."

„Du weißt, dass du einen Tutor anheuern könntest, um dir zu helfen, Asia. Ich bin mir sicher, mit zusätzlicher Hilfe könntest du diese Kurse bestehen", schlug Mom vor.

Ich wusste, dass Asia sich auch Sorgen wegen dieser Kurse machte. Tatsächlich aber sorgte sie sich um uns. Unser Vertrag würde am nächsten Tag enden. Wir würden dann frei sein. Und soweit sie wusste, hatten wir immer noch keinen Weg gefunden, die Lügen verschwinden zu lassen, damit wir als echtes Paar weiterleben konnten.

„Daran habe ich gar nicht gedacht. Danke." Asia lächelte meine Mutter an und sah dann zu mir auf. „Vielleicht sollte ich mich darum kümmern. In den nächsten Tagen oder so. Erinnere mich daran, okay?"

Mit einem Nicken zog ich sie näher zu mir und legte mein Kinn auf ihren Kopf. „Ich werde das für dich tun. Kein Grund zur Sorge, Asia."

Mein Vater rutschte auf dem Sitz herum. „Ihr beide müsst etwas verstehen. Sich Sorgen machen hat noch nie ein Problem gelöst. Es ist eine verschwendete Emotion. Es ist besser herauszufinden, was man tun kann, um alles wieder in Ordnung zu bringen. Wenn man ein Problem hat, muss man etwas dagegen tun. Sorgen machen einen nur krank."

Dad hatte recht, aber Dad wusste nicht alles. Asia und ich hatten viele Gründe, uns Sorgen zu machen. Und jeder Versuch, alles in Ordnung zu bringen, würde uns beiden Seelenqualen bescheren.

Bei meiner Idee wurden wir beide verletzt, aber Asia konnte mit intakter Würde daraus herauskommen. Nur ich würde verachtet werden. Ich freute mich nicht darauf, aber es musste sein.

„Du hast recht, Dad. Sorgen haben noch nie etwas gelöst. Wir ergreifen Maßnahmen, damit Asia sich keine Sorgen mehr machen muss."

Dad nickte zustimmend. „Kümmere dich darum, mein Sohn. Und ich habe mit Angie in der Personalabteilung gesprochen. Sie hat mir gesagt, dass du noch nicht bei ihr warst und die Papiere ausgefüllt hast, um deine Frau bei dir mitzuversichern. Warum das? Du hast genug Zeit gehabt, das zu erledigen.

Du wirst in ein paar Wochen mit mir zusammenarbeiten, um in die CEO-Rolle hineinzuwachsen. Du wirst dann sehr beschäftigt sein. Das solltest du besser vorher erledigen."

„Ich erledige es, Dad. Es mag so aussehen, als wäre ich frei wie ein Vogel gewesen, aber Asia und ich haben alle möglichen Dinge getan."

Asia nickte. „Wir haben ständig zu tun. Wir haben nie Zeit, einfach nur herumzusitzen. Aber wir sollten die nächsten beiden Wochen genau das tun. Wir haben Arbeit und Studium vor uns."

Ich fragte mich, ob Asia zu verzweifelt sein würde, um wieder aufs College zu gehen, nachdem ich sie verlassen hatte. Ich fragte mich, wie meine Eltern auf meine Rückkehr nach Los Angeles reagieren würden. Dad würde seine Rolle als CEO behalten müssen. Man würde mich für unwürdig halten und offen gesagt wollte ich nicht in New York sein, wo ich Asia oder ihrer Familie begegnen könnte.

Es wäre das Beste für mich, weit weg von allen zu sein. Ich wusste, dass meine Eltern irgendwann darüber hinwegkommen würden. Aber ich bezweifelte, dass Asia es jemals tun würde. Nicht komplett. Sie würde nicht sterben oder so, aber ein Teil von ihr würde für immer zerbrochen bleiben. Sie vertraute mir. Es würde eine tiefe Narbe hinterlassen.

Meine Abreise würde auch bei mir Spuren hinterlassen. Ich würde niemals jemanden so lieben, wie ich Asia liebte. Ich wusste das. Ich hatte in meinem ganzen Leben noch nie etwas so Selbstloses getan. Ich wusste, dass unsere Liebe echt war. Wenn nicht, würde es mir nichts ausmachen, andere Menschen schlecht über Asia denken zu lassen.

Das konnte ich aber nicht zulassen.

„Oh, bevor ich es vergesse", fügte Mom hinzu. „Die Petersons veranstalten nächste Woche eine Dinnerparty. Sie haben mich gebeten, euch auch einzuladen."

„Sag ihnen, dass wir uns bedanken, aber nicht kommen können."

Asia drehte den Kopf und sah mich an. „Sag nicht Nein wegen mir. Ich bin dabei, Jett."

Ich küsste sie auf die Nasenspitze. „Ich nicht. Ich mag keine Dinnerpartys."

„Aber Jett, du solltest sie mögen." Dad schenkte sich ein Glas Scotch ein und deutete mit der Flasche auf mich. „Möchte einer von euch etwas trinken?"

„Für mich nichts. Danke", antwortete Asia schnell.

„Ich will auch nichts."

Er steckte die Flasche wieder in das Gestell der kleinen Bar, in der Dutzende verschiedene Alkoholsorten standen. „Jett, wenn du CEO wirst, musst du geselliger sein. Es wird erwartet, dass du an Wohltätigkeitsveranstaltungen und Abendessen teilnimmst. Es ist sehr wichtig, weißt du."

Nickend dachte ich darüber nach. Mein Vater hatte das alles zusammen mit seinem Job als CEO gemacht. Ich wusste, dass er müde war und mich brauchte, damit ich ihn von dieser schweren Last befreite.

Meine Abreise würde auch ihn sehr verletzen. Er würde weiterhin mit dem mörderischen Arbeitstempo und dem Zeitplan Schritt halten müssen. Er verdiente Ruhe, nachdem er wie ein Sklave gearbeitet hatte, um etwas aus dem Nichts aufzubauen.

Wann würden die Schuldgefühle aufhören, immer mehr zu werden?

Es gab keinen richtigen Weg. Egal was ich tat, ich würde Menschen verletzen. Ich war noch nie in einer schwierigeren Situation gewesen. Mir einzugestehen, dass ich mir das selbst eingebrockt hatte, trug nicht dazu bei, dass ich mich besser fühlte.

Ich fühlte mich verloren. Allein. Niedergeschlagen.

Und ich konnte niemandem außer mir selbst die Schuld daran geben. Würde ich jemals etwas richtig machen?

Ich hatte bis zu Beginn des Sommers ziemlich unbekümmert gelebt. Jetzt schien es, als würde ich den Rest meines Lebens mit Schuldgefühlen verbringen müssen.

Ich fragte mich, ob es sich in ein paar Jahren nicht mehr so schrecklich anfühlen würde. Aber ich wusste, dass ich mich selbst täuschte. Es würde sich immer schrecklich anfühlen. Aber zumindest hatte ich Asia davon befreit. Sie war frei von der Schuld, ihrer Familie eine riesige Lüge erzählt zu haben. Zumindest würde sie sich besser fühlen. Das war alles, wofür ich mich interessierte. Asia und ihr Wohlbefinden.

40

ASIA

In der einen Sekunde ging es mir gut, in der nächsten wurde mir schlecht und ich griff nach der Tür. „Sag dem Fahrer, er soll an der roten Ampel halten." Ich öffnete die Tür und übergab mich, während Jett mich festhielt, damit ich nicht aus dem Wagen fiel.

„Baby!"

„Oh, meine Güte!", schrie seine Mutter.

Als mein Magen leer war, ging es mir besser, aber die Verlegenheit tat höllisch weh. Ich schloss die Tür, als Jett mit einem Taschentuch über meinen Mund wischte. „Hat dich das aus dem Nichts getroffen, Asia?"

Ich nickte und versuchte, meine Fassung wiederzuerlangen.

„Wir müssen sie sofort zu einem Arzt bringen", sagte sein Vater.

„Kein Wunder, dass du an Gewicht verloren hast." Seine Mutter sah mich streng an. „Das ist nichts, das aus Stress resultiert. Ich dachte, du meintest, du würdest nicht viel essen. Ich wusste nicht, dass du dich übergeben musst. Wir fahren direkt zur nächsten Notaufnahme."

„Ich ..."

Sie schüttelte den Kopf. „Das ist mir egal. Wir fahren dorthin und du wirst untersucht werden."

„Aber das Abendessen", jammerte ich.

„Ich werde sie wissen lassen, dass wir nicht kommen. Du bist wichtiger als ein verdammtes Abendessen, Asia", sagte seine Mutter unerbittlich.

Jett rieb mir den Rücken, als er mich besorgt beobachtete. „Wir bringen dich ins Krankenhaus. Keine Diskussion, Asia."

Ich legte meinen Kopf an seine Schulter, gestand mir die Niederlage ein und sah mich mit der Realität konfrontiert, dass ich einen Arzt aufsuchen musste. Vielleicht würde er mir irgendwelche Medikamente gegen Angst verschreiben und ich konnte schnell wieder gehen.

Ich fühlte mich schrecklich, weil ich die Hochzeitsfeierlichkeiten von Jetts Cousin behinderte. Aber die drei Leute, die mich mit Adleraugen beobachteten, sahen nicht aus, als würden sie sich von ihrem Vorhaben abbringen lassen.

Den Kampf aufzugeben, fühlte sich großartig an. Es lag jetzt außerhalb meiner Kontrolle. Man kümmerte sich um mich. Mein Herz schwoll mit Liebe für alle drei an. Ich war ihnen allen wichtig.

Als wir in der Notaufnahme ankamen, war es dort voll. Und mein nervöser Magen war nicht der größte Notfall dort. Ein Mann hatte seine Hand mit einem Tuch umhüllt, das rot zu werden begann. Eine kleine alte Frau nieste und keuchte, als ob sie bald ihren letzten Atemzug machen würde. Und drei Babys weinten bitterlich.

Nein, mein Zustand war nicht annähernd so schlimm wie der Zustand der anderen.

Also saßen wir da und warteten. Nach zwei Stunden sagte ich zu Jetts Eltern, dass sie und Jett gehen sollten. Ich konnte ein Taxi zurück ins Hotel nehmen, wenn ich hier fertig war.

„Zum Teufel, nein, Asia!" Jett wollte nichts davon hören. „Ich werde dich nicht hierlassen. Mom, Dad, ihr könnt gehen. Genießt den Rest des Abends mit der Familie. Sagt ihnen, dass es uns leidtut, aber Asia krank geworden ist."

Sie standen auf und gaben ihre Stühle für zwei Leute, die gestanden hatten, frei. „Sie brauchen sowieso Platz hier." Seine Mutter umarmte mich. „Ruf uns an, wenn du herausfindest, was los ist, Asia. Wir lieben dich."

Ihre Worte zerrten an meinem Herzen. „Ich liebe euch auch. Ich werde mich bei euch melden, wenn ich etwas erfahre."

Sie gingen und Jett sah mich an. „Sie hat dir gesagt, dass sie dich lieben, Asia."

„Ja, ich weiß. Das war nett von ihr." Ich nahm seine Hand und hielt sie fest. „Ich habe nicht gelogen, als ich gesagt habe, dass ich sie auch liebe. Ich tue es. Deine Eltern sind großartig."

Er nickte, sah aber etwas verärgert aus. Ich dachte mir, dass es an der Falschheit unserer Situation lag. Aber unsere Liebe war real. Wir mussten einen Weg finden, die Dinge in Ordnung zu bringen. Und zwar bald.

„Asia Jones?" Eine Krankenschwester kam aus einer Seitentür und blickte über die Menge.

„Das bin ich." Ich hob meine Hand und stand auf, um mit Jett an meiner Seite zu ihr zu gehen.

„Oh, gut." Sie sah Jett an. „Sind Sie mit ihr verwandt?"

Er schüttelte den Kopf. „Nein."

„Dann müssen Sie hier auf sie warten. Niemand außer der unmittelbaren Familie darf mitkommen. So sind die Regeln. Es tut mir leid."

Als sie meine Hand nahm und mich hinter sich herzog, blickte ich über meine Schulter zu ihm und sah das Stirnrunzeln, das sein attraktives Gesicht bedeckte. „Mach dir keine Sorgen, Jett. Ich werde das so schnell wie möglich erledigen."

Die Tür schloss sich, bevor er ein Wort sagen konnte, und ich spürte, wie sich mein Magen zusammenzog. Die Krankenschwester brachte mich in einen großen Raum mit sechs Vorhängen. „Hier drüben. In Ihrem Aufnahmebericht steht, dass Sie sich übergeben haben. Ist das korrekt?"

„Ja." Sie reichte mir eine Robe und einen kleinen Becher mit einem Deckel darauf.

„Gehen Sie auf die Toilette im Flur." Sie nahm einen Filzstift aus der Tasche und gab ihn mir. „Schreiben Sie Ihren vollen Namen und Ihr Geburtsdatum auf das Etikett des Bechers. Füllen Sie ihn mit Urin, setzen Sie den Deckel wieder darauf und stellen Sie ihn auf die Theke. Dann ziehen Sie sich bis auf die Unterwäsche aus und streifen die Robe über." Sie reichte mir eine Plastiktüte. „Ihre Kleidung können Sie in diese Tüte stecken. Bringen Sie sie hierher zurück, wenn Sie fertig sind. Haben Sie das alles verstanden?"

Mit einem Nicken sagte ich: „Ich soll meinen Namen schreiben, pinkeln und mich ausziehen. Was ist so schwer daran?"

„Sie wären überrascht, wie viele Patienten bei diesem Prozess einen oder mehrere Schritte vergessen, junge Dame." Die Schwester tätschelte mir den Rücken. „Legen Sie sich danach ins Bett und warten Sie auf den Arzt."

Also machte ich mich auf den Weg, um all das zu tun. Ich wurde nervös und wünschte mir höllisch, dass Jett bei mir wäre. Als ich fertig war, legte ich mich in das unbequeme Krankenhausbett. Die Plastikmatratze knisterte, als ich auf sie kletterte und die dünne Decke über mich zog.

Ein Mann in einem grünen Kittel kam nach langer Zeit herein und lächelte mich an. Er streckte seine Hand aus und schüttelte meine. „Hallo, Asia Jones. Mein Name ist Doktor Sheffield. Können Sie das für mich sagen?"

„Doktor Sheffield?", sagte ich, da ich keine Ahnung hatte, warum er mich so etwas fragte.

„Ja, ich wollte, dass Sie es sagen. Sie werden sich an diesen Namen erinnern wollen." Er ließ meine Hand los und klopfte mir auf den Rücken. „Ich möchte der Erste sein, der Ihnen gratuliert."

„Wozu?"

„Zu Ihrer Schwangerschaft. Verstehen Sie es jetzt? Eines Tages werden Sie Ihrem Kind davon erzählen, wie Sie von ihm erfahren haben. Dann können Sie sagen, dass Doktor Sheffield Ihnen diese großartige Nachricht überbracht hat." Sein Lächeln war riesig und seine Zähne glänzten weiß.

Sein Gesicht würde für immer in mein Gehirn gebrannt sein. Leicht gebräunte Haut mit ein paar Falten, dünne Lippen, blaue Augen und ein tiefes Lachen, das seinen runden Bauch erschütterte. Das war der Mann, der mein Leben für immer veränderte.

„Ich bin schwanger?" Ich schüttelte ungläubig den Kopf. „Ich nehme die Pille. Wie kann das sein?"

Er nahm den Ordner mit meinem Aufnahmebericht in die Hand. „Hier steht, dass Sie am 1. Juni dieses Jahres mit der Einnahme der Pille begonnen haben." Er sah mich grinsend an. „Haben Sie Kondome genommen, als Sie in den ersten 30 Tagen Geschlechtsverkehr hatten, Miss Jones?"

„Nein. Das hat mir niemand gesagt." Ich wurde kurzatmig.

„Ich verstehe. Sie haben wohl den Beipackzettel nicht gelesen. Darauf steht, dass Sie während dieses Zeitraums eine andere Form der Geburtenkontrolle anwenden müssen. Sie sollten übrigens jetzt damit aufhören, die Pille zu nehmen. Sie kann dem Baby schaden."

„Okay. Verdammt. Ich habe den Beipackzettel nicht gelesen. Sie haben recht. Scheiße!" Mir war schwindelig.

Ich war schwanger!

Seine Hand legte sich auf meine Schulter. „Lassen Sie mich Ihnen etwas sagen, Miss Jones. Babys sind immer eine Überraschung. Ich weiß, dass Sie jetzt überwältigt sind. Aber glauben Sie mir, Sie werden diese kleine Überraschung lieben, wenn sie auf die Welt kommt. Treffen Sie keine übereilten Entscheidungen. Und lassen Sie es den Vater wissen. Geben Sie ihm die Chance, für das Baby da zu sein. Sie haben es nicht allein gezeugt. Entscheiden Sie auch nicht allein darüber."

Ich nickte.

Sein Finger berührte mein Kinn, als ich auf den Boden starrte. „Das Erbrechen kommt von der Schwangerschaft. Ich möchte, dass Sie so bald wie möglich eine gute Frauenärztin suchen. Vereinbaren Sie einen Termin und arbeiten Sie mit ihr zusammen, um sicherzustellen, dass Sie eine gesunde Schwangerschaft haben."

„Ja, Sir." Ich musste mich zurücklehnen. „Ich brauche nur eine Minute, um all das zu verdauen."

„Ich verstehe. Bleiben Sie so lange hier wie nötig. Aber denken Sie daran, dass es einen Raum voller Leute gibt, die auch darauf warten, untersucht zu werden." Er grinste und winkte, als er mich verließ. „Ich wünsche Ihnen alles Gute, junge Dame."

Ich würde Jetts Baby bekommen.

Was zum Teufel sollte ich jetzt machen?

Eine Schwester zog den Vorhang zurück und lächelte mich an. „Sie bekommen also ein Baby. Sind Sie schon aufgeregt?"

Ich schluckte. „Ich weiß es nicht."

„Verstehen Sie sich gut mit dem Vater?"

„Ja." Ich ließ den Kopf hängen. „Er liebt mich. Er will ein Baby. Ich wollte aber keines." Ich sah zu ihr auf. „Ich möchte nicht, dass er mich bittet, ihn zu heiraten, nur weil ich schwanger bin."

Was sollte ich Jett sagen?

41

JETT

Ungeduldig und krank vom Warten schaffte ich es, durch eine der Türen zu schleichen, als eine Krankenschwester herauskam, um einen Patienten zu rufen.

Niemand vom medizinischen Personal hielt mich auf, als ich durch einen langen Gang schritt, in dem die Leute stöhnten, klagten oder vor Schmerzen schrien.

Es war wie in einem Kriegsgebiet.

Es gab Vorhänge um jedes Bett herum, so dass es unmöglich war, Asia in einem der großen Räume zu finden, in denen sich die Patienten der Notaufnahme befanden. Ich war darauf angewiesen, dass ihre Stimme mich zu ihr führte.

Ich erreichte einen anderen Gang und traf auf eine Krankenschwester, die eines der Zimmer betrat. Ich wartete vor der Tür, um herauszufinden, ob ich Asia hören konnte.

Die Schwester sagte: „Sie bekommen also ein Baby. Sind Sie schon aufgeregt?"

Ich trat zurück und wusste, dass sie nicht mit Asia sprach.

Dann erstarrte ich, als ich Asia antworten hörte: „Ich weiß es nicht."

Die Krankenschwester fragte: „Verstehen Sie sich gut mit dem Vater?"

Asias Stimme begann zu zittern. „Ja. Er liebt mich. Er will ein Baby. Ich wollte aber keines." Sie machte eine Pause und fuhr dann fort: „Ich möchte nicht, dass er mich bittet, ihn zu heiraten, nur weil ich schwanger bin."

Ich sank gegen die Wand und versuchte nicht zu schreien. *Ich wurde Vater!*

Es war genau das, was ich wollte, und ich bekam es. Das einzige Problem war, dass ich jetzt andere Pläne hatte. Ich verließ sie. Ich tat es zu ihrem Besten.

Wie könnte es jemals etwas Gutes bringen, sie und unser Baby zu verlassen?

Ich wusste wieder einmal nicht, was zur Hölle ich tun sollte. Aber ich würde Asia sagen, dass ich mich über dieses Baby freue, und dafür sorgen, dass das Kind immer wusste, dass es geliebt wurde.

Als ich zurück in den Wartebereich ging, beschloss ich, dass ich mir die guten Nachrichten von Asia erzählen lassen wollte. Da sie die Diagnose bekommen hatte, sollte es nicht mehr lange dauern, bis sie entlassen wurde.

Eine weitere halbe Stunde verging, bevor sie herauskam. Da ich wusste, dass sie kein Publikum wollte, wartete ich, bis wir draußen waren und fragte: „Also, was ist los?"

Sie holte ihr Handy hervor. „Ich habe einen Virus. Ich rufe uns ein Taxi."

Einen Virus?

„Was für einen Virus?" Ich konnte nicht glauben, dass sie mir nicht die Neuigkeiten erzählte, von denen sie wusste, dass sie mich begeistern würden. „Und welche Art von Virus dauert einen Monat?"

„Ein ziemlich schlimmer." Sie bedeutete mir zu schweigen, als sie dem Taxiunternehmen sagte, wo wir warteten.

Ich kniff in meinen Nasenrücken und kämpfte darum, sie nicht zu konfrontieren.

Was dachte sie sich nur?

Okay, ich verstand es. Sie wollte nicht, dass ich sie bat, mich zu heiraten, nur weil sie schwanger war. Aber ich verdiente es, von dem Baby zu erfahren.

Oder etwa nicht?

Wir schwiegen beide. Das Taxi kam, holte uns ab und brachte uns ins Hotel. Wir gingen auf unser Zimmer, zogen uns aus und legten uns still ins Bett.

Ich rollte mich herum und sah sie an. „Ich liebe dich, Asia."

Sie schloss die Augen, während sie auf dem Rücken lag. „Ich liebe dich auch, Jett."

Aber tat sie das wirklich?

Wie konnte sie diese Worte zu mir sagen?

Sie wollte nicht zugeben, dass sie schwanger war. Wie zur Hölle konnte sie sagen, dass sie mich liebte?

Es sei denn, sie tat es nicht.

Vielleicht war doch alles nur gespielt gewesen.

Ich hob meinen Kopf, legte ihn auf meine Hand und sagte: „Der Vertrag ist vorbei, Asia. Die Hochzeit ist vorbei. Das war die letzte Veranstaltung, für die ich eine Scheinehefrau brauchte, und der letzte Tag unseres Dom/Sub-Vertrages. Da es Mitternacht ist, bist du offiziell nicht länger meine Sub. Du kannst jetzt tun, was du willst."

Sie machte sich nicht einmal die Mühe, die Augen zu öffnen. „Ich will nur schlafen, Jett."

Alles, was ich wirklich wollte, war zu hören, wie sie mir von unserem Baby erzählte!

„Also, was haben sie dir gegen diesen Virus, den du hast, gegeben?"

„Ein paar Tabletten."

„Wo sind diese Tabletten?"

„Ich muss sie morgen in der Apotheke abholen." Sie öffnete endlich die Augen und sah mich an. „Was?"

„Asia, ist dir klar, dass du jetzt reich bist? Du hast ein eigenes Haus. Ein neues Auto. Und das Geld, das ich beim Dungeon of Decorum auf ein Treuhandkonto eingezahlt habe, wird morgen früh an deine Bank überwiesen." Ich beobachtete ihre Augen, während sie hin und her schossen.

„Wow. Du hast recht. Ich bin jetzt ein reiches Mädchen."

„Wenn du mir etwas vorgespielt hast, während du meine Sub warst, kannst du jetzt ehrlich zu mir sein. Du bist nicht mehr meine Sub, Asia."

Ihre Augen weiteten sich, als sie aus dem Bett rollte und ins Badezimmer lief. Sie knallte die Tür hinter sich zu.

Ich blieb ohne Antwort zurück. Aber ich hatte das Gefühl, dass sie mir das Herz brechen könnte.

Es traf mich schwer, dass Asia mir vielleicht deshalb nichts von dem Baby erzählte, weil sie darüber nachdachte, es abzutreiben.

Warum sollte ich das erlauben?

Ich würde das ganz sicher nicht zulassen!

Wenn Asia mich die ganze Zeit getäuscht hatte, dann könnte ich sie gehen lassen, aber ich wollte das Baby nicht verlieren. Sie würde kämpfen müssen, wenn das ihr Plan war. Aber ich konnte mir nicht vorstellen, dass sie so dachte.

Asia hatte ein gutes Herz. Ihre Moral reichte tief. Ich war es, der sie zum Lügen brachte. Ohne mich hätte sie nie etwas Schlechtes getan. Nein, sie konnte unmöglich daran denken, unser Baby loszuwerden.

Aber vielleicht dachte sie darüber nach, mit mir schlusszumachen und das Baby allein zu haben. Würde ich das zulassen?

Ich wollte es nicht. Aber ich wusste nicht, was ich dagegen tun sollte.

Wie zur Hölle kam es, dass so viele Dinge passierten, bei denen ich keine Ahnung hatte, wie ich damit umgehen sollte?

Ich war kein dummer Mann. Aber verdammt, ich fühlte mich ziemlich bescheuert. Meine Welt war eine Lüge. Und ich hatte Angst, dass diese Lüge mich unter sich begraben könnte.

War ich hilflos, es aufzuhalten? Konnte ich alles ändern?

Ich hatte wichtige Entscheidungen zu treffen und nicht viel Zeit. Ich stand auf und ging zur Badezimmertür. Wasser lief in die Badewanne. Dann verstummte das Rauschen und ich hörte, wie Asia sagte: „Mein kleines Baby, ich möchte, dass du weißt, dass ich dich und auch deinen Daddy liebe. Aber wir haben etwas erfunden und diese Lüge bedroht uns wie ein tödlicher Schatten. Wenn es anders wäre, würde ich dein Entstehen mit deinem Daddy feiern. Aber es ist gerade schwierig. Ich weiß, wenn ich deinem Daddy von dir erzähle, wird er mich bitten, ihn zu heiraten. Und ich will ihn heiraten. Nur nicht wegen der Schwangerschaft. Außerdem ist da noch die Tatsache, dass die Lügen immer über uns hängen werden, wenn wir zusammenbleiben. Baby, ich weiß nicht, was wir tun können, um alles wieder in Ordnung zu bringen. Aber was wir auch tun, du sollst immer wissen, dass wir beide dich lieben."

Ich sank gegen die Wand und hielt meinen Kopf in den Händen. Ich wusste, was ich tun musste. Ich musste alles wieder geraderücken. Nicht nur für mich und Asia, sondern auch für unser Baby.

Also zog ich mich an und ging.

42

ASIA

Nach einem langen Bad, das mich nicht beruhigte, ging ich ins Schlafzimmer. Die Decken waren zurückgeworfen, das Licht war an und Jett war nirgendwo zu finden.

Mein Herz fing an zu rasen, als ich verzweifelt nach ihm suchte und seinen Namen immer wieder rief. Ich öffnete sogar die Tür und schrie den Gang hinunter.

Aber er war nicht da.

Er war gegangen!

Und ich war ganz allein.

Zitternd ging ich zu meinem Handy und rief ihn an. Sein Handy war aus und der Anruf ging direkt auf seine Voicemail. Ich saß auf dem Bett und grübelte darüber nach, was wir zueinander gesagt hatten, das dazu geführt haben könnte, dass er mich verlassen hatte.

Dann fiel es mir ein.

Der Vertrag war vorbei!

Er hatte mich verlassen, weil es vorbei war. Er hatte mir die ganze Zeit etwas vorgespielt.

Aber warum?

Er hätte das nicht tun müssen. Oder machte er das immer so? Heuerte Jett Simmons Subs an, um eine seltsame Fantasie-Liebesgeschichte mit ihnen zu spielen und sie dann zu verlassen?

War alles eine Lüge gewesen?

Eine Lüge nach der anderen. Und ich war mit einem Baby zurückgeblieben, das von einem Mann stammte, der es in sich hatte, so etwas Abscheuliches zu tun.

Jett hätte ehrlich zu mir sein können. Er hätte mir sagen können, dass das seine Fantasie war. Ich hätte mitgespielt.

Aber ich hätte mein Herz die ganze Zeit bewacht. Er hatte vielleicht damit gerechnet. Wahrscheinlich hatte er mir deshalb nicht gesagt, was seine wahre Fantasie war. Er wollte eine Scheinehefrau, um nicht verkuppelt zu werden. Er wollte eine Sub für diese Rolle, damit er eine Liebesfantasie ausleben konnte. Aber jetzt war alles vorbei.

Mein Herz tat so weh, dass ich dachte, es würde nie wieder heilen. Ich lag auf dem Bett und dachte nach. Jett hatte es nicht in sich, ehrlich zu sein. Es war alles eine Fantasie für ihn gewesen. Niemals real, niemals dauerhaft, niemals mit Happy End.

Ich war mit einem Baby zurückgeblieben, das eine ständige Erinnerung daran sein würde, dass ich betrogen worden war. Ich lebte in dem Haus, das er mir geschenkt hatte, fuhr das Auto, das er für mich gekauft hatte, und lebte von dem Geld, das er für mich bezahlt hatte.

Es war meine eigene Schuld. Ich hatte mich für drei Monate an den Mann verkauft. Ich hatte einen Vertrag unterschrieben, der besagte, dass alles ohne Streit und Diskussionen enden würde. Jett war im Recht, wenn er mich ohne ein Wort verließ.

Aber darauf war ich überhaupt nicht vorbereitet. Und ich hatte ihn nicht wissen lassen, dass ich sein Kind erwartete. Egal was er tatsächlich über mich dachte, er könnte das Baby, das wir zusammen gemacht hatten, vielleicht lieben.

Er hatte ein Recht, davon zu erfahren. Aber ich war an den Vertrag gebunden, der mir vorschrieb, keine Kontaktversuche zu unternehmen, wenn es vorbei war. Ich könnte das Geld, das am nächsten Tag auf mein Bankkonto überwiesen werden würde, verlieren, wenn ich das tat.

Ich brauchte jetzt Geld. Ich bekam ein Baby. Ich konnte es mir nicht leisten, ihn mit Neuigkeiten darüber zu belästigen. Ich sollte eigentlich verhüten. Ich war mir ziemlich sicher, dass eine Schwangerschaft dazu führen könnte, dass mir das Geld weggenommen wurde.

Ich würde allein sein bei der Geburt, aber ich hätte das, was ich verdient hatte. Ich hatte diesem Mann alles von mir gegeben. Ich hatte mir alles verdient, was ich von ihm bekommen hatte. Jeden letzten Cent.

Tränen flossen aus meinen Augen, während mein Körper schmerzte. Ich würde nie wieder sein Gewicht auf mir spüren. Ich spürte nie wieder seinen warmen Atem spüren, der jeden Morgen meinen Nacken gekitzelt hatte. Er würde nie wieder meinen Körper liebkosen.

Ich würde niemals wieder jemanden so lieben, wie ich ihn liebte. Wenn ich es jemals schaffen könnte, mich wieder zu verlieben. Was ich mir nicht vorstellen konnte. Es tat einfach so furchtbar weh.

Ich schluchzte in mein Kissen und wollte das Hotel verlassen und nach Hause gehen. Nach Hause zu meiner Familie, nicht in das Haus, wo ich Jett in jeder Ecke sehen würde. Wie sollte ich in diesem Haus leben?

Wie sollte ich ein Auto fahren, das mich an ihn erinnerte? Wie sollte ich mir ein Kind ansehen, das mich immer an ihn erinnerte? An den Mann, den ich einst von ganzem Herzen geliebt hatte?

Ich war verzweifelt.
Zerstört.

Und ich versuche verzweifelt, nicht den Verstand zu verlieren.

Ich war mir sicher, dass ich nicht schlafen können würde. Ich würde in meiner Qual wach bleiben.

Aber irgendwann verlangsamten sich die Tränen und die Erschöpfung überwältigte mich. Dunkelheit umhüllte mich und ich schlief ein. Selbst meine Träume waren voller Furcht.

Würde ich jemals wieder so sein wie früher?

Als das Morgenlicht durch das Fenster drang, öffnete ich meine Augen. Sofort sah ich nach, ob Jett zurückgekommen war. Alles, was ich fand, war das leere Bett. Ich hatte meinen Körper an sein Kissen geschmiegt.

Mein Magen verkrampfte sich und ich rannte mit halsbrecherischer Geschwindigkeit ins Badezimmer. Als ich aufhörte, mich zu übergeben, begann ich zu weinen.

Er war wirklich weg!

Es war wirklich vorbei und ich war wirklich schwanger und ganz allein.

Alles, was ich wollte, war ins Bett zu klettern, mir die Decken über den Kopf zu ziehen und wieder einzuschlafen. Meine Träume waren nicht friedlich oder glücklich. Aber sie waren nicht real und selbst im Schlaf wusste ich das.

Ich fiel ins Bett und hörte ein Klopfen an der Tür, bevor ein Stück Papier darunter durchgeschoben wurde. Die Rechnung, vermutete ich.

Ich schloss meine brennenden, geschwollenen Augen. Aber das verdammte Papier machte mich neugierig darauf, es aufzuheben und nachzusehen, was es war. Ich stand auf.

Es war eine Nachricht, die meine Eltern an der Rezeption hinterlassen hatten. Sie besagte, dass ich heute Morgen nach dem Aufstehen zu ihrem Haus kommen sollte, bevor ich irgendetwas anderes tat.

Wahrscheinlich hatten sie eine Überraschung für Jett und

mich. Nun, ich würde sie mit der Nachricht überraschen, dass Jett und ich getrennt waren. Und ich konnte ihnen nicht einmal sagen, warum das so war.

Ich wollte nicht nach Harrison in dieses riesige leere Haus zurückgehen. Und ich wollte nicht in dem Hotel bleiben, in dem Jett mich zurückgelassen hatte. Ich konnte genauso gut nach Hause gehen und meinen Eltern sagen, dass er mich verlassen hatte und ich mir nicht sicher war, warum. Vielleicht für eine andere Frau. Aber ich hatte ein Zuhause, ein Auto und Geld. Ich würde eine Weile bei ihnen bleiben. Nur solange, bis ich mich erholt hatte.

Irgendwie würde ich ihnen auch sagen müssen, dass ich schwanger war und bald alleinerziehend sein würde. Aber wenigstens hatte ich die finanziellen Mittel, mich um das Baby zu kümmern. Zum College konnte ich jetzt nicht zurückkehren. Ich bezweifelte ohnehin, dass ich in zwei Wochen schon wieder in der Lage sein würde, mich zu konzentrieren.

Ich sammelte mich und machte mich bereit, nach Queens zu fahren, um meine Eltern zu besuchen. Jett und ich hatten nur für den nächsten Tag Kleidung eingepackt. Seine Sachen waren weg. Er hatte sie offensichtlich angezogen, als er sich entschied, mich zu verlassen. Aber sein Smoking war immer noch da.

Ich legte ihn ordentlich zusammen und steckte ihn in die Tasche mit dem Kleid, das ich zu der Hochzeit getragen hatte. Plötzlich fragte ich mich, ob sein Schrank noch voll von seinen Sachen sein würde, wenn ich nach Hause zurückging. Würde sein Auto noch in der Garage sein? Würde seine Lieblingskaffeetasse noch in der Küche sein? Und seine Toilettenartikel im Badezimmer?

Vielleicht würde er das Zimmermädchen anweisen, seine Sachen zu ihm nach Los Angeles zu schicken. Ich war mir sicher, dass er dorthin zurückkehren würde. Dann begann mein Herz für seine armen Eltern zu schmerzen. Er hatte auch seinen

Vater dahingehend betrogen, dass er ihn denken ließ, er würde seinen CEO-Job übernehmen, auch wenn das bestimmt unbeabsichtigt geschehen war.

Ich wusste, dass ich nicht zu seinen Eltern gehen und ihnen von dem Baby erzählen konnte. Nach Vertragsende musste ich jeden Kontakt mit der Familie und den Freunden des Doms vermeiden.

Aber sie würden es lieben, von dem Baby zu erfahren. Es schien unfair zu sein, ihnen nichts davon zu erzählen. Aber ich würde vielleicht alles verlieren, wenn ich es tat.

Mir waren die Hände gebunden. Ich musste dem Vertrag gehorchen. Nicht um meinetwillen, sondern um meines Babys willen. Das Kind verdiente wenigstens etwas von dem, was sein Vater mir zur Verfügung gestellt hatte. Ich würde lernen, das Geld gut zu verwalten. Ich würde es investieren und mehr daraus machen. Für unser Baby.

Angekleidet und bereit zur Abreise ging ich in die Lobby, wo der Portier ein Taxi für mich rief und seine Mütze antippte. „Ich wünsche Ihnen einen schönen Tag."

Das war unmöglich. Aber ich nickte. „Das wünsche ich Ihnen auch." Ich stieg mit meiner Tasche in das Taxi, gab dem Fahrer die Adresse meines Elternhauses und lehnte mich zurück. Es war schwer nicht zu weinen, als wir uns vom Plaza Hotel entfernten. Ich würde mich immer daran erinnern als den Ort, an dem mein Leben, so wie ich es kannte, geendet hatte.

So wie alles enden musste. Aber warum musste es ausgerechnet so enden und mich mit einem Andenken zurücklassen, das mich für immer an den Mann, den ich verloren hatte, erinnern würde?

43

JETT

Ich hatte keine andere Wahl, als das zu tun, was ich tat.
Ich musste mich um alles kümmern. Es gab einfach keine andere Option.

Sicher war es schwer. Und ich musste die Tatsache akzeptieren, dass ich Menschen verletzte. Aber es musste getan werden. Es gab einfach keine andere Möglichkeit, alles in Ordnung zu bringen.

Asia war eine gute Frau. Sie trug mein Baby unter dem Herzen. Ich wollte nicht, dass sich die Lüge noch mehr auf sie auswirkte, als sie es bereits getan hatte. Es gab nur einen Weg, alles zu beheben.

Schmerz war ein Teil dieses Prozesses. Es musste so sein.

Wenn Lügen erzählt werden, ist Schmerz immer ein Teil des Prozesses, sobald man versucht, alles zu reparieren. Demut wird gelernt. Lügen haben immer einen hohen Preis.

Zum Glück waren die Lügen vorbei. Und Asia würde ihr wahres Leben zurückbekommen. Nicht das Scheindasein, das wir geführt hatten. Dieses Leben war vorbei.

Ich musste von diesem Leben Abschied nehmen. Ich war froh, es hinter mir zu haben. Wer brauchte all das Drama?

Zumindest redete ich mir das ein, als ich an diesem Morgen in meinem Auto von unserem Haus wegfuhr.

44

ASIA

„Mom, Dad?" Ich zog die Fliegengittertür auf und ging in das Haus, in dem ich aufgewachsen war.

„Morgen, Baby." Mom kam in einer Schürze ins Wohnzimmer. „Ist das nicht ein schöner Morgen? Schau dir die Sonne an. Kannst du den Herbst riechen, der schon vor der Tür steht? Oh, ich kann es kaum erwarten, dass die erste kalte Brise durch unsere Tür bläst."

Sie war so glücklich. Es würde schwer sein, ihr alles zu sagen. Ich wollte ihr die gute Laune nicht verderben. „Machst du Frühstück?" Ich folgte ihr in die Küche, nachdem ich meine Tasche neben der Tür fallengelassen hatte. Mir wurde klar, dass sie mich nicht gefragt hatte, wo Jett war.

Aber ich wollte nichts dazu sagen. Vielleicht dachte sie, er würde später kommen. Ich wusste es nicht.

„Ich habe hier Eier, Pfannkuchen, Würstchen und Speck. Selbstgebackene Kekse kommen gerade aus dem Ofen und die Hash Browns sind fast fertig. Wenn du dir eine Tasse Kaffee oder ein Glas Saft eingießen und Platz nehmen willst, nur zu. Ich bin bald fertig."

Ich wollte mir eine Kaffeetasse holen, hielt aber inne. Meine

Schwestern hatten beide auf Koffein verzichtet, als sie schwanger waren. Ich sollte das auch tun. Ich ging zu den Saftgläsern und goss Orangensaft in eines hinein.

Der erste Schluck war bitter. Ich rümpfte die Nase und setzte mich. Das viele Essen ließ mich vermuten, dass wir Gesellschaft bekommen würden.

Oh, ich war nicht in der Stimmung für Gesellschaft!

Bevor ich Mom danach fragen konnte, kam Dad herein und packte mich an den Schultern, als er mich auf den Kopf küsste. „Schau an, wer hier ist. Wie fühlt sich mein Baby heute Morgen?"

Depressiv. Verlassen. Verwirrt.

Ich wollte ihn nicht herunterziehen. „Mir geht es gut, Daddy."

„Gut zu hören." Er ging zu Mom, schmiegte sich von hinten an sie und küsste sie auf die Wange. „Oh, Liebling, das sieht göttlich aus und es riecht wie der Himmel."

War das hier der Himmel?

War ich gestorben und in den Himmel gekommen?

Nein, ich fühlte mich immer noch zu schlecht dafür.

Die gute Laune meiner Eltern ließ mich zögern, ihnen überhaupt etwas zu sagen. Ich könnte einfach nach Harrison zurückgehen und dort bleiben. Ich sollte sie nicht mit meinem tragischen Leben belasten.

Ich war eine Idiotin gewesen, als ich mich dazu angemeldet hatte, mich für den Sommer verkaufen zu lassen. Davon mussten sie nichts erfahren. Sie würden mich sicher nicht dafür bemitleiden, wie es ausgegangen war.

Ich konnte es schon hören. *„Was zur Hölle dachtest du, würde dabei herauskommen?" „Bist du verrückt?"*

Nein, ich würde es für mich behalten. Ich würde das Essen herunterwürgen und ein falsches Lächeln auf meinem Gesicht tragen. Dann würde ich nach Hause gehen, nachsehen, was Jett mitgenommen hatte, und mir die Augen ausweinen.

Das war sowieso mein Plan. Es war egal, wo ich war. Ich würde sowieso nur weinen. Kein Grund, jemanden mit meinem Selbstmitleid, meiner Selbstverachtung und meiner Selbstzerstörung zu belasten.

Ein Klopfen an der Tür signalisierte, dass meine Eltern tatsächlich Gäste zum Frühstück eingeladen hatten. „Kommt rein", schrie Mom, als sie die Kekse aus dem Ofen nahm.

„Oh! Es riecht wunderbar hier drin." Jetts Eltern kamen in die Küche, und ich erstarrte. Seine Mutter klopfte mir auf die Schulter. „Guten Morgen, Liebes. Zeige mir bitte, wo es Kaffee gibt."

Verdammt!

Ich zeigte auf die Kaffeekanne und spürte die Hand seines Vaters auf meinem Rücken. „Ist das heute kein schöner Tag, Asia?"

„Sicher."

Was sollte ich tun?

Meine Eltern hatten Jetts Eltern eingeladen!

Jetts Vater setzte sich neben mich und drehte sich zu mir um. „Deine Eltern hatten eine großartige Idee. Wir laden uns künftig gegenseitig zum Sonntagsfrühstück ein."

Dad setzte sich mir gegenüber. „Diese Woche bei uns, nächste Woche bei ihnen. Wir wechseln uns ab. Das Beste daran ist, dass wir alle Zeit mit unseren Kindern verbringen können."

Fantastisch!

Unsere Familien hatten schon Pläne gemacht. Und ich musste ihr Frühstück und wahrscheinlich auch ihr Leben ruinieren, wenn ich ihnen erzählte, dass Jett mich verlassen hatte.

Es war ziemlich schwierig herauszufinden, wann ich es

ihnen sagen sollte. Vor dem Essen, an dem meine Mutter so hart gearbeitet hatte, oder danach?

Sie würden alle ihren Appetit verlieren und Moms Essen würde verschwendet werden. Oder sie würden alle Bauchschmerzen bekommen.

Ich wollte weinen, stand auf und entschuldigte mich einen Moment. Als ich den Raum verließ, fragte ich mich, warum niemand es merkwürdig fand, dass Jett nicht auch da war.

Niemand sagte etwas über seine Abwesenheit.

Die Fliegengittertür knarrte und ließ mich aufblicken.

Die Sonne schien hinter der Person und machte sie zu einem Schatten. Aber es war ein großer Schatten. Ein muskulöser Schatten. Ein vertrauter Schatten. „Jett?"

Er betrat das Wohnzimmer meiner Eltern mit einem Blumenstrauß in der einen und einer schwarzen Schatulle in der anderen Hand. Ich war erstarrt.

Was zum Teufel war los?

Er kniete sich hin und hielt die kleine Schatulle hoch. Ich hörte Schritte und spürte, dass Leute hinter mir standen und uns zusahen.

Was zur Hölle tat er da?

Unsere Eltern würden wissen wollen, warum er mich bat, ihn zu heiraten, obwohl sie dachten, wir wären bereits verheiratet.

„Asia Samantha Jones." Er machte eine Pause und ich trat näher zu ihm. „Ich habe alles gestanden. Ich habe unseren Eltern erzählt, dass wir uns online auf einer Dating-Webseite kennengelernt haben und ich dich als meine Scheinehefrau angeheuert habe, um die sozialen Probleme zu vermeiden, die es mit sich bringt, ein Single-Mann zu sein. Ich sagte ihnen, wie leid es mir tut, dass ich eine moralische junge Frau dazu gebracht habe, für mich zu lügen. Ich habe ihnen auch gesagt, dass ich mich in dich verliebt habe. Ich habe deinen Vater um deine Hand gebeten und er sagte, nichts würde ihn glücklicher machen. Also, was sagst du? Würdest du mich zum glücklichsten Mann auf der ganzen Welt machen und wirklich meine Frau werden?" Er öffnete die Schatulle, in der sich ein weiterer Verlobungsring befand. Er war noch größer und besser als der, der an meinem Finger steckte.

Ich zog die Ringe von meinem Finger, während mein Körper zitterte und ein Schluchzen aus meiner Kehle drang. „Jett, nichts würde mich glücklicher machen, als deine richtige Frau zu werden."

Er legte die Blumen beiseite, nahm den Ring aus der Schatulle und steckte ihn mir auf den Finger. „Unser Leben beginnt jetzt. Unser wirkliches Leben." Das Gewicht dieses Rings fühlte sich besser an meinem Finger an. Er war überhaupt nicht schwer, sondern fühlte sich wie ein Teil von mir an. Ein Teil, den ich niemals verlieren wollte.

„Jett, ich möchte dir etwas sagen."

Er stand auf und zog mich in seine Arme. „Was möchtest du mir sagen?"

Ich wollte, dass er der Erste war, der es erfuhr. Ich zog ihn zu mir und flüsterte: „Ich bin schwanger."

Seine Augen glitzerten, als er mein Gesicht in seine Hände nahm. „Du hast mich heute glücklicher gemacht, als du dir vorstellen kannst, Asia." Er küsste mich sanft und sah zu unseren Eltern, als er mich in seine starken Arme nahm. „Es gibt noch mehr gute Neuigkeiten. Asia hat mir gerade gesagt, dass wir ein Baby bekommen!"

Plötzlich umarmten wir uns alle, als Gratulationen ausgetauscht wurden und ich vor Erleichterung und Freude weinte.

Er hatte es getan!

Er hatte alles in Ordnung gebracht. Wir mussten nicht mehr lügen. Ich fühlte mich leicht wie eine Feder.

Es würde alles gutgehen. Wir würden heiraten, unser Baby

bekommen und hoffentlich für immer ein glückliches Leben führen. Ich war mir sicher, dass ich nie wieder lügen würde!

Jett wiegte mich in seinen Armen, als unsere Eltern sich zurückzogen. Sie gingen alle zurück in die Küche, um uns einen Moment Privatsphäre zu schenken. „Asia, es tut mir leid, dass ich dich alleingelassen habe. Ich bin sicher, du dachtest, es wäre vorbei."

Ich sah zu ihm auf und schlug mit meinen Fäusten gegen seine Brust. „Jett, du hast mir Angst gemacht! Ich habe geweint, bis ich einschlief, dann wachte ich auf und weinte noch mehr. Ich war am Boden zerstört. Warum hast du mir nicht einfach gesagt, was du vorhast?"

„Weil du verlangt hättest, mit mir zu kommen und die Hälfte der Schuld auf dich zu nehmen. Ich wollte die ganze Schuld auf mich nehmen. Ich musste es tun. Und ich wusste nicht, wie unsere Eltern dieses Geständnis aufnehmen würden. Wenn deine Eltern zornig gewesen wären, wollte ich nicht, dass sie ihre Wut an dir ausließen. Deshalb bin ich gegangen und habe mein Handy ausgeschaltet, damit du mich nicht anrufen kannst. Ich wusste, dass der Klang deiner Stimme es mir schwermachen würde, es durchzuziehen. Aber ich habe die Wahrheit gesagt und alle Fehler korrigiert."

Mein Herz schwoll vor Liebe für den Mann an. Er war so selbstlos. Ich war nie zuvor stolzer auf jemanden gewesen. Ich küsste ihn, als ich meine Arme um ihn legte. „Jett, ich liebe dich mehr als mein Leben. Ich verspreche dir, dass ich die beste Frau sein werde, die ich sein kann. Und ich werde die beste Mutter für dein Kind sein, die ich sein kann. Was du getan hast, beweist mir, dass du ein Mann bist, auf den ich mich verlassen kann, und dass ich stolz darauf sein kann, dich meinen Ehemann zu nennen."

Sein Lächeln war unbezahlbar. „Ich werde mein Bestes geben, um das zu sein, was du bei einem Ehemann brauchst.

Und ich werde der beste Vater für unser Kind sein, der ich sein kann. Du musst dir keine Sorgen mehr machen. Ich passe auf dich auf, Baby. Lass uns jetzt frühstücken. Ich bin am Verhungern."

Mit einem Lachen legte er seinen Arm um meine Schultern und führte mich dorthin, wo unsere Eltern saßen und darauf warteten, dass wir ihnen bei ihrem ersten gemeinsamen Sonntagsfrühstück Gesellschaft leisteten. Es würde eine Tradition sein, die immer weiterging. Genauso wie unsere lange, glückliche, echte Ehe.

45

JETT

Ich konnte es kaum erwarten, dass Asia mir gehörte. Wir stiegen in einen Privatjet und flogen mit unseren Eltern direkt nach Las Vegas. Ich hatte ihre Schwestern und ihre Familien auch eingeflogen.

Asia würde die Hochzeit bekommen, die sie wollte!

Wir verbrachten alle eine Woche dort und bereiteten die perfekte Hochzeit für die Liebe meines Lebens vor. Alle Kleider wurden gekauft. Die Blumen wurden ausgesucht und die kleine Kirche wurde verschwenderisch dekoriert. Ein Empfang in dem privaten Speisesaal von Asias Lieblingsrestaurant war geplant. Sie hatte ihre Traumhochzeit. Das alles mit unseren Familien zu teilen, machte es noch wunderbarer.

Der Tag der Hochzeit war hektisch, obwohl alles gut geplant war. Ich vermute, das ist immer so bei Hochzeiten. Etwas muss schiefgehen oder es macht keinen Spaß!

Springs Baby spuckte auf ihr Kleid. Mein Vater, der versuchte zu helfen, nahm ihr das Baby ab und der kleine Ray spuckte auch auf seinen Anzug. Mom tupfte etwas, das sie für Club Soda hielt, auf den Fleck, aber es stellte sich als Cola heraus und verfärbte den Stoff noch mehr.

Asia übergab sich häufig, was alles verlangsamte. Ich wollte nur die Hochzeit hinter uns bringen, damit ich meine Frau auf unser Zimmer bringen und mit ihr als echtes Ehepaar schlafen konnte.

Endlich war es soweit. Asia war bereit. Die Musik begann und da stand meine wunderschöne Verlobte im hinteren Teil des Raumes. Ihr weißes Kleid bauschte sich um sie herum und ließ sie aussehen wie der Engel, für den ich sie hielt.

Mit langsamen Schritten kam sie zu mir. Ich hob ihren Schleier an und fand Tränen in ihren Augen. „Schön, Sie zu sehen, Miss Jones."

„Ich bin froh, dass Sie mich heute hier treffen konnten, Mr. Simmons." Sie lächelte mich an und ließ meine Knie schwach werden.

Wir hielten uns an den Händen und wandten uns dem Pfarrer zu, der uns unsere Gelübde sagen ließ, und am Ende küssten wir uns als Mann und Frau.

Die Empfindungen, die mich durchströmten, hatte ich noch nie erlebt. Ich war Ehemann. Und in nicht allzu ferner Zukunft würde ich Vater sein.

Der Empfang war sehr schön und dauerte viel zu lange. Alles, woran ich denken konnte, war, meine Frau auf unser Zimmer zu bringen.

Als ich es nicht mehr ertragen konnte, zog ich sie von unseren Familien weg und nahm sie mit auf unser Zimmer. Sie sah mich mit großen Augen an, als ich sie von dem wallenden Kleid befreite. „Wir sind wirklich verheiratet, Jett."

„Das sind wir." Ich zog das Kleid von ihren Schultern und ließ es zu Boden fallen. Dann hielt ich ihre Hand und half ihr dabei, aus dem Stoffhaufen herauszutreten.

Sie schob die Jacke meines Smokings von meinen Schultern und knöpfte mein Hemd auf. Ihre Hände bewegten sich über meine Brust, als sie es mir auszog. Ich packte sie an den Handgelenken und ihre Hände bewegten sich über mein Herz. „Spürst du das?"

Sie nickte. „Es klopft wild."

„Weil es voller Liebe für dich und unser Baby ist." Ich zog ihre Hände hoch und küsste sie. „Ich bin jetzt komplett. Ich wusste nicht, wie großartig es sich anfühlen würde. Es ist unbeschreiblich schön."

Ich drehte sie um, um ihren BH zu lösen, zog sie dann zu mir zurück und nahm ihre Brüste in meine Hände. Sie griff nach hinten, um meine Hose zu öffnen, die zu Boden fiel. Ich stieg aus meinen Schuhen und sie trat aus ihren heraus. Dann machten wir uns auf den Weg zum Bett. Schnell wurden wir den Rest unserer Kleidung los und kletterten auf die große, weiche Matratze.

Sie lag auf dem Rücken und sah mich an, als ich ihre Wange streichelte. „Dieses Mal ist es echt. Ich fühle mich genauso wie in unserer ersten gemeinsamen Nacht."

„Ich auch." Ich beugte mich vor und küsste sie. Unsere Zungen trafen spielerisch zusammen.

Meine Hände wanderten über ihren Körper, während unser Kuss leidenschaftlicher wurde. Mein Schwanz pulsierte vor Verlangen und ich konnte nicht länger warten. Ich bewegte meinen Körper, um ihren zu bedecken, und drückte meinen Schwanz in ihren heißen Kanal. Stöhnen füllte die Luft, als wir eins wurden.

Ich hatte keine Ahnung, dass es sich anders anfühlen würde. Aber es war so. Es war, als ob wir uns zum ersten Mal liebten. Ich spürte alles an ihr. Die Art, wie sich ihre Hüften krümmten, als ich mich gegen sie drückte. Die Art, wie ihre Brüste sich hoben, als mein Oberkörper sie zerquetschte.

Ich beobachtete ihr Gesicht, während ich sie liebte, und sah ein Leuchten darauf, das ich noch nie zuvor gesehen hatte. Meine Frau glühte förmlich. Meine Frau war in mich verliebt.

Meine Frau hatte mich zu einem sehr glücklichen Mann gemacht.

Ich fuhr mit meinen Fingern über ihre Schulter und ihren Arm und verschränkte meine Hand mit ihrer, um sie hochzuziehen und festzuhalten. Dann machte ich dasselbe mit der anderen Hand und drückte sie aufs Bett. „Ich fühle mich so stark bei dir."

Sie lächelte und bog sich mir entgegen, um meinen Stößen zu begegnen. „Ich mich auch."

Ich rollte mich herum und setzte sie auf mich. „Ich bin froh, dass du dich auch so fühlst. Ich möchte der Mann sein, der dich unterstützt, sich um dich kümmert und deine Seele nährt."

„Das bist du auch." Sie strich mit den Händen über meine Bauchmuskeln, als sie sich die Lippen leckte.

Sie ritt mich mit der Geschwindigkeit, von der sie wusste, dass sie mir gefiel. Dann beugte sie sich vor und küsste mich.

Wir waren verheiratet und alles würde endlich gut werden. Die Probleme lagen hinter uns und das Leben, das vor uns lag, glänzte verheißungsvoll. Ein Mann konnte sich nicht mehr wünschen.

46

ASIA

Ich schaute auf den Mann hinab, der jetzt mein wahrhaftiger Ehemann war, und lächelte, als ich meinen Körper auf und ab bewegte. Der Sex mit ihm fühlte sich anders an. Noch besser.

Ich hatte keine Ahnung, dass er noch besser werden könnte, aber es war so.

Ich bewegte meinen Körper stetig, um ihn zu reizen, während wir uns in die Augen sahen. Es war real und ich war in einem Zustand reiner Glückseligkeit.

Jett lächelte, rollte uns herum und drückte mich ins Bett, während er das Tempo beschleunigte. Ich schlang meine Beine um ihn und liebte es, wie viel tiefer er dadurch in mich eindringen konnte.

Er drang immer wieder in mich ein, während ich stöhnte, weil es sich so wahnsinnig gut anfühlte.

Ich kratzte mit meinen Nägeln über seinen Rücken, als er in meinen Hals biss. Das war alles, was es brauchte, um mich über den Rand der Ekstase zu bringen, und ich kam wie verrückt. Er hielt sich zurück und war nicht bereit, es enden zu lassen. „Oh, Baby. Ja!"

Ich stöhnte, als er weitermachte und den Orgasmus ausdehnte. Schließlich war es vorbei. Jett lächelte mich an, als er sich zurückzog. „Auf die Knie."

Ich ging in Position, um ihn wieder in mir zu spüren. Er rammte sich in mich und gab mir einen harten Klaps auf den Hintern. Dann schob er meine Schultern zum Bett und hielt meine Taille fest, während er mich hart nahm.

Da er so tief und hart in mir war, dauerte es nicht lange, bis die nächsten Orgasmen wie Feuerwerkskörper in mir explodierten. Einer nach dem anderen traf mich, bis ich zitterte und vor Erregung wimmerte.

Jett war nicht bereit, in absehbarer Zeit aufzuhören. Das wurde mir klar, als er sich aus mir herauszog, mich umdrehte und hochhob. Er legte meine Beine über seine Schultern und ich klammerte mich an seine Haare, während er mich verschlang.

Er hob mich hoch und benutzte seine Zunge, um mich zu ficken. Ich schrie vor Verlangen. Er konnte nicht genug von mir bekommen. Und ich war darüber sehr glücklich.

Er richtete seine Aufmerksamkeit auf meine Klitoris und benutzte seine Lippen, um sie zu reizen. Ich schrie bald bei einem weiteren intensiven Orgasmus auf, und er setzte mich auf die Bettkante und rammte seinen Schwanz in mich.

Jett stand mit geschlossenen Augen da, während er das Gefühl genoss. Bei jedem schnellen Herzschlag pulsierte eine Ader an seinem Hals. Dann begann er sich zu bewegen, erst langsam, dann schneller und härter. Seine Augen öffneten sich. „Du gehörst mir, Asia. Mein Schwanz ist der einzige, der jemals in dir sein wird."

„Ja!" Ich war begeistert davon, wie besitzergreifend er war.

„Nur mein Samen wird jemals in dir wachsen." Er stieß hart in mich, während ich vor Verlangen zitterte.

„Ja!"

Ich gehörte ihm. Ich konnte mir nicht vorstellen, mit einem anderen Mann zusammen zu sein. Er besaß mich. Jett Simmons war mein Mann, und mein Herz würde für immer ihm gehören. Genauso wie mein Körper.

Er packte mich an der Hüfte und hielt mich fest, während er seinen harten Schwanz in mich stieß, bis ich wieder kam und er sich nicht mehr zurückhalten konnte. Er drang mit einer Hitze in mich ein, die ich erstaunlich fand. Dann hielt er vollkommen still, als sein Schwanz in mir zuckte.

Es dauerte lange, bis unsere Körper sich wieder beruhigten. Dann trug er mich auf das Bett, legte meinen Kopf sanft auf ein Kissen und holte etwas, um mich zu säubern.

Ich hielt den Atem an, als ich die Augen schloss und das Nachglühen genoss. Dann strich ein kühles Tuch über mein heißes Zentrum. Jett gab mir einen kleinen Kuss auf die Klitoris, bevor er sich neben mich setzte. „Hey, du." Seine Lippen trafen meine.

Ich strich mit der Hand über seine Wange. „Hey."

„Es ist echt, Asia. Du und ich sind ein Paar. Ein richtiges Ehepaar." Er lächelte. „Macht dich das so glücklich wie mich?"

Ich nickte. „Ja. Ich wusste nicht, dass es noch besser werden könnte, aber irgendwie ist es so viel besser."

„Für mich auch." Er küsste mich wieder. „Zu wissen, dass du wirklich mir gehörst, erfüllt mich mit verrückten Emotionen. Das Wort *Liebe* ist nicht groß genug, um sie zu beschreiben. Es ist, als ob du jetzt ein Teil von mir bist. Wenn ich dich verlieren würde, wäre es, wie ein Stück meines Körpers zu verlieren. Verlasse mich nie, Baby. Versprich mir das. Versprich mir, dass wir immer eine Lösung finden werden. Egal was passiert. Keine Hürde wird zu hoch für uns sein."

Ihm zuzustimmen war einfach. Ich wollte diese Sicherheit auch. „Jett, ich werde dich niemals verlassen. Und wenn du versuchst, mich zu verlassen, werde dich zum Bleiben bringen und mit dir daran arbeiten, wieder glücklich zu sein. Weil du so wichtig für mich bist. Dich zu verlieren wäre, wie einen Teil meiner Seele zu verlieren. Wir können alles zusammen durchstehen. Wir sind ein Team."

Er schüttelte den Kopf und küsste mich wieder. „Wir sind mehr als ein Team, Baby. Wir sind eins. Du und ich sind eins, für immer und ewig. Und ich werde alles in meiner Macht Stehende tun, um dich glücklich zu machen."

„Ich auch." Ich lächelte und hob meinen Kopf, um ihn zu küssen.

Wir hatten es geschafft. Unser Glück war echt.

Wir hatten unser Happy End gefunden ...

ENDE

© Copyright 2020 Michelle L. Verlag - Alle Rechte vorbehalten.
Das Werk, einschließlich aller seiner Teile, ist urheberrechtlich geschützt. Jede Verwertung ist ohne Zustimmung des Verlages und des Autors unzulässig. Dies gilt insbesondere für die elektronische oder sonstige Vervielfältigung. Alle Rechte vorbehalten.
Der Autor behält alle Rechte, die nicht an den Verlag übertragen wurden.

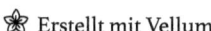 Erstellt mit Vellum

www.ingramcontent.com/pod-product-compliance
Lightning Source LLC
LaVergne TN
LVHW021654060526
838200LV00050B/2354